新时代文学批评丛书

吴义勤 主编

批评的现场和"纵深"

姜涛 著

山东文艺出版社

图书在版编目（CIP）数据

批评的现场和"纵深" / 姜涛著 . -- 济南：山东文艺出版社, 2024.3

（新时代文学批评丛书 / 吴义勤主编）

ISBN 978-7-5329-7095-7

Ⅰ . ①批… Ⅱ . ①姜… Ⅲ . ①中国文学－当代文学－文学评论－文集 Ⅳ . ① I206.7-53

中国国家版本馆 CIP 数据核字（2024）第 034433 号

批评的现场和"纵深"
PIPING DE XIANCHANG HE "ZONGSHEN"

姜　涛　著

主管单位	山东出版传媒股份有限公司
出版发行	山东文艺出版社
社　　址	山东省济南市英雄山路 189 号
邮　　编	250002
网　　址	www.sdwypress.com
读者服务	0531-82098776（总编室）
	0531-82098775（市场营销部）
电子邮箱	sdwy@sdpress.com.cn
印　　刷	山东华立印务有限公司
开　　本	880 毫米 ×1230 毫米　1/16
印　　张	18
字　　数	202 千
版　　次	2024 年 3 月第 1 版
印　　次	2024 年 3 月第 1 次印刷
书　　号	ISBN 978-7-5329-7095-7
定　　价	72.00 元

版权专有，侵权必究。如有图书质量问题，请与出版社联系调换。

开辟文学批评的新时代
——"新时代文学批评丛书"总序

吴义勤

党的十八大以来,中国特色社会主义进入新时代,中国文学也翻开了崭新的一页。置身新时代新征程,面对丰富的史诗性伟大实践,广大作家胸怀"国之大者",牢记初心使命,深入生活,扎根人民,与时代共振,与人民共情,用心用情用功书写新时代的中国故事,展现中国人民昂扬的精神风貌,谱写了新时代文学的辉煌篇章。

文学批评与文学创作是文学发展的车之两轮、鸟之两翼,一个时代的文学发展既需要广大作家的笔耕不辍、创新创造,也需要批评家的积极呼应、理论引领。在新时代文学不断攀登高峰的历史进程中,新时代文学批评也发挥了至关重要的作用,取得了丰硕的发展成果,形成了独特的新时代文学批评景观。习近平总书记高度重视文学批评工作,近年来就繁荣新时代文学批评发表了一系列重要讲话,做出了一系列重要指示批示。我们策划这套"新时代文学批评丛书",就是要全面学习贯彻落实总书记关于文学批评的讲话与指示批示精神,一方面旨在呈现新时代文学批评的基本样貌、发展成果,另一方面也希望从中获得推动文学批评发展的经验和启示,为推动新时代文学理论批评建设和新时代文学繁荣提供有益的镜鉴。

本丛书遴选的作者都是长期持续坚守在新时代文学批评现场并卓有成就的优秀批评家。从年龄结构上，他们涵盖了"60后""70后""80后"，这也是当下文学批评的主力军；从批评对象的文学门类上，覆盖了小说、诗歌、散文等多个当下最具影响力的艺术门类，可以说是对新时代文学的全面阐释和研究。通过这套批评丛书，读者一方面可以深入了解新时代文学批评的丰富实践，同时可以通过文学批评了解新时代文学发展的基本风貌和历史特征。

在内容上，本丛书侧重于遴选研究新时代文学的评论文章，以对新时代十年来具有代表性的作家作品、有广泛影响的新文学现象、引人关注的文学热点事件以及文学发展中存在的症候性问题为主要研究对象，是对围绕新时代文学展开的文学批评成果的一次全面梳理和集中展示。我们希望以出版批评丛书的方式，深入总结文学批评发展的历史经验，同时吸引更多研究力量来增强对新时代文学研究的力度和深度。

本丛书的出版要感谢山东出版传媒股份有限公司副总经理李运才、山东文艺出版社社长徐迪南，他们提供了非常多的支持和帮助，也提出了许多富有建设性的意见和建议。新世纪之初，我曾和山东文艺出版社共同策划出版了一套"e批评丛书"，在学术界产生了良好的反响。今年，又再次在山东文艺出版社出版这套"新时代文学批评丛书"，可谓是一种极为特殊也极为难得的缘分，也体现了山东文艺出版社多年来一直积极参与、支持中国当代文学批评事业发展的出版精神。在此，我代表丛书编委会向山东文艺出版社表示衷心的感谢并致以崇高的敬意。

两套丛书虽然出版时间不同，但在内容上又有着一种延续性和整体性。"e批评丛书"着力呈现的是二十世纪九十年代文学批评的发展成果，也是当时年轻的"60后"批评家的一次集体亮相。"新时代文学批评丛书"更侧重于展现新世纪尤其是新时代以来的文学批评成果，参与作者既包括了"e批评丛书"中的部分作者，又吸纳了"70后""80后"等新生批评力量。两套丛书虽然侧重点不同，但形成了一种巧妙的呼应，构成了一种互补关系，具有了批评史意义上的"整体性"，某种意义上，它们就是一种特殊形态的近三十年来中国文学批评的发展史。

当然，对于新时代文学批评成果的总结展示并不意味着我们回避当下文学批评存在的问题。新时代以来，随着时代语境和文学生态的不断变化，文学批评面临着更为复杂严峻的形势和挑战，文学批评如何更好地发挥作用，真正成为助推文学发展的"磨刀石"和"利器"？这是所有文学批评者面临的共同课题和任务。出版这套丛书，我们一方面意在梳理总结这一时段文学批评发展的成果和经验，同时也希望能够从中析出当下文学批评发展存在的一些问题，以史为镜，为未来更好地推动中国文学批评发展，更好地发挥文学批评引导创作、推出精品、提高审美、引领风尚的作用提供启示和帮助。

新征程是充满光荣与梦想的远征，新时代文学正在我们面前浩浩荡荡地展开，作为文学发展的重要一翼，中国文学批评也正在砥砺前行，积极开辟一个文学批评的新时代。

是为序。

目 录

第一辑

002　趋近"成熟"还是动力"衰减"？
　　　　——从鲁迅文学奖看当代诗的"新常态"

012　"今夜，我们又该如何关心人类"
　　　　——海子《日记》重读

021　从"大众化"到"公共性"：一个诗歌史的线索

029　怎样重新领会"革命诗歌"的传统

036　"理想主义"重造的精神土壤

第二辑

045　第二辑

046　从冯至的"山水"讲到臧棣的"植物学"
074　新诗如何回应公共事件
　　　　——闻一多《天安门》及其他
095　"蝴蝶""天狗"与当代诗的"笼子"
113　"是你们教了我鲁迅的杂文"
　　　　——谈穆旦、袁水拍
130　"世纪"视野与新诗的历史起点
　　　　——《女神》再论

147　第三辑

148　有关胡子和他的诗的一些片段

156　自我压缩之后再腾挪
　　　　——重读胡子诗歌的一个线索

164　"漂浮"与"锚定"
　　　　——凌越诗集阅读小记

173　"羞耻"之后又该如何"实务"
　　　　——读余旸《还乡》及近作

188　从催眠的世界中不断醒来

194　在"虚无"与"开花"的辩证张力中

201　**第四辑**

202　历史反复中"真的知识阶级"之难
　　　　——《鲁迅与当代中国》读后

217　检讨"真诚"之迷思：作为原理性的思考

222　现代文学研究的整体感与学科之"魂"

229　"文化自觉"与当代文学研究框架、方法的重构

236　"重新研究"的方法和意义
　　　　——读《革命的张力》

第五辑

246　诗歌批评浓郁紧张的氛围，有助于
　　　激发写作和解读的新向度
　　　　　——姜涛答诗人崔丽娟十问

257　谈文学研究会、创造社与新诗
　　　　　——《上海书评》2021年专访（访谈者：丁雄飞）

后　记

批评的现场和"纵深"

第一辑

趋近"成熟"还是动力"衰减"?
——从鲁迅文学奖①看当代诗的"新常态"

"鲁迅文学奖"由中国作家协会主办,四年一届,参评作品中的多数,也是近四年来的新作。但要更好地评价、把握这些新作,仅仅关注最近四年的实绩肯定是不够的,某种更纵深的、更深长的视野,应该不可或缺。因为,新的文学地貌的生成,有时要依靠断裂、崛起,以及由此形成的不同板块间的剧烈碰撞;更多时候,则是文学内在运动趋势长期演进、沉积的结果。仅就诗歌奖而言,这次参评的诗人不少都有三十年以上的写作积累,甚至曾是当代诗坛剧烈"造山"运动的发起者、推动者,这也为"长时段"的观察提供了可能。

2022年7月,长江诗歌出版中心为臧棣的新诗集《世界太古老,眼泪太年轻》组织了一次线上的研讨,当时臧棣的一段自述,正好可以在这里引述:

> 我属于"60后"这代诗人。这代诗人经历过当代中国很多的重大的历史事件。当代中国社会的剧烈转变,也促成了当代诗歌的大起大落,并导致当代诗歌的内部关系特别多样,特别丰富;

---

① 第八届(2018—2021)鲁迅文学奖于2022年8月25日揭晓,其中诗歌奖的获奖作品为:刘笑伟《岁月青铜》、陈人杰《山海间》、韩东《奇迹》、路也《天空下》、臧棣《诗歌植物学》。作者作为此届鲁迅文学奖诗歌奖评奖委员会委员之一,参与了评奖的过程。——自注(本书中,均为作者注)

进而也影响到当代诗歌的脉络的复杂性。这些都是很独特的背景。韩东去年在《青春》杂志上编发我的一组诗时说,我的诗里有当代诗歌发展脉络的很多印迹。①

在当代诗歌的"复杂脉络"和"多样关系"中,臧棣和韩东"占位"不同,曾是不同诗歌趋向的代表。如今,两位"60后"诗人惺惺相惜,已超出一般的诗歌友谊,更多还是当代诗歌"大起大落"之后"同时代人"对过往历史印痕的共同感知。

一个多月后,臧棣和韩东双双获奖。这两位"60后"先锋诗人的获奖,可能是此届"诗歌奖"的最大亮点,对于观察当代诗歌的来踪去迹,也有指标性的意义。特别是,在延展原有写作脉络的同时,两位诗人近年来的写作都发生了一些潜在的"新变",当代先锋诗歌整体的转化趋势也隐约显现其间。譬如,用素朴、冷峻的日常语风,刻写生活感知的细腻层次,是韩东一贯的风格,获奖诗集《奇迹》自然延续了这种风格,不动声色地写动物、人事,聚焦日常生活的诸多平凡。不同的是,韩东当年的不动声色,总会蕴含某一种叛逆、对抗的姿态:对抗陈旧的文学传统,对抗僵硬的意识形态,对抗平庸乏味的社会伦理。这样的姿态并不总是高亢的,但往往伴随了先锋文学中常见的人和世界之间的疏离感、倦怠感。读者和批评者都注意到了,《奇迹》中的诗人已变得温和甚至慈悲了,不是站在生活的一侧去观察、冷讽,而是更多倾向于安心于生活的内部,去关切死亡、亲情、离别,去体知平凡生命的脆弱和庄严。韩东的语言还是节制的、散漫的,但如日间的光线,具有了某种暖意、某种纤弱又不失广度的揭示性,让人读后久久回味。同样,这样的"变"与"不变",在臧棣的诗中也有体现。在当代诗人中,臧棣大概是产量最高、出版诗集最多的一位。在他庞大的诗集序列中,获奖的《诗歌植物学》具有某种总结性,在"博物"的视野中他将擅长的"博喻"想象力发挥到了极致。更值得注意的是,以"植物"为对象的写作,已脱出一般"咏物诗"的模式,更多是以"植物"为友:

---

① 参见《在这29000字里读懂臧棣:臧棣新书研讨会实录》,微信公众号"长江诗歌出版中心",2022年7月25日。

不将花卉、草木、蔬菜作为"我"观察的客体，而是看作亲密相伴的家人、友朋。由此一来，精湛的语言技艺所要彰显的，不完全是"心灵的骄傲"，按照好友西渡的解读，还有"我"与植物、"我"与世界"互为主体"的关联。①

不准确地说，两位先锋诗人的"变化"印迹，具有一定的同步性，同样舒展、从容，有一种与世界和解、与日常生活对话的趋势，也在一定程度落回到某些情感和文学主题的"基本面"。从年龄上看，不少"60后"已接近耳顺之年。这是否意味着当代先锋诗歌经过了热烈莽撞的年代，也已走向中年的开阔甚至老年的成熟，抑或说先锋的动力已有所衰减、消退，需要在更宽广一些的伦理感受、生活感受中得到转换？如何观察、理解这样的变化，或许要作为一个问题看待。兰波曾说，诗必须绝对现代。在7月的线上讨论中，臧棣重申了对这一贯穿性原则的认同，"就是要求现代诗要有一种包容、吸收、转化、更新事物的能力，一种自觉的创造力"，也就是"把自己的一大部分，交给未知的领域、未知的命运"。事实上，这一"现代"原则不仅贯穿了先锋诗歌的历史，放大一点看，同样也是中国新诗百年演变内在的"引擎"，也由此塑造了新诗整体的美学风格、文化气质。借用20世纪30年代林庚的说法，"自由诗"（"新诗"）因要突破陈旧的感受模式，不断创造新的感觉、不断冲锋陷阵，"紧张惊警"成了它的特征和前提。在珍视这种"现代"活力的同时，林庚又担心一味"紧张惊警"，自由诗会走上偏僻一途，失去了自身的公共性。他转而认为，"格律诗"可以调和、纠正，因为"格律诗"具有可以普遍接受的形式，有了"普遍形式"的帮忙，能抵消"自由"的尖锐、紧张，为新诗带来"从容自然"的风度。从林庚的角度审视，"必须绝对现代"的当代先锋诗，经过了三四十年的滚动，它的某些动力在衰减，某些视野和层次在打开，大概也是由"紧张惊警"而趋近"从容自然"了。在公众面前，先锋诗人还会延续历史的惯性，扮演一类文化"异端"的角色，可这个"异端"大概不会特别具有挑衅性了，在满足文化多样性需要的同时，也自我安稳下

---

① 参见西渡：《互为主体性与植物的智慧——臧棣植物诗在诗歌主题学上的发明》，《上海文化》2022年7月号。

来，贴近带了点沧桑感的、普遍的人性。

厌倦陈熟，必趋于生新；厌生新者，又会返趋于陈熟。"生新"与"陈熟"的辩证，本来是文学生活的内在规律，"紧张惊警"与"从容自然"的分别，可从这个角度理解。但在林庚那里，"从容自然"还不只是一种风格，同时也和某种广袤、浑然的世界感、整体感有关。在他的表述中，"格律诗"也是一种"自然诗"，如宇宙一般均匀、包容，具有自然、谐和的形体。这样浑融的整体性、自然感，似乎是刻意求新、强调差异的现代诗所一向欠缺的。获得第八届"鲁奖"提名的诗人阿信，在其诗集《裸原》所附的诗论中，就针对这一点谈了自己的理解：

> 不容否认，百年新诗是汉语诗歌传统之上的一种再造。当代诗歌在处理纷繁复杂的"现代性"经验时更是达到了汉语诗歌前所未有的精神广度和深度。但不容回避的是，当代诗歌在抵达语言的所有可能性向度的同时，也隐含着种种精神危机。其中之一就是遭遇着人类生存图景的变异，传统审美情境的消失。身处城市的诗人们的经验和想象力遭遇着后工业时代和消费主义文化的重重侵蚀。他们不得不更多地去在诗歌中面对分裂、冲突的精神镜像和怪诞、非理性的人生体验。似乎，人类的诗歌传统中作为根基的那种稳定、明晰的价值底座和信仰的标高正在消隐。诗歌的智性元素在异常丰富活跃的同时，诗歌内在的精神力量却在不断衰减。①

这一段反省"现代性"的议论，说不上多深刻，有多少新意，但结合阿信自己的创作来看，让人感觉相当恳切。阿信长年来生活在甘南草原的腹地，他自称是"边缘"诗人，但让他深感幸运的是，身后的青藏高原也许构成了一种精神的屏障，让他能远离浮嚣的"现代性"，安然于自然的赐予，对于造化的力量葆有一种虔敬。阿信的诗与获奖诗人陈人杰的"西

---

① 阿信：《盐巴也许产自遥远的自贡》，见《裸原》，北岳文艺出版社2021年版，第250—251页。

藏书写",在题材上有些接近,同样打上了山川、草原、天空的深刻印迹。相对于陈人杰的空灵、高远,阿信的风格偏向细腻、沉实,在简朴、细微的自然感知中,寄托了"浑厚氤氲"的生命理解和人文意涵。不知这个感觉是否准确,这种疏远"现代性"的紧张,诉诸人和自然的和谐整体感,回归某些文学和人性恒常"基本面"的倾向,似乎成为一种被普遍认可、为不同风格诗人所分享的一种状态。比如,获奖诗人路也,她的诗风在女性诗人中独树一帜,浑厚又奔放。

> 给悲伤装上轮子,就这么一直开下去吧
> 给孤独装上引擎,就这么一直开下去
> 给苦闷装上底盘和车身,就这么一直开下去
> ——《辽阔》

　　打开诗集《天空下》,首先读到的,就是这样辽阔的句子。她的诗行也如车轮滚滚,"就这么一直开下去",不断拓开生活的近景和远景,也如宽袍大袖,能将天地万物卷入其中。同时,向上、向前飞腾的语势,总是伴随不断的下沉、回落("装上底盘和车身"),始终基于对生活情境、历史情境的真切感知。这让"辽阔"的诗句不致空疏,同时有了某种经验的"贴身性"。此次进入评委视野、得到较多认可的诗人,如韩文戈、剑男、叶丽隽、池凌云、张战等,他们的诗风迥异,有的沉郁顿挫、有的灵动飞扬,但都有类似的"贴身性",从地方生活和个人生活的脉络、纹理中展开丰富的经验层次,有浑然的整体感和浓郁的人间气息。

　　作为资深一点的读者,在当代诗歌"大起大落"的印痕中阅读这些诗作,我的感觉是有些复杂的。一方面,无论处理人和自然的和谐关系,还是开掘日常生活的审美空间,消去先锋的火气、戾气之后,当代诗的确日臻成熟,似乎进入某种相对稳健的"新常态";另一方面,题材和风格常态化乃至趋同,也会带来一些疑问:这样"常态"是不是太安全、太稳妥了?这还是曾经震撼过我们,与我们已有的感受和认知发生剧烈碰撞而不断唤醒我们新的激情的当代诗吗?在最近的一次讨论中,诗人冷霜也注意到这个问题。他认为,在当代诗的"场域"中,大家各写各的,看起来"好诗"

不断,但"诗人个体写作动力充足与当代诗歌整体动力不足"显然相矛盾。诗歌界看起来很繁荣,实则写作题材逐渐窄化、趋同,特别是,诗人之间和批评界中由竞争而产生的扩容、观念冲突和相互纠正也在消失,而这种"抗辩"的逻辑曾一直是当代诗歌的内在引擎。① "个体写作动力充足"与"当代诗歌整体动力不足",这种错位大致对应于"大起大落"之后当代诗所复归的"新常态"。如何看待这样的"常态"?当代诗歌整体"动力"衰减,是因为诗歌自身发展成熟,还是因为缺乏了针对性,加上社会思想和文化语境发生转变,也不再能提供新的刺激和动能?在自我抗辩的"动力"衰减之后,是否需要重新构造新的引擎,去保卫诗歌的"紧张惊警"?这些都是不得不去思考的问题。

　　回到兰波的命题——"必须绝对现代"。约略来说,这种决绝的姿态指向一种开放的、强调变化的历史意识,正如"现代性"的风格,也可约略对应于经验的繁复与破碎。然而,在兰波的语境中,"必须绝对现代"不单是一种美学立场、一种写作方法,同时具有潜在的政治性、行动性,指向了一种立足当下、一种于虚无中创造未来的果敢。这样的态度发生在布尔乔亚文化成熟、僵硬乃至颓败的时刻,是革命性在语言中的预演,揭示"现代"历史尚未关闭,有可能在"此时此刻"被重新打开。同样,中国当代先锋诗歌的崛起,也绝非被动参与20世纪寰球"现代性",当代中国社会变动带来的思想、观念、意识和情感震荡,构成了"先锋"形塑自身意识和对话关系的一系列前提。那些桀骜不驯的姿态、那些言过其实的宣言、那些过度"行为化"的实验,也包括历史顿挫之际深切的反省、个人介入历史的愿望、以语言对峙现实的信念,先锋诗歌在自身最饱满、最紧张的时刻,总是具有一种立足当下又能撕开当下观念痂壳的敏锐性。即便是旁敲侧击、歪打正着,也总是能触及时代精神、时代心理核心的层次,或与之形成强劲的呼应。那些"由竞争而产生的扩容、观念冲突和相互纠正",正是发生于这样价值冲突、重建的时刻,也由此赋予当代诗歌动态的身姿、进击的线索。如果抽空了问题得以生发、延展的路径,抽

---

① 参见许小凡、苏伟:《在诗歌底部工作——"艺术实践的现实问题"讨论(二)回顾》,微信公众号"unpick office",2022年9月29日。

了诗歌与历史、现实的张力关系，将当代诗歌的某些技术、美学层面孤立出来，只是作为合理化的现代"原则"去重申，那么便如批评家曾指出的，当代诗的展开会变得更为光滑、自如，但难免也会压缩自身的可能性。①由是观之，当代诗歌整体动力的衰减，与"现代性"原则趋向美学、抽象化不无关联。因此，重申"必须绝对现代"是必要的，但需要重申的不单是那一套方法、趣味，更需要重申的，是那种立足当下的历史意识、开放意识，是要在当代生活的广阔性中去保卫它的敏感性、敏锐性。

当然，要重构当代诗的内在引擎，并不存在现成的、可预想的方案，要等待新的时代精神、价值冲突在某一时刻与诗歌感性重新汇合、形成新的激荡。那么，在相对"常态"的时期，批评也可以起到一些作用。比如：通过不断质询，在诗歌写作和阅读的周边制造一些氛围，渲染某种问题的意识和感觉，敦促写作者在"舒适区"内保持一定的"紧张"和"惊警"；或是耐心观察，留意那些在"常态"之中看似无解实则包含可能性的路径。当代诗歌"常态化"的原因之一，其实是诗歌"场域"趋向稳定、固化。无论"官方""民间"还是"学院"，大小诗歌群落彼此交错，大家相安无事，"各写各的"，都在"当代诗"这一行当的圈层中呼吸、感知，时间久了，免不了陷入大致趋同的"常态"。包括在20世纪90年代被提出、如今得到较多反思的"个人化"写作装置，在当代诗坛中之所以如此稳固，倒不是说诗人没有主动突破的自觉，而是因为在当下社会结构中，当诗歌的"场域"脱离于具体生产和实践的场域乃至学术思想的场域，诗人的写作不能不是"个人化"的。试想，排除了有争议性的题材，能够安全进入"个人化"的视野的素材有什么？不外乎是对自然的凝视、日常的体验和不安、个人精神的内向探究，比如追溯的一点记忆、一本书的读后感、某一次旅行途中的见闻和感怀，再多一点、再激烈一点，不外乎依托网络媒介提供的信息，基于常态的正义和人道良知，回应一些热点公共事件。相对而言，某些游离于当代诗的现场，从具体岗位、职责出发的写作，因联系了更广阔、更特殊一些的"基本面"，反而可能会构成"个人化"装置的溢出、

---

① 参见张桃洲：《重审1990年代诗歌的意识与观念》，《当代文坛》2022年第5期。

扰乱。

有趣的是，要观察这些"溢出"的可能，严肃庄重的"鲁奖"倒是提供了某种便利。作为国家级的奖项，"鲁奖"自然有自身的导向性、限定性，但正因为是"官方奖"，它也保持了一定抽离性，不会特别代表某一圈层、群落的趣味。参评作品的来源广泛，参评诗人的身份也更多元，有军人、教师、干部、企业主、工人，以及更广泛的劳动者。像获奖诗集《岁月青铜》代表的，就是当代军旅诗歌的实绩，诗人刘笑伟的诗歌风格刚健，将现代诗的技巧融入政治抒情诗的传统。让人印象深刻的军旅诗人还有陈灿，他参加过对越自卫反击战，负过伤，有丰富的政治生活经验。他的一系列抒情短诗、讽喻诗，十分别致，在记录真实的战争体验之外，也从一个"局内人"的视角，写出了对当代政治生活变动的部分思考。这是个人化的、偏重日常生活的当代诗歌比较少有的层次。陈人杰的《山海间》被称作是一部"走遍西藏山山水水写下的心灵之书"，这种"边走边唱"的写作方式，自然与他援藏干部的身份、十余年来扎根基层的工作经验紧密相关。在第八届参评的诗集中，还有一类作为"项目"完成的作品，即诗人作为"项目"（如"扶贫"）的参与者，进入某一乡村社区，利用第一手的工作经验，完成诗集的创作。这种"项目化"写作的成绩如何，暂且不论，抛开当代的文学成见，说不定，它能将"深入生活"的传统重新带入当代诗歌的场域中。当然，"深入生活"是一个长期的复杂过程，对作家的要求也很高，突破常识化的框架，在社会生活的肌理中磨砺自己的感知力，捕捉到变动的社会光影和新的语言活力，相当具有挑战性。考虑到"为社会订货"而写、让写作成为一种介入性的行动，本来就是20世纪先锋诗歌传统之一种，以实务和工作为媒介进入现实的方式，说不定，可以冲击一下当代诗歌的"常态"体制。

在这方面，更值得关注的，是那些来自基层、具体岗位的劳动者的诗。近年来，得益于有心人的编选、整理和批评，"工人诗歌"的写作群体进入了公众和批评家的视野，他们对劳动生活的艰辛与异化的书写，对社会流动中个体漂泊感受的抒发，比较能引起对社会问题有所关切的读者的共鸣。当然，类似题材的写作也容易被读者和批评家的阅读期待所引导，进入这样那样的"诉苦"模式，失掉原本丰富的社会实感，或让这些实感被习见的社会感伤所稀释。第八届"鲁奖"参评的诗集,也有几部出自工人等劳动者之手。引起了几位评委的注意的年轻诗人榆木,就是一位矿工。榆木写诗的时间不算太长,语言还有些稚嫩、粗糙,但他的诗有一种特别清新的活力。这里,可以和诗人老井做一点比较。老井,是已经得到认可的当代工人诗人的代表,他的参评诗集《坐井观天》,一整本的诗都与矿井下的劳动有关。他的诗极具个人风格,并不是刻意渲染井下的艰苦,而是用一种超自然的想象力,将于黑暗地层中挖掘写得栩栩如生。但正如标题"坐井观天"所示,一整本诗集都是写井下的劳动,读后也会稍有雷同之感,鲜活可感的经验似乎被嵌入某个稳定的格式。榆木也是一名矿工,他的诗集《余生清白》也写井下的生活,却不是"坐井观天",而是将井下与井上、井内和井外衔接一起,将劳动之外的生活场景,将亲人、邻人、工友的命运,一同写到诗里。简言之,在榆木笔下,矿工的世界,不单是一个劳动的世界,也是一个完整的生活世界,有疲倦也有欣喜,有困厄也有喘息,有自我更有他人。这样比较,不是要矮化老井的写作,他的诗依旧保持了较高的质量,《坐井观天》读后略感"审美疲劳",应该和诗集的编选策略有关。可以讨论的是,将劳动生活中最艰苦、最致密的部分,以风格化的方式呈现出来,会带来感受上的冲击力,但也会有将部分从整体中抽离而出的不满足感。这正如有些专业"诗人",将日常生活从千头万绪的纠葛和关系中抽离出来,只是作为沉思的、凝视的对象,生活世界的完整性同样会因此被缩减。榆木自我意识素朴,而且松弛,没有因特定的身份而刻意自我设定,对各种人事的诉说反而让生活世界的完整性及内在的沉痛更自然地浮现出来。

像很多出身乡村的诗人一样,榆木不仅写矿井和矿井的周边,他也写村庄,写村庄的衰败和病痛。这样的书写免不了走向程式化,不过好处是,不仅是在写"我"的村庄,在写"大家"的村庄,或者说也是从整体的村庄视角,去感受社会状况的变迁。比如,这首献给乡村的《致辞》:

满山的风,吹进暮色里。落日从黄牛的眼中
退出。乡村的傍晚,刚好是停留在树梢的那只喜鹊

赶黄牛的喜贵，年近六十。是村子里最年轻的人
他牵着牛走进夜色里。是繁华小镇，遗失的一部分

诗中写到暮色的降临、山风的吹拂，而感知自然变化的，不是某一个"我"、某一个落魄的回乡客、某一个抒情的远眺者，而是黄牛和喜鹊，是空寂村庄里剩下的牲口、鸟雀，抑或就是空寂的村庄本身。"赶黄牛的喜贵，年近六十。是村子里最年轻的人"，这一句漫不经心，却颇有几分喜剧感，举重若轻地写出年轻人纷纷出走、乡村空心化的现实。偏爱书写乡村凋敝的当代诗人不在少数，但大多习惯从"我"的视角出发，写"我"的病苦、爹娘父老的病苦，好像"我"的苦、爹娘的苦、他人的苦、村庄的苦，是可以相互贯穿、相互替代的。榆木也写乡村的病苦，但少了一些"我"的感伤性，更多从村庄的整体出发，从"我"和亲人、邻人以及动物"共在"的生活境遇中出发，这是特别有意味的一点。

获得提名的诗人伽蓝，是这届"诗歌奖"的又一亮点。他也是一位"新人"，不怎么活跃于当代诗歌现场，但同时，伽蓝有多年的积累和摸索，也一直在汲取当代诗诸多观念、技巧的滋养。和前面的几位诗人相仿，他的写作和他的工作有关。他是一位教师，长年在北京门头沟的山区工作，教师岗位为他提供了一种观察世界、进入生活的路径，而他的写作又没有被这个岗位特定的立场、形象所收束。表面看，《磨镜记》在题材上并无特殊性，无非在写自然、写周边的人事、写社会和教育"围栏"之内不愉快却还天真未泯的儿童。难得的是，不管写些什么，伽蓝的句子都十分耐读，有相当厚实的层次，较少套路化的情绪，始终洋溢了一种明朗的活力，不时还有睿智的洞察和反转。在"先锋"的动力衰减之后，进入"常态"的当代诗如何在自身的"场域"之外，与更广泛的生活和人群交接？如何在制造语言奇迹、提供人性抚慰的同时，还带来深层感知结构的扰动，打开新的敏感性？上述从具体岗位出发、从生活世界"共在体验"出发的写作，虽然还只是"自发"与"自在"的，一时谈不上构成什么方向，但其中确实蕴含了一些线索，值得进一步观察、延展。

本文发表于《南方文坛》2023年第1期

"今夜，我们又该如何关心人类"
——海子《日记》重读

2008年夏天，受一家艺术机构委托，我和另外三位朋友到青海考察采风，曾在德令哈、循化、玉树等地短暂逗留。记得是在循化县，我们访问了当地一所著名的藏文中学，和校中师生有过一次座谈。其中，有位藏族老师喜欢写诗，且谈锋犀利，视野开阔。不知怎的，他提起海子《日记》一诗著名的结尾，"姐姐，今夜我不关心人类，我只想你"。《日记》写于1988年7月，那年夏天，海子第二次去西藏漫游，途经青海德令哈之时，写下了这首刻骨铭心的诗。对于海子的说法，这位本地诗人似乎不大认同。他说，大家不要以为他们在这里只写民族、地方的事情，恰恰相反，他们很关心人类，写的都是普遍的、人类共同面对的主题。他的发言给我留下很深的印象，后来我还在自己的一首小诗中，对这个场景有所记录、演绎。

德令哈是海西州的首府，也是青海西部的政治文化中心。十年前，我们去的时候，看到这个高原上的小城街道整饬、设施完备，还有一座相当现代化的新火车站。三十年前，它的样子不得而知，至少在海子的诗中，德令哈"是雨水中一座荒凉的城"，"只有美丽的戈壁 空空"。借助"今夜""空空"，以及"这是唯一的，最后的"等词句的复沓，包括"德令哈"这三个字的回荡，海子强化了一种空漠无助的感受。最后在"姐姐"与"人类"之间，视野突然放大与收缩，似乎又一下子清空了这个世界的实在性（"德令哈"在蒙语里，也正是"金色世界"的意思），警策动人，让人过目不忘，后来成为海子流传最广的诗句之一。按照《海子评传》作者燎原的解读，诗中的"姐姐"与海子当时交往的一个女性有关，海子对于母性呵护的强烈渴慕、依恋,也可部分解释"姐姐"的形象为何在他诗中一再出现。我在课堂上讲到这首诗时,有时会半开玩笑地提问:大家注意,"今夜"海子在德令哈,他不关心人类,想到的只有姐姐,为什么没想到爸爸、妈妈、哥哥、弟弟,也没想到舅舅、阿姨等其他人?

玩笑归玩笑,在空空的戈壁上,在无穷远的"人类"和心中默念的"姐姐"之间,的确不存在另外的人、另外的中介,荒凉的戈壁让一切脱离关联,只是回到自身——"我把石头还给石头","今夜青稞只属于她自己"。这种在"空空"世界上孤身一人的感受,构成了海子的抒情短诗中核心也最为动人的部分,其中的精神形式颇可玩味。再比如写于1987年的短诗《秋》:

秋天深了,王在写诗
在这个世界上秋天深了
该得到的尚未得到
该丧失的早已丧失

寥寥几行,同样境界阔大。"王"亦指诗人,处于"这个世界"的中心,但"这个世界"同样空无一人,只有"鹰在言语"。绚烂的秋色层层加深,实际只是语言渗出的幻象,写诗的"王"也像个囚徒,孤立无援,被囚禁在他自己的写作中。

到今年(2019年)3月,海子离世已经整整三十年。在这三十年间,中国社会生活发生巨大变化,想必海子和他的读者当年都不曾预料。我曾想当然地以为,随着时间的推移,海子致命的抒情、加速度的生命燃烧,可能也会被逐渐淡忘,在习惯了于诸次元中破壁穿行的新一代读者那里,不一定能得到认同,即便"麦地""幸福""远方""面朝大海,春暖花开"等表达,可以在流布中被改写、挪用,妥帖融于消费时代"诗与远方"的流俗想象中。事实证明,这种看法太过轻率了。尤其近年来,在课堂教学和平时接触中,我能感觉到海子依然是不少年轻文学个体的精神支撑,那种孤绝壮烈的写作和生活理念,依然强劲介入某一类感受结构、心理状况的生成。这其中包括一些以极端方式告别人世的学者、诗人,比如2014

年去世的打工诗人许立志、2016年去世的青年学者江绪林。在一篇文章中,江绪林还特别引述过"姐姐,今夜我不关心人类,我只想你"这一句,借此讨论美好生活是否可以无涉正义的议题。

如果将海子的阅读、接受,看作当代中国一个特定的精神现象,那么为什么他的抒情短诗能激起不同世代读者的内在共鸣这个问题,恐怕不能完全在文学内部说明,不能用最后的浪漫抒情、真纯的乡土记忆一类说法简单覆盖。将海子的抒情归诸"诗与远方",在我看来,更是一种胡乱的搪塞。忘记是在哪个场合,诗人西渡曾提到,海子到北大读法律系时只有十五岁,这个乡村少年第一次离家,在大都市复杂陌生的环境中,想必会遭遇到不少心理、情感的挫折,他诗中孤身一人在"空空"世界上的创伤感,与此不无关联。在当代中国高度的社会流动中,这么多人离家在外,脱离原有的环境,或打工,或求学,或寻求别样的人生,类似的创伤感、挫折感,在外地人内部其实相当普遍。因而,在某种意义上,海子的写作触碰到了当代中国这一具有集体性的隐痛。这个解释并不显得特别"深刻",但将接受问题转置于变动的社会结构、情感结构中去理解,我个人感觉,这是一个极有价值的视角。最近这些年,社会竞争加剧,上升流动遇阻,人际关系异变,凡此种种,叠加冲撞,导致新一代人陷入精神及心理困境,这是常常被议论的话题。在某一类敏感的文学个体那里,内在的创伤感受会因文学阅读而塑形,并在私淑的文学偶像身上得到认知上的确认,甚或被进一步放大,也是可以理解的。当然,外部社会状况的影响,只是问题的一个方面,更为关键的,或许还是某种内在的精神形式与社会感知之间的谐振、加强。

谈及五四时代的新诗与新诗人,朱自清曾这样描述,"这是发现个人发现自我的时代。自我力求扩大,一面向着大自然,一面向着全人类;国家是太狭隘了,对于一个是他自己的人。于是乎新诗诉诸人道主义,诉诸泛神论,诉诸爱与死,诉诸颓废的和敏锐的感觉"。这段文字写在抗战时期,回溯新诗的起点,目的是要讨论国家观念在战时的凸显,但无意间,朱自清给出了一幅现代诗人的标准小像:此一时刻,投向无穷远、无穷大的自然和人类;彼一时刻,又可能回缩于深度的内面,诉诸"颓废的和敏锐的感觉"。"无穷大、无穷远"与"无穷小、无穷近"的对照,相互拉扯,又可彼此翻转，让真纯自我从传统、地域、血缘的牵绊中超拔而出，朝向无穷可能性展开。对于尚未进入社会结构而又需要自我确信的青年来说，这样的"个人的发现"模式，最能凝聚澎湃的身心，甚或可以作为一种特定的现代"诗教"来看待。1986年，在青海哈尔盖，海子的朋友西川也在远游中写下名作《在哈尔盖仰望星空》。在浩瀚的星空之下，诗人像个孩子，"放大了胆子，但屏住呼吸"，垂直性的崇高体验，也离不开"无穷大"与"无穷小"之间的张力。2008年在青海循化县，藏文中学的老师指出，在西部的高原上写诗，他们关心的恰恰是人类，是整体性的问题。表面看，他是在与海子争辩，而横亘在普遍与特殊、"大"与"小"之间的感受结构，又似乎没有根本的不同。

在"人类"与"姐姐"，"无穷大、无穷远"与"无穷小、无穷近"之间，现代"诗教"包含了一个可以内在翻转的精神形式，这一点在海子这里同样有热烈的表现，与孤绝创伤之感相伴的，无疑还有挣脱世俗生活，朝向远方漫游、求索，投身壮丽诗歌事业的精神维度：

> 我要做远方的忠诚的儿子
> 和物质的短暂情人
> 和所有以梦为马的诗人一样
> 我不得不和烈士和小丑走在同一道路上

这首《祖国（或以梦为马）》一气呵成，诗行纵横如"天马踢踏"，延续了革命年代政治抒情诗的诗体形式，与此同时，"远方"与"物质"、"烈士"和"小丑"的二元对照，也延续了各自高度象征化的精神形式。"和所有以梦为马的诗人一样／我也愿将牢底坐穿"，献身于"祖国的语言"的诗歌行动，由是被比拟为烈士牺牲的仪式，虽然在海子这里，"祖国""烈士"的内涵已在无形中更新。换言之，虽然革命年代已经过去，但革命的超越性激情、对主体能动性的信任，以及有关乌托邦的未来想象，作为精神形式，不仅遗留下来，而且内在形塑了20世纪80年代的文学理想。海子看似孤注一掷的写作，就发生在这一断裂与延续的当代精神史构造中。"为有牺牲多壮志，敢教日月换新天"，他同一时期写下的《秋天的祖国》"秋雷隐隐,圣火燎烈",充满蒸腾之幻象,诗的副标题干脆就是《致毛泽东,他说"一万年太久"》。出入过20世纪90年代初高校文学"场域"的朋友,大约会有众人合诵"以梦为马"的记忆。在当年的校园诗会上,《祖国(或以梦为马)》像春晚上的《难忘今宵》,每每都是最后一个要集体朗诵的篇目。

　　传统"诗教"讲求"温柔敦厚",现代"诗教"强调"内面"自由,而20世纪的革命"诗教"、集体主义"诗教",则提倡"爱憎分明",用"大我"来克服"小我",在奔跑的历史中校正那些"小资产阶级的手势"。不过,在宏大的历史结构中安排、整顿个我,这似乎仍是现代"诗教"的一种延伸,因为无论诉诸"颓废或敏锐的感觉",还是万众一心、朝向历史的宏大远景,"无穷大、无穷远"与"无穷小、无穷近"之间的抽离、转换,是共同的精神形式。奠基于这样的精神形式,现代"诗教"关注主体的内在性、超越性,能让真纯自我挣脱世俗的羁绊,让生命的热忱根植于另外的尺度、另外的远景。对于敏感而困苦的文学心灵而言,这样的"诗教"无疑具有极强的情感动员、整合能力,那么,怎么张扬它的正面价值都不过分。但换个角度看,如何将被发现的、被动员的"个人",更为具体恰切地安顿在社会伦理的关联中,怎样在"人类"与"姐姐"之外,也关心叔叔、阿姨、舅舅乃及邻人,可能是其中需要更多展开的部分。当然,这不是说,要将"远方"拉回家长里短、柴米油盐的俗物之阵,用"世故"来反对"真纯",而是说对更为丰厚的心智及想象力的培植,大概还要落实在生活世界的错综次第、层次之中。

　　"今夜,我不关心人类",在困苦脆弱的时刻,海子的坦诚,类似一种决断。这一决断包含了某种诗性的正义,它不容分说,更无需妥协。这里,可以比较的,倒是鲁迅在生命最后阶段写下的《"这也是生活……"》:

　　　　街灯的光穿窗而入,屋子里显出微明,我大略一看,熟识的墙壁,壁端的棱线,熟识的书堆,堆边的未订的画集,外面的进行着的夜,无穷的远方,无数的人们,都和我有关。我存在着,我在生活,我将生活下去,我开始觉得自己更切实了,我有动作的欲望——但不久我又坠入了睡眠。

病中的鲁迅夜间醒来，要挣扎着"看来看去的看一下"，日常熟识的事物从暗中逐一显露，呈现出某种真切却又陌生的样态。在"夜的进行"中，对"这也是生活"的感知，由此扩张至"无穷多、无穷远"。在困苦脆弱之际，鲁迅与海子在感知上刚好形成多层反差：一个是"无穷的远方，无数的人们，都和我有关"，另一个是"今夜，我不关心人类"；一个是向更大的世界敞开，一个是自我的创伤性回缩。这样的差异很容易识别，但其实更为关键的，是某种渐次开展的人间感受力的有无：在鲁迅的笔下，室内的一切，墙壁、棱线、书堆、画集等，在夜光的推移中被一一勾勒，"我"与世界的关系，由是也如层峦的山岳在皱褶中展开。这意味着，从"我"到"无穷的远方，无数的人们"，并非一次想象力的跳转、一次宏阔的主观移情，这种关联恰恰生成于一系列感知推移、展开的延长线上。

"删夷枝叶的人，决定得不到花果"，鲁迅后面写道，这大概也是病中之"我"，能于生活世界的错综层次中，获得一份内在笃定（同样是决断）并发现生命"更切实了"的原因。有意味的是，江绪林曾撰写《生命的厚度》一文，讨论自己阅读高华、梁漱溟的心得。在文章中，他提出一个问题。虽然梁漱溟经历和见证了更多的苦难、动荡和险恶，可是他的论述流露出更多的从容、豁达和乐观；而高华对启蒙价值的认同虽然诚挚，却显得那么脆弱而令人担忧。为什么会这样？他的初步结论是，这取决于个体思想是否具有生命的厚度，是否基于丰厚的生命与思想资源。而当代成长起来的学人，在处境上更类似高华，由于难以获得丰厚资源的内在滋养，即便有所认信也是很单薄的，"这是一个困难而脆弱的处境"。如何具体应对这样的处境，江绪林没有进一步的答案，但在有限的文字中，我们也能读出作为一个困苦脆弱的思考者，他生前几年的摸索。

在变动甚至失序的社会状况中，让"困难而脆弱"的心智有所依托，让我们的知识生活、我们的写作具有一种"生命的厚度"，并不是一个孤立的问题。包括诗歌在内的文学阅读与传播，如果不单是问题之"症候"表现，而试图在问题的回应中有所助益，那么重新构想一种现代"诗教"的路径、方法，或许也是可以考虑的。比如，无论在公众阅读还是中小学语文课堂上，对于现代诗的接受，往往集中于对"抒情"特征的把握。所谓"有感情地朗诵",似乎也是一种聊胜于无的"诗教"手段。由于朗诵文化的发达与普及,在各类晚会及电视屏幕上,更是能时常看到以声调之抑扬顿挫、身体之摇摆晃动,来展现"抒情"韵律的场面。但诗中的情感如何处置,不同层次、类型的情感该如何恰切表达,"朗诵"对于现代诗的接受是否全部有效,这些问题都需要更细致的对待。由于将"抒情"笼统地理解为情感之奔迸、流泻,"有感情地朗诵"也难免等同于一种高度夸张、戏剧化的表演。事实上,当代中国人在情感方面有极其活跃的感知,也有很高的表达诉求,但朗诵文化、抒情文化表面的发达与情感实际的偏枯、失真,可能是互为表里的。打工诗人许立志,也是海子隐秘的对话者之一,他的一首小诗名为《孝儿孝女》,幻想了自己去世时儿女的情感反应:

> 在我的葬礼上
> 他们哭得面红耳赤青筋暴露
> 就像我年轻时在 KTV
> 唱死了都要爱

  流水线上的异化劳动、有关死亡的"谶语"式想象,许立志诗中的这一部分经验,最受当代文化批评者关注。这一首却有点另类,像一则世态小品,葬礼上的哭天抢地与歌厅里的《死了都要爱》,形成对照与衔接,幽默之中不乏对当代社会情感状况的洞察。
  相对而言,在专业的诗歌教学与批评中,对感伤与滥情的拒斥,则是一种基本的"共识"。以现代"非个人化"诗学及"新批评"理念为出发点,深入具体的文本肌理的"细读",无疑是受到普遍推崇的方式。对若干现代诗"金科玉律"的重申,如"诗就是诗""写作是一场与语言的搏斗""诗歌可以构造更高级的现实"之类,又每每是此类"细读"的终点。近年来,尝试打破"细读"的封闭,让诗歌阐释、阅读发生在更大的问题情境中,已是不少学院批评者、研究者的共识。这种由内而外的努力,其实也可朝向"情感教育"的维度展开。不要忘记,20世纪的"新批评"理论,本身就不单纯是一种文本理论,而具有相当浓郁的人文意涵和心理学背景,在兴起之初，恰恰针对 20 世纪西方社会的文明危机。强调"最大量意识状态"的包容性，将诗歌写作、阅读等理解为一系列矛盾张力的多层次组织、安排，指向了价值紊乱之中现代人的身心偏执、失序。依照这种观念，现代诗的"情感教育"，便不只是让读者更"多情"而已，核心功能，也在于培育一种"好"的且更具整合性的情感模式、心智模式，而过度感伤、粗暴乃至"死了都要爱"的抒情，则是一种有问题的甚至是"坏"的模式。

从"情感教育"的角度出发，再来"细读"《日记》等诗，我们不难发现，海子诗中"空空"的世界并非真的空无一人，抑或"空空"之感之所以如此凄怆，恰恰因为对某种亲密关系、某种共同体感受的渴望，强烈地伴随其中。这表现为荒凉戈壁上对"姐姐"的轻声呼唤，表现为对乡村、家园的依恋，也表现为孤独一人坐在麦地里却梦想众兄弟紧紧拥抱的世界大同想象。可以说，疏离与卷入、寒冷与温情、孤绝的献身与尘世之爱，诸种矛盾的情绪盘曲、回旋，交织成海子诗中隐在的情感张力。在课堂教学中，我觉得可以和《日记》并举进行参照阅读的，应该是那首流传最广、可能误解也最多的《面朝大海，春暖花开》。

说对这首诗的误解很多，是因为在常见的解读中，无论为了凸显"正能量"，渲染诗人对幸福生活、美好生活的想象，还是直面"负能量"，将它理解为一首"弃世"之作，都有可能简化其中矛盾又统一的情感张力。实际上，借助语体的挪用及一系列语气、口吻的调动，海子构造了一个相当曲折的情感模式。"从明天起，做一个幸福的人"，这起笔的第一句就牵动两种截然不同的情绪。首先是当下的自我决断——"我要幸福"，但"从明天起"的限定，又将这个决断推向不断的延宕之中，"幸福"近在咫尺又似乎无法企及。在后面的展开中，"我"渴望交流，渴望与亲人通信，为陌生人祝福，祝福他们在尘世上获得幸福。但这个"尘世"在本质上与"我"无关，因为"我只愿"也"只能"背转身去，将陌生人留在尘世中，独自面对大海之上桃花盛开的幻象。与此有关的是，诗人一直在呢喃自语，沉浸于幸福的想象中，但当写到"陌生人，我也为你祝福"时，他好像突然一下子从写作中抬起了头，看到了他的读者，看到了这些"陌生人"，也就是正在读这首诗的我们，并尝试与我们交谈。由是，我们作为"陌生人"，也一下子被卷入诗中，面对面领受诗人的祝福，又直接看到他决绝地转身。

　　孩子的天真与成人的实感、对幸福的向往与幸福的不可触及、对尘世的留恋与"弃世"的决断、面向大海的独白与面向读者的对话,所有这一切,随着诗行的起伏,被纳入一种有机的情感结构。读者作为诗人的对话者,也会被无形带入,可从不同的角度感受幸福的含义,体味人生的矛盾与决断。在"困难而脆弱"的心情中,如果体知到这些丰富的层次,分析它们的生成与限度,思考内在翻转和改善的可能,应该说,对于海子的读者而言,一种"情感教育"的面向、一种社会性疗愈的可能,也就隐含在这样的"细读"中。

本文发表于《读书》2019年第9期

从"大众化"到"公共性":
一个诗歌史的线索

有关新诗大众化的讨论,似乎是一个相对陈旧的话题。"大众化"的提倡,虽然出自左翼文学的立场,但从新诗的发生之日起,新诗就包含了开启民智、"情动"社会的诉求。所谓"平民"与"贵族"、"看得懂"与"看不懂"、"普及"与"提高"之间的张力,也反反复复,贯穿新诗的历史展开,早已沉积为新诗史内部一种常态的问题结构。而且,有关研究已很充分,如(刘)继业兄的著作《新诗的大众化和纯诗化》,就立足原初材料的考掘,深刻检讨过"大众化"诗学脉络及其与"纯诗化"诗学的互动。如今重提这个话题,在我看来,可能要考虑如何挣脱原有的讨论框架,从更整体性的视野出发,探讨一下"大众化"历史起落的若干前提。比如:为什么要"大众化"?目的和现实指向是什么?大众化得以展开所依托的媒介形式是什么?

从某个角度看,五四时代白话新诗的出现,是近代以来文化"下沉"社会、传统士大夫文化衰落的结果。新诗不仅是白话的、自由的诗歌,也应该是平民的诗歌,早期白话诗质朴的社会写实,以及北大诸公对民间歌谣的兴趣,都大致体现了这样一种文化民主的理念。不能忽略的是,新诗同时也是现代都市文化兴起的结果。与旧诗相比,新诗主要是一种朝向"发表"的诗歌,写作、传播和评价机制,离不开报刊传媒的发展和读者大众的生成。这里的读者大众,以城市知识分子、部分市民及青年学生为主,并不包括后来左翼文学所发现的"工农大众"。与此相关,虽然有"普遍与真挚"的文学想象,但新诗也主要是一种"内面自我"的表达,奠基于

"个人的发现"一类现代性文化。普遍的共同体意识与个人化的书写"装置"，二者实际上相矛盾。20世纪20年代初发生在俞平伯、周作人、梁实秋之间的"平民"与"贵族"之争，就是这种矛盾的一次显现。比如，俞平伯倡导"诗底进化的还原论"，认为"平民性"是诗的本真质素，只不过被后来的贵族色彩遮蔽了，所以"进化还原"即是一种返璞归真、"把诗的本来面目，从脂粉堆里显露出来"的过程。在他的表述中，"平民"并不是社会学意义上的民众、大众，更多是一个发生学意义上文学普遍性的指称。

事实上，到了30年代，诗歌大众化问题被提出并变得迫切，并不是延续五四时代平民主义、文化民主的构想，恰恰是要超克"五四"的逻辑，依托于新型的政党政治、革命动员政治，从一个新的历史起点出发。在革命政治提供的视野中，"大众"也不再是笼统的、不分阶层的"平民"，而是需要被唤醒、组织的工农；"大众化"追求的也不单是文化的普及，而是动员的武器，为的是将"无声的中国"转为"有声的中国"，强力构造集体性的经验，从压迫中翻转出反抗、觉醒的力量。

包括诗歌在内，文艺如何对大众说话，进而让大众自己说话，创造出自身的文艺，是左翼大众化的核心命题。这也涉及另一个前提，即诗歌大众化所依托的媒介形式、传播方式，以及诗文体的功能。2020年出版的《有声的左翼——诗朗诵与革命文艺的身体技术》一书，就从"听觉"和"身体"的角度，对20世纪30年代"中国诗歌会"的"歌谣化"实践进行了饶有意味的讨论。作者康凌指出"中国诗歌会"所尝试的路径，是从民间歌谣小调中挖掘劳苦大众最为熟悉、适应的身体节奏，以"自然"的方式触动大众的身体记忆和生理回应，塑造听众/读者的集体性身体感知，从而起到组织、动员的功效。当"听觉"与"身体"的激荡，相对于"视觉"和"大脑"的理智，取得了更大的优势，这也意味着新诗媒介发生了转换。如果说"五四"以来的新诗是写的、发表在报刊上，依托文字书写和印刷媒介，供读者去阅读、去沉思默想，那么大众化、歌谣化的"新诗"，则是听的、唱的，诉诸劳苦大众集体性的身体经验。抗战时期兴盛的朗诵诗，延续了左翼大众化的脉络，同样具有强劲的跨文体、跨媒介的意识，在听觉、节奏和身体的互动之外，还引入戏剧艺术、广场艺术的形式，让新诗进一步成为可以表演的、行动的艺术。在李广田、朱自清等批评家看来，这样一种"行动的诗"，打破了印刷文化的限制，向公共世界敞开，其实已不再是过往的"新诗"，而是一种"新诗中的新诗"。

依托动员型的革命政治，无视印刷文化和口头文化的差别，最终指向群众文艺的"大众化"实践，在"新民歌运动"中达到了高潮，同时也将内在危机全面引爆。这样的"大众化"在当代诗人和批评家这里，自然不太会被认同，甚至被认为是对五四新诗传统的一种偏离。"不认同"也说明，当代诗似乎又落回新诗的"常态"之中。诗人的群落虽有所谓"地下 / 地上""官方 / 民间"的分别，但无论"作协"系统的老派抒情，还是"诗江湖"上的莽汉先锋，诗歌的写作和阅读，大体上说还是回到"文学现代化"的轨道上，以个人化的内在体验和语言创新为前提。当激进的革命政治逐渐消退，诗歌也不再可能承担动员社会、组织大众、塑造政治共同体的功能，被"边缘化"的命运不可逆转。相应的，当代诗的阅读与接受，又回缩到文艺青年和城市小资或中产阶级的圈子中。这个圈子不大，却也相对稳定，刚好配合了当代文化消费多样性的景观。当然，今日亦如当年，有关诗歌远离读者、不够"大众化"的疑问和焦虑，仍挥之不去，时不时也会激起讨论的声浪，但这里的读者大众，与左翼文学视野中需要被唤醒并创造自身文化形式和领导权的"大众"，内涵早已迥异。美国学者江克平多年前曾用"从'运动'到'活动'"的说法，来概括当代中国朗诵诗的流变。这是一个简单也有效的概括。

贸然做一个判断的话，由于"大众化"依托的文化政治前提已流失或转变，在当下的语境中，虽然诗歌传播、接受问题仍然存在，但"大众化"问题或许并不突出，也不迫切。因而，要谈论当下诗歌与社会接受、公众阅读的关系，可能有必要转换一下考察的视角、框架。1940 年，朱自清翻译了美国诗人阿奇保德·麦克里希的《诗与公众世界》一文，借此传达对诗歌之时代处境变化的感知。这篇文章探讨了私人情感、经验在现代历史中不断公共化、政治化的趋向：

> 我们是活在一个革命的时代；在这时代，公众生活冲过了私有的生命的堤防，像春潮时海水冲进了淡水池塘将一切都弄咸了

一样。私有经验的世界已经变成了群众、街市、都会、军队、暴众的世界。众人等于一人、一人等于众人的世界，已经代替了孤寂的行人、寻找自己的人、夜间独自呆看镜子和星星的人的世界。

对于麦克里希的判断，朱自清有强烈的认同感，多次在文章中引用。他时刻关注的正是抗战时期"个人的心"与"群众的心"激荡中产生的新诗乃至新文艺的可能，他对朗诵诗的认知兴趣，就生成于这种关注的延长线上。某种意义上，"诗与公共（公众）世界"的关系抑或"诗的公共性"，其实也可挪用过来，作为审视当代诗的一种可能的视角。

具体而言，随着社会问题累积、阶层分化与固化、公共灾难或事件频发，新世纪以来当代诗的写作和评价，越来越多地卷入到公共性的议题中。无论从2008年的"地震诗"到2020年的"抗'疫'诗"，还是有关底层写作、草根写作、工人诗歌、"余秀华现象"的热议，似乎都引发了较高的社会关注度。特别是有关讨论、纷争往往会在媒体和社交网络上热闹展开，并非局限于诗坛内部或由诗人和批评家来推动。这是一个值得注意的新现象，一定程度上也冲击了20世纪90年代之后形成的当代诗歌"场域"。在部分批评者看来，对社会苦难和重大事件的回应，体现了当代诗难得的现实性和道德感，突破了先锋诗歌美学和伦理上的封闭，此类写作甚至可以看作是一种新的"崛起"。更多的诗人和批评家，则对"道德归罪与阶级咒符"（钱文亮兄语）保持充分警惕，强调诗歌写作更应捍卫自身的伦理，不能投靠公共道德。爱尔兰诗人谢默斯·希尼在《舌头的管辖》一文中的断言——"诗歌有其自身的现实，无论诗人在多大程度上屈服于社会、道德、政治和历史现实施加的修正压力，最终都要忠实于这一艺术活动的要求和承诺"，就为很多当代中国诗人所激赏并频频引用到自己的辩难之中。

希尼的断言高亢又妥帖，申明了"诗歌伦理"的不可化约性，但似乎又过于稳妥正确、过于自圆其说了，以至于可能回避了问题的复杂性。这个话题并不能就此终结，可以进一步追问："忠实于这一艺术活动的要求和承诺"，写作是否就能打开新的感受层面，而不只是屈服于现成的社会、道德要求？书写底层艰辛、社会问题的诗歌，在避免沦为"祥林嫂式的诉苦"的同时，又如何能突破旁观与反讽的惯性，获得一种深切感知他人的能力？若诗歌被卷入公共世界，是否能在引起热点话题之外，进一步打破社会文化的区隔，在作者、读者、批评者的联动中，形成一种新的共同体感知？诗人翟永明多年前的《关于雏妓的一次报道》一诗，就将这些层次以自我反观的方式呈现出来。在这首诗的前半段，诗人为读者勾画了一个"雏妓"的形象，被拐卖、被伤害，却无知懵懂，看似冷静的陈述背后，有按捺不住的悲伤和愤怒。然而，这首诗的关键，在于随后的翻转：

> 看报纸时我一直在想：
> 不能为这个写诗
> 不能把诗变成这样
> 不能把诗嚼得嘎嘣直响
> 不能把词敲成牙齿　去反复啃咬
> 那些病　那些手术
> 那些与12岁加在一起的统计数字

"雏妓"的故事和形象，是"我"从报纸上读来的，而每日的报纸、新闻散布成千上万的类似的资讯、图像，它们"刮伤我的眼球"，却也是"一掠而过"，带来的恰恰是一种新的冷漠。这冷漠以同情为包装，正像"巨大的麻布"，"抹去了一个人卑微的伤痛"。

要不要为这个写诗？当代诗之"公共性"的难题之一，就表现在即便诗人真诚地以"个人化"的感受力、想象力，去深入社会的状况、体知他人的处境，但"个人化"的视角，往往会受限于直观的、习惯性的道德反应，而且为互联网、社交媒体单向度的资讯提供强力中介。这样的"真诚"，还是与他人的实际经验相隔膜，介入公共世界的写作，最终被回收于城市中产阶级对社会苦难的观看和消费中，进而反噬自身，写作变成对抽象价值立场"嘎嘣直响"的反复啃咬。这样的"公共性"，显然不是诗人所期待的。

当然，如何突破个体或特定群体的认知框架，以在与他人、与不同群体有效的、实践性联动中，达至某种相对深厚的社会感、形成某种"社会想象力"，是人文知识界共同面对的课题。诗人马雁在《北京城》中曾这样写道：

> 有那么些人常常聚会，
> 无谓地研究问题，这城市
> 热衷于责任而毫无办法。

"热衷于责任而毫无办法"，大概是某一类人文知识分子的精神画像，这样的知识分子常常聚会于京城，其中自然也包括诗人和她的朋友。在这样的总体性状况中，要求诗人独自担当重建"公共性"的难题，是过分苛责的。可换一个角度来提问：在文化"公共性"被挤压至萎缩的时代，从艺术自身的"要求和承诺"出发，诗人是不是也可以另辟蹊径，找到自己的"办法"？

在这里，有必要重温一下阿多诺关于"抒情诗与社会关系"的讨论。在阿多诺看来，抒情诗之退回自我、发掘自我，看似远离社会，但远离的可能是社会的表层，一首高明的抒情诗，会将主观性转化为客观性，在语言的最深处与社会联系在一起，这样的抒情诗因不流于口头谈论和报道社会而富有社会性，又以愉快的表白与语言的自愿结合而富有社会性。阿多诺的说法很显白，也提醒我们注意，从话语的层面介入现实、表现社会性议题，是当代诗"公共性"的一种表现，但不是唯一可能的表现。作为一种特殊的语言构造，诗歌表达不一定对应于具体的社会状况，却可与深植于社会结构中的感受结构形成一种内在共振，引发读者连绵的情感共鸣，以及不断领悟自身及他人状况。换言之，诗歌的公共性不仅是一个朝向外部的问题，它同时也可在写作内部、批评内部来重建。

最后，不妨以马雁的一首诗为例，就这个话题稍作展开。马雁在十余年前早逝，她身后由友人整理出版的诗集和文集，吸引了众多包括年轻诗人在内的文艺青年。这种喜爱乃至追捧，并非诗人过早离世而造成诗歌史效果的产物，也不简单源于她强劲、饱满的诗风。对于很多喜欢马雁的年轻人而言，她好像一位知心人。她诗中表露的热情、对个人伤痛的开掘、对亲密关系的向往，都颇为切合在成长中充满困惑又有所认信的青年心境。一位"90后"诗人就谈到在她和她的朋友们眼中，与其说马雁是一个诗歌偶像,不如说是一个"姐姐":"她并非以诗人身份,而是以自由、强大的生活方式,以及隐藏在自由内层、'建造生活'的严肃态度吸引我们。"这样一种心意相知的感受,对于理解诗歌内部的公共性,多少是有些帮助的。马雁于2010年底写的《我们乘坐过山车飞向未来》,就是一首洋溢了公共化感知力的诗:

> 我们乘坐过山车飞向未来,
> 他和我的手里各捏着一张票,
> 那是飞向未来的小舢板,
> 起伏的波浪是我无畏的想象力。

这首诗写得热烈又强劲。飞向未来的"过山车",显然是由诗人"无畏的想象力"所构造,隐喻了人生在世不得不选择的各种轨道,这些轨道让一切加速、飞转起来。在湍急展开的诗行中,诗人似乎在指点我们看"过山车"的上下:有巅峰的创造者,有传奇的讲述者,有底层的匍匐者,有智慧的耳语者,还有接吻的恋人、无辜的儿童和动物。有人被抛向高处,有人被甩到半空,一座盘旋的文字"过山车"似乎被直接搬到了纸面上:"如果存在一个空间,漂浮着/无数列过山车,痛苦的过山车……"

这首诗的基调"全是痛苦,全部都是痛苦"。但有些出人意料的是,这首痛苦的独白之作,有着一种奇异的卷入力,人称在"我们"与"我"和"他"及"我"和"你"等人称之间急速转换,似乎能把所有读到这首诗的人都带到"过山车"上,与"我"一同感受呼啸的节奏,在惊惧中反观自身、警醒不已:

> 哦,每一个坐过山车的人
> 都是过山车建造厂的工人,
> 每一双手都充满智慧,是痛苦的
> 工艺匠。

"我们",包括读者和诗人,既是过山车的乘客,同时又是过山车的制造者,共同参与了纵横轨道的设计与铺设。痛苦的呼语、急迫的节奏、不断转换的人称，都强化了一种人与人"共在"的感受，强力揭示出在现代社会体制、诸多理性人生规划中，普遍被碾压、被扬起又抛下的生存处境。借用阿多诺的说法，这首痛苦的、主观的抒情诗，实际也是客观的，包含了"情动"他人、洞察社会的可能。

这里的"情"，不只是激情之情、共情之情，也可以对应于情势、情理、情况，包含了对现实状况中人之境遇的理解。如果经由阅读、批评和再阐释，语言激起的感受力波纹，便可一圈圈荡漾开来，由"我"及"你"及"她（他）"再及"他们（我们）"，并延伸到更大的社会性领域。我们甚至可以说，诗人没有热衷于责任，却在这首诗中找到了自己的办法。虽然这办法还是直观式的，缺少生活实践、社会实践的支撑，有待进一步整理、打开，但相比于"嘎嘣直响"的抽象责任，要探索当代诗的公共性，这倒是一个较为切近的起点。

本文发表于《粤港澳大湾区文学评论》2021年第2期

怎样重新领会"革命诗歌"的传统

这次会议（20世纪中国革命与中国现当代文学学术研讨会，2021年9月25—26日）的论文主要集中讨论小说，没有涉及诗歌。因此，（贺）照田提前布置了任务，嘱托冷霜和我在"圆桌讨论"上专门谈谈诗歌，这是一次"命题"发言。后来我和冷霜商量了一下，做了一下分工。我来谈现代诗歌的部分，一会儿冷霜会谈当代诗歌。

这些年，虽然我一直在做新诗方面的研究和批评，但回头想来，对于左翼革命诗歌的脉络，自己的了解其实相当有限，大致只有一些轮廓性的甚至印象式的把握。这不完全是个人的问题，一定程度上也反映了当下诗歌研究的状况。洪子诚老师在《中国当代新诗史》中讨论过，在回溯新诗的历史脉络时，20世纪50年代的批评家曾提出"主流"与"逆流"的一种分别：所谓"主流"，就是郭沫若、艾青、臧克家、田间代表的革命的、进步的诗歌传统；"逆流"则是胡适、徐志摩、戴望舒代表的资产阶级或小资产阶级的诗歌脉络。当然，这样的等级秩序在80年代之后，被颠倒过来了，原来被看作是"逆流"或"支流"的象征派、现代派、九叶派的诗歌，反而被认为具有更高的审美价值，更能体现新诗现代性追求的向度。这里，对所谓"现代性"的理解，更多是以现代主义的文学趣味，以及现代主义提供的个体和历史的关系模式为前提的，而且在相当程度上塑造、制约了我们对20世纪新诗史的认知。对于这一"颠倒"带来的新的不均衡，孙玉石老师在90年代中期就曾反省过。大家知道，孙玉石老师长期致力于挖掘、整理新诗中的现代主义诗潮，在他的带动下，当时很多年轻的新诗研究者都投身于这方面的研究。孙老师提醒，在关注现代主义诗潮的同时，不应忽略现实主义这一诗歌脉络，不能顾此失彼。然而，二十多年过去了,"不均衡"的状况在新诗史研究中并没有得到根本性的改观。

当然,研究革命的现实主义诗歌传统,以及在新诗研究中整合"革命的现代性"和"审美的现代性",具有很大的挑战性,需要某种更整体性的思考框架,甚至要以当代中国前三十年和后四十年关系的内在理解为前提。如果只是在文学潮流的意义上来讨论现代主义、现实主义或二者的关系,效果未必很好,也很容易重新落入文学与政治、艺术的独立性与社会的功利性、纯诗化与大众化这样一些二元框架,并不能突破革命与后革命之历史断裂形成的观念板结。如何更有效、更内在地将"革命视野"引入新诗史研究中,是一个特别需要思考的问题。我觉得,20世纪40年代闻一多、朱自清等人在讨论抗战时期兴起的朗诵诗、战斗的诗时所提出的一个说法,或许还有一定的参照意义。他们认为,像朗诵诗这样的新形式,不同于印刷的、供读者玩味诵读的新诗,而是"活在行动里,在行动里完整,在行动里完成",是一种"新诗中的新诗"。这个提法的意义在于,不是在流派的层面,而是在新诗自身的历史脉络中,去把握战时救亡、革命诗歌的独特位置,凸显新诗对自身原有"体制"的突破,诸如在社会位置、传播媒介、与大众的关系乃至接受方式方面的突破。朱自清进一步将这种"突破"看作是"新诗现代化"的一条路径,这和袁可嘉40年代后期阐发的"新诗现代化"非常不同。后者是以对现代人复杂内面经验的理解为前提,重点在强调社会内在差异性、矛盾性的包容协调;朱自清所构想的"现代化",重点则在打破固有文化体制、普通民众参与文化政治,以及由此形成的一种全新的文化公共性。

事实上,在革命文学研究新思路、新方法的带动下,近年来一些年轻研究者已在"新诗中的新诗"这个向度上做出了有益的尝试。比如:讨论左翼大众化诗歌中的节奏、声音和劳动者身体的关系问题;从"作为生产的艺术"的角度,考察延安及解放区的诗歌实践,像艾青的长诗《吴满有》与边区"劳模运动"的关系;再如在新中国成立后社会主义建设的背景中,重新探讨"新民歌运动"的意义。这些研究都很有新意,拓宽了新诗研究的格局,但相对而言,我觉得一些看似更为传统的诗学问题,涉及文学感受力和认知方式的问题,同样值得在"革命视野"中重新讨论。刚才,何吉贤说到"热情"对于革命人的重要性,"热情"是和"抒情"联系在一起的，这正是理解革命诗歌的一个特别重要的线索。在革命文学的传统中，谈论"抒情"会有某种争议性，"抒情"往往会让人联想到小资产阶级的习性，对应于某种感伤、不成熟的主体状态。尽管有这样那样的争议，好的、饱满的抒情对于塑造革命人宽广深厚的胸怀，激发工作、生活和战斗的热情，无疑是非常重要的，这也是左翼革命诗歌中最有感染力的部分。说实在的，像艾青《吴满有》这样的作品，在配合革命政治实践、塑造农民的主体位置、突破新文艺的固有体制方面，都相当有研究价值。但作为读者，我们可能还是喜欢读艾青40年代那些阔大深沉、盘旋低吟的抒情之作。可以说，革命之"抒情"对20世纪中国人精神生活的影响非常深远，像不断寻求"远方"的精神动力、为崇高事业"献身"的激情、对更广大人群的关切等，包括这种"抒情"的内在限度、可能的负面影响，都值得梳理和再检讨。

事实上，从新诗、新文学的起点看，"抒情"并非只是内面发现的结果，一开始就和鲁迅思考的民族"心声"问题、晚清以降仁人志士对于"心之力"的强调，以及五四新文学对于情感的普遍性、真挚性的理解联系在一起。换句话说，新诗、新文学中的"抒情"，在起点上就具有某种整体感和社会性，和20世纪的"时代精神"有很强的内在同构和共鸣。说到20世纪的"时代精神"，也不能不提到闻一多1923年对于郭沫若《女神》的经典解读。在《〈女神〉之时代精神》这篇文章中，闻一多开宗明义地讲道，若讲新诗，郭沫若的诗才是真正的新诗，不独艺术上他的作品和旧诗词相去甚远，最紧要的是他的精神完全是"20世纪的时代的精神"。"时代精神"的说法大家耳熟能详，似乎没什么了不得的，可在闻一多的时代，它还是一个全新的概念，并非指向一种静态的客观存在，而是一种很抽象的、正在生成的东西，需要诗人或思想家敏锐地感知到并表述出来。闻一多是怎么阐释"20世纪的时代的精神"的呢？他拉拉杂杂说了几条，什么动的精神、反抗的精神，什么科学的成分、世界之大同的色彩、挣扎抖擞的动作，等等，好像也没太说清楚。因为对他而言，"时代精神"并非确定的、实体的存在，不能直接被民主、科学一类标签所涵盖，它可以被强烈感受却不可被简单归纳，更多是一种时代潮流的激荡之感、一种在历史内部涌动的能量。在浪漫主义的观念中，诗人往往会被想象为一架风中的竖琴，为四方的气息吹拂，发出美妙的乐音。依照某种解释，所谓"时代精神"，恰恰与"风"和"琴"的隐喻有密切的关联，"时代精神"就如同田野里吹刮的风，可以被感知，却不可能被整体把握。作为抒情主体，同时也作为历史主体，诗人就如同一架竖琴，沉浸在风中，感知并共鸣于这变幻无形的"时代精神"。后来在革命文学论争中，郭沫若曾呼吁文艺青年"当一个留声机器"，去表现大地深处的雷鸣。程凯、王璞都对此有过精彩的分析，指出这个"留声机器"的隐喻就是浪漫主义诗学"风中之琴"的延伸、变体，只不过"历史之风"已转换为大地深处"猛烈的雷鸣"，转换为革命的历史观或总体性的革命政治。

在后来革命文艺的展开中，"留声机器"的隐喻似乎更强势一些，也更具一种历史的规定性和必然性，但那种不确定的、转徙流通的"风"的气息也一直保留了下来。特别是在一些优秀的抒情作品中，比如我们读艾青的诗、何其芳的诗、郭小川的诗，总会读到某种个体和历史、革命与日常生活、自我和他人之间那种情感灌注、气息舒展的感觉。借用宝林兄的说法，好的左翼革命诗歌既有"世界观"也有"世界感"：人在革命进程之中，置身于斗争与生活的世界之中，热情洋溢，同时也会有一种自然和自在。比如，何其芳在延安时期所作的《夜歌》，就写得非常舒缓、自在，"我"好像是在诗中与周边的同志、朋友聊天，谈生活、谈工作、谈友谊，检讨自己的缺点，回溯大历史中个人的成长。这样一种根植于生活和工作现场与他人交流的饱满热情、一种共同体内部亲密舒放的感受，在新诗史上乃至中国传统诗文学当中，都是全新的。再比如，艾青抗战时期的诗歌，常常会写到旷野、草原、山地、河流等广大的自然意象。这些自然意象是高度符号化、象征化的，代表了战时中国的形象、在苦难中默默承受的民族形象。但如果只是这样写，艾青的感染力不会这么大，他诗中最独特的部分是，即便在严酷的环境中，他也会特别写出人在自然中的沉浸感，写人和大自然之间气息、能量交换。像《吹号者》这首名作，写一个号手站在黎明的蓝天下，他先是将原野里的清新气息吸入身体里，然后再吹送到号角里，用嘹亮的号音来回馈原野，去唤醒自然万物、唤醒战斗的人群，而这号音中还夹杂着他身体内纤细的血丝。这一段写得极其精彩，特别有那种"风"的感觉。在人和自然的气息、能量交换中，在缕缕的纤细血丝带来的肉身痛感中,战士的形象,以及人在历史中的主体位置浮现了出来。当时年轻的诗人穆旦是艾青的粉丝,他对这一段就赞叹不已,评论说,"这岂是感情贫弱的人写出的"。这种写法也体现了穆旦所说的"情绪和意象健美的揉和",即一种可以将历史肉身化的能力。

对于革命诗歌的一个常见批评是,过于宏大、观念化的抒情,会脱离个体的身心感受,沦为一种口号式的抽象表达。实际上,当人置身于历史,为革命政治所激荡,为"时代精神"所吹拂,对世界的感受和对生活的理解,也会一层一层饱满地绽开。穆旦在艾青的诗中,就读到了这一点,并将之直观地命名为"新的抒情"。他概括了几条"新的抒情"的特征,比如与时代的大协和、宏大强劲的调子、历史的方向感等。同时,穆旦也注意到了艾青诗中的"气息",说:"在他的任何一种生活的刻画里,我们都可以嗅到同一'土地的气息'。这一种气息正散发着芳香和温暖在他的诗里。"艾青自己也在诗中写道:"我永远是田野气息的爱好者啊……"在这里,两位诗人提到的"田野气息""土地的气息",不仅是一种自然感觉,同时也是一种历史感觉,这正是"新的抒情"非常隐微的核心特征。

相比于一般的新诗,革命诗歌还有一个特点:胸怀广大,往往能俯瞰山河大地,包揽世界,甚至直通宇宙,纵贯历史和未来。这种宏大的空间构造,也会带来一些问题,如果缺少丰富的、倪伟老师所强调的"浑浊"的中间层次,"大"与"小"、广阔世界和个我经验之间的衔接,会比较生硬、单薄,导致诗中的"世界观"非常饱满,而"世界感"很稀薄。但像刚才提到的,好的、饱满的革命诗歌不存在这样的问题。比如在郭小川的一些作品中,宏阔的空间意识、宇宙意识和历史中的具体感受并不脱节,能够酣畅贯通,自然又自在。这也是由革命者、建设者在大历史之中的位置感和信念感所决定的。在十多年前,诗人西川和王敖围绕浪漫主义的评价问题,有过一场论辩,有关文章发表在北大新诗所主办的《新诗评论》上。其中,王敖的《怎样给奔跑中的诗人们对表》是非常重要的收获。这篇长文全面回溯了浪漫主义在英美20世纪诗歌和批评中的复兴,也辨析了中国诗人、批评家"对表"西方的心态。让人有些意外的是,在长文的结尾部分,王敖突然谈起了郭小川,谈起他的组诗《乡村大道》。这组诗写于20世纪60年代初期,当时国内外局势很严峻,但这组诗洋溢了一种革命浪漫主义的乌托邦激情，以"乡村大道"来比拟革命及社会主义建设的征程，条条大道像"金光四射的丝绦"，将城市与乡村、山地与平原交错相连，把"锦绣江山缔造"。王敖是一位影响很大的当代先锋诗人，在美国读完博士后留下任教，他是做古典文学研究的，非常熟悉欧美现代诗歌，也喜欢摇滚乐。按理说，他的文学趣味应该与郭小川时代的文学经验有很大距离，事实则是，他非常欣赏《乡村大道》中宏阔舒畅的空间秩序、层层展开的铺陈手法，并援引大赋等文学传统来说明。当然，他也讲到自己并非赞同郭小川的立场，只是认为，诗歌可以像《乡村大道》那样积极参与话语的缔造，这样宏阔的时空感觉才能被激发出来。

我觉得，王敖从当代先锋诗歌的立场出发，注意到了一个关键问题，也就是郭春林老师的论文在讨论柳青时提到的"正面描写"的问题。这个问题好像是小说家要面对的，其实对于诗人而言，"正面"还是"侧面"选择同样重要。柳青不喜欢"侧面"描写，很多现代作家，特别是现代的诗人，却是喜欢甚或习惯于侧面描写的。诗人陈敬容在20世纪40年代说过，我们要写现实，一定要写现实的侧面、内面、背面，这样才能获得对现实的完整把握。这个说法很有名，大部分当代诗人肯定会支持她的观点。书写现实的内面、侧面、背面，的确很重要，可需要注意的是，也不能就因此忽略了那个"正面"。如果不去处理"正面"，只着眼于周边和侧面，或者说回避与重大问题的接触，回避生活主要潮流的激荡，你的感受也可能会逐渐疲弱甚至干瘪，也无法在"内面""侧面"和"背面"之间形成整体感。我们能看到当代文学包括当代诗的一些状况，与这种站在一边或背过身去的姿态，不无关联。冷霜和我有一位诗人朋友，他说过，相对于很多当代诗人习惯的"稍息一边"，他希望自己写诗能"以主流自任"。这个说法很有意思，"以主流自任"并不是说要站在中心，垄断话语权，而是要正面处理、回应有意义的思想和生活命题，用他自己的话来说，尽量做到"合乎时宜"。"稍息一边"也是很有意思的说法，"稍息"自然是和"立正"相区别的，像郭小川这样的革命诗人，肯定是采取立正、致敬的姿态来写作的，但先锋诗人确实大多喜欢"稍息一边"，好像不端起架子，在边缘位置上保持放松，甚至跷上二郎腿，会更自在、更自如一些。然而，"稍息一边"久了，看来不端架子的姿态，也就成了一个新的架子，看似很多元自由的写作也会落入新的窠臼之中。这也是蔡翔老师讲到的，没有套路的文学，反而会固化为一种套路。在这个意义上，要破除当代诸多"隐隐然"已不可动摇的感知和认识结构，包括"正面描写"在内的"革命诗歌"传统，确实需要当代的诗人和批评者去重新领会。

本文发表于《汉语言文学研究》2022 年第 1 期

"理想主义"重造的精神土壤

以贺照田的"陈映真文"为起点,余旸、程凯、冷霜三位的讨论与展开①,已在很大程度上推进了对于理想主义的理解,注入了很多新的、非常丰富的内涵。正像冷霜在文章中提到的,"理想主义"这一表述在中国的日常语境中,往往会有两种固化的理解:一是意味着"缺乏现实感",一是指20世纪独有的思想行为方式。无论贬抑还是怀旧,其实分享了同样的认识前提。这样的固化理解生成于特定的历史、思想和社会感知脉络中,与革命年代理想主义构成本身的不足有所关联。因而,"重造"理想主义的一个前提,就是要突破上述固化的认识,在所谓"系统真理"失效的情况下,或者说在国家政治、革命理念不能提供一种可期盼远景的当下情境中,思考如何从日常生活和工作中,从特定主体的生命历程、境遇中,从个体与他人的有效互动中,去探索一种深度的"主体培力"。

谈理想主义的重造,也不能不谈它曾经的挫败与剥蚀,这方面,不同世代的感受应该有所不同。我和冷霜一样,都是20世纪70年代初生人,进入大学之后都做过较长时间的"文学青年",某些经验或记忆或许比较接近。他在文章中谈道,90年代初"理想主义"本身具体的政治和社会内涵可能已经流失,但剩余的精神能量、形式在一部分文学个体身上,可能会转化为某种献身文学的激情。这也正是我大学时代的感受。我是在80年代末90年代初进入大学的,那时,市场化时代尚未全面到来。回想起来,周边的氛围凌乱、芜杂又沉闷,校园里到处张贴着托福讲座的海报,

---

① 参见余旸:《"理想主义重构"的思想内涵与当下启示:以贺照田"陈映真文"为讨论中心》、程凯:《"向每一个生命都积极开放的研究"与人文理解力的养成》、冷霜:《一种新的理想主义如何可能》,《人间思想》(繁体字版)2021年春季号。

宿舍里流传着戏谑笑话，同学大多按部就班上课、跑步、睡觉，对时代巨变浑然不觉或茫然不解。但某种能量似乎还在郁积、在涌动。特别是，我入校后不久就参加了一个文学小社团，这个小团体由校园里一批"异端"分子构成，与其说大家是因共同的文学旨趣，不如说是出于对某种更积极的思想生活的需求，才聚集在文学尤其是"诗歌"这盏微弱的烛火之下。当时，海子的诗被大家热烈地追捧，像《祖国（或以梦为马）》中的诗句，常在酒酣耳热之际，被集体高声朗诵：

> 我要做远方的忠诚的儿子
> 和物质的短暂情人
> 和所有以梦为马的诗人一样
> 我不得不和烈士和小丑走在同一道路上
> ⋯⋯⋯⋯
> 我甘愿一切从头开始
> 和所有以梦为马的诗人一样
> 我也愿将牢底坐穿

在我们的感受中，这样的诗句是先锋的、决绝的、孤注一掷的，但内含的情感、精神形式，又是我们从小就熟悉的，如牺牲、献身、决不妥协，为了远大理想可以付出一切⋯⋯这一系列源自革命年代的理想主义、英雄主义话语，能非常强劲地触动内在的集体性心弦，也颇能吻合"苦闷青年"对周遭人际、学业乃至"物质"环境的拒斥心情，具有很大的召唤力，一时间能起到自我及团体整合的作用。可实际上，这样的激情又是自我掏空的，除了革命"远景"已被置换为更为抽象的语言"远方"，其中包含的对现实状况整体的弃绝、否定态度，也在强化年轻人本有的疏离和感伤倾向，并不能导向更好的现实理解和自我理解。文学中的亢奋和现实中的虚无，往往交替发生，具有内在的同构性。即便只是对诗歌写作而言，"天马踢踏""为有牺牲多壮志"的豪情，后来也不能开展出更多，如果脱离了深切的生活与历史感知，对于文学"远方"的狂热，也很容易被回收到语言之中，结合或稀释于各种现代或后现代的文艺观念，蜕变为某种对主观意志力、自我和语言可能性的过度张扬。我想，类似的"理想主义"延伸与实际的剥蚀、消耗，在前后两三代人身上都可能存在，在延续革命年代的精神能量的同时也进一步放大了内在的不足。这种"剩余"的理想主义精神形式，与20世纪90年代以来整体的"去革命""去理想主义"思潮乃至消费文化的兴起，并不能构成有力、有效的对话，甚至会构成某种潜在的配合、屈从。

对于更为年轻的世代来说，时代和自我的感知状况有很大不同。在成长的阶段，他们不一定得到过"理想主义"的滋养和支持，对于从宏大历史远景出发来看待个人位置、出路的方式，可能已相当疏远，他们面对的是更为原子化和具有竞争性的社会环境。然而，出于对更好的社会生活、更充实的自我的期待，也基于对各方面现实状况的不满，很多个体身上，仍显露出一种寻求突破、卓然不凡的气质。因而，对于革命年代的精神构造，或许相较于上一两代人，年轻一代反倒会有更多的亲近和向往之感。在校园及知识界比较活跃的左翼文化理论、批判理论，以及近年来不断高涨的对国家崛起、文化主体性的认同热情，也能起到比较强劲的牵引作用，聚合起新的反思与实践的蓬勃能量。问题也是同样的：批判性的理论视角能否带来一种内在于社会的认知？蕴积的"理想主义"潜能能否深植于具体的日常感受和现实情境，转化为一种可持续的、有益于社会、他人和自我的建设力量？其中，还有很多环节需要理顺和贯通。

在长一点的时段中看，依靠科学的主义和革命的、正确的原理等来不断撬动、引领社会，赋予历史以方向感，并不断构造出新的伦理、新的主体结构，本身就是20世纪中国历史的一个内在逻辑。在传统的"修齐治平"逻辑中，个体身心与家国天下之间存在一环又一环的递进关系，而现代的"新人"、革命的"新人"往往是自我拔擢而出，通过拥抱社会、国家、革命这样宏阔的远景，来参与历史并改造身心。如何让这样的主体生成同样具有内在的渐进层次，落实在充满自我辩驳的生活实践和情感结构中，使之内在充实、康健？这是一个没有特别好解决方法的问题。从某个角度看，这也是左翼文化理论的一个潜在问题线索。从鲁迅到胡风、冯雪峰等，都强调革命理论的接受必须经过一番主体的抵抗、搏斗，方能成为自我血肉的一部分。40年代初期陈家康、乔冠华等"才子们"提出的"生活态度论"，大致也可在这样的线索中理解。作为40年代马克思主义中国化的一种表现形式，"生活态度论"关注正确原理与健全的主体状态、生活状态的关系，认为生活实践本身也是一个重要的革命领域。这种"马克思主义中国化"与毛泽东提出的马克思主义与中国现实相结合的方案，有相当程度的重叠乃至一致性，但着力点也有所不同。从"人文知识思想"的角度，细致整理这样的理论思考和论辩，在某种历史的结构性"反复"中打开视野，无疑有助于认识"理想主义"重造的来踪去迹。

另外补充的一点是，"理想主义"的重造不单是指独立个体在各自生活和工作领域的"主体培力"，"培力"还需要相应的精神氛围、土壤乃至群体实践的支撑。程凯谈道，要探索一种"新理想主义"，相对于在世界、国家等大结构中去定位个体，不如考虑从一个"有我的、坚实的小结构中获得责任意识与意义感"，进而推向更大范围的社会。这样的"有我的小结构"恰恰不是个体性的，而是深嵌在与他人共在的具体社会实践、生活实践之中。像照田在文章中分析过的，陈映真在70年代中期出狱后，他面对的台湾的社会氛围与60年代已经很大不同。关于乡土文学的讨论，以及以青年知识分子为主体的社会运动，提供了一种"旷然的寂寞"和"怃然的反省"的氛围和空间。他的社会主义理想后来受到挫折，由此产生的落差也带来很大冲击，但"怃然的反省"的社会氛围和人群，抑或周边不同类型、相互交叠的"小结构"的存在，一定程度也能构成缓冲、带来转化的可能。换言之，陈映真经历的不是理想主义的破灭，而是现实之中思想和感受的不断校正，他的价值立场和思想底色未变，丰富的在地资源和实践土壤提供了一种无形的支撑。照田分析的欢欢个案也是同样的。欢欢意识的突破和自我"培力"离不开乡村建设打造的实践性空间，正是在这样的空间中，各方面条件的配合、激发，给她带来了突破的契机。① 程凯提出要寻找与"有我的结构"相配合的实践路径。在我的理解中，这样的实践路径的意义，一方面指向特定的社会实践目标，另一方面也在于，"实践路径"能不断带动"小结构"的生成、开展，由此不断"活化"理想主

---

① 参见贺照田：《从社会出发的知识是否必要？如何可能？》，《文艺理论与批评》2018年第6期。

义可能的精神土壤。

回头来看，我自己当年置身的文学小团体，虽然更多具有"抱团取暖"的性质，缺乏外向拓展的意识，但似乎也可视作某一类"有我的小结构"。"小结构"内部的亲密关系和共同文学信念，在容易感到茫然无助的青年时期，还是提供了某种心理支撑和人格滋养。我所在的是一所理工科院校，大概因专业背景所限，这个文学小社团没有太多参与当代文坛的意识和野心，社员们也都大体心性质朴、明朗，虽然不时颓唐虚无，倒也从不缺乏内在的热忱。加之大家的文学观念稍显封闭甚至有些"落伍"，比如长时期沉浸在海子式的抒情中，这反倒带来规避的效果，规避了90年代先锋文学的破碎、无序和浮躁感。在日常的相互熏染、砥砺中，大家更看中生活与文学、内心与写作之间的整全性。这种相对凝定、紧密的团体氛围，在一定程度上对冲了文学青年常有的虚无体验。后来，这些老朋友多从事文学之外的工作，多年之后再相聚时，感觉大家的精神面貌依旧康健、饱满。其中的一位朋友，一直在无名的状态中坚持写作，在将儿女养大成人后，还辞去了比较优渥的工作，全身心投入其中。经过了生活的磨砺和时间的发酵，他的诗在保持素朴抒情风格的同时，也有了一种阅历人世之后的自由通脱感，像他在一首短诗中写到的：

> 椋鸟掠过牛头山的上空
> 它一定有所克服，才飞得如此轻盈
> 它小巧的脑袋
> 容不下任何沉重的念头
> 椋鸟，请把阴沉的寒流引走
> ——唐城《椋鸟掠过牛头山的上空》

椋鸟的轻盈飞升，以"一定有所克服"为前提，简洁的语言已容下对人生诸多状况的洞察，在阴暗的背景中带来一抹亮色，也带来一种举重若轻、向上的势能。在前段时间一次聚会上，面对很多新老朋友，他仍可以平静说出，"诗歌，是我生活中的明灯"。这似乎是很矫情的一种"文青"表达，但他当时从容的表情、持重的语气，让我感触良多，感觉当年校园里"秉烛夜游"的经验,还是留下不可磨灭的印迹,以至各自的生活轨迹没有太偏离曾经笃信的方向。我不敢确定,这样的朋友是否可以视为某一类隐在的理想主义者,但类似的普通、耐久、诚恳的生活者,在今天中国社会各个阶层中,应该还有很多很多。在变动不安、困惑重重的时代状况中,这样自我安顿和提振的努力,当然还只是局限在个人领域,并不一定能导向更好的社会理解和实践可能,但其中的确蕴含了许多未能尽情抒发、可待转化的精神能量。

当下"90后"一代青年,受常常被说及的家庭、社会等方面影响,普遍有孤立、内卷的生存感受,因而会普遍渴望某种亲密关系,对于这样那样的小结构、小团体,也会有一种向往。实际上,各种主张实践性、思想性也包括文学性的青年团体一直存在,且相当活跃,这些都构成了"理想主义"的精神土壤。这里,有两个问题需要注意。其一,如何让自发形成的"小结构"不止于"抱团取暖",能够突破亲密关系的限制,进一步在可能的实践中开放自身,更多地与他人和社会联动,也更具一种大的方向感?① 其二,如何使已有的青年团体实践,保持一种内在的凝聚力和友爱氛围,保持对生活世界丰富性的感知,而不致受制于单一的观念结构,以至于自我"硬化",过早摧折理想主义的热情?

在2021年1月"历史巨变中的人文学探索"线上讨论中,在一次简单的插话中,我曾提到五四新文化运动初期的状况。简单说,出于对民国初年政党政治的厌弃,在广义的社会主义或社会改造思潮的激荡下,五四运动前后的一部分青年,特别希望在既有的家庭、地方、社会网络之外,通过互助合作的"新生活"实验,来创造出一个个"小结构",进而以这样的小结构、小团体的大联合,来造出一个新的"社会"。这样的乌托邦构想太过迂远,所依托的社会认知方式也存在很多问题,但正是众多小团体的聚合、联动,促成了全国性的青年网络的生成,为中共的建党以及

---

① 2020年10月底,在一次有关当下青年诗歌的讨论中,冷霜和刘奎都提到由文学志趣而形成的"友爱共同体",应该从相对熟悉安全的友朋关系中走出来,在具体的实践中寻求更多的连接,更为茁壮地自主成长。参见姜涛等:《当代诗的"倦怠"及其他——有关青年诗人写作及感知状况的讨论》,《文艺争鸣》2021年第5期。

国民革命的兴起,提供了人才与干部的准备。当然,对不同的历史阶段,不能进行简单的比附。相对于今天的"90后",五四一代青年(也大致是百年前的"90后")在社会中处于相对优势的位置,大多具有一种舍我其谁的历史责任感,一点也不"丧"或"卷"。但这一点,即不依靠政党或国家的已成势力,试图从青年之间的互助合作以及社会自身活力出发的自我改造、社会改造思路,与当下青年团体可能的路径及面对的困境,还是有一定的相关性和切近感。

比如,在"新青年"开展的"新生活"实践中,陈独秀、李大钊、王光祈等人发起北京"工读互助团"是最为重要的一次尝试。"工读互助团"发起于1919年底,到1920年春就遭遇了解体。它的失败也激起了各方面研究的兴趣,像胡适、戴季陶、李大钊等人,或认为"新生活"的理想过于高远,忽略了"工读"助学的本义,或认为在现行的经济结构和城市环境中,"工读"没有实现的可能。但"互助团"的发起者和参加者,如王光祈、施存统、俞秀松,不能完全接受外部"决定论"式的解说,他们都不同程度地提到"人的问题"是一大关键。具体表现在,"互助团"的发起人和参加者,多受制于一种观念化的感知结构,认为新的青年团体应远离既有的腐败社会,以纯洁、奋斗之观念为核心,对团体的纯粹性、同一性有很高的要求,而不注重如何协调不同个体的差异性。团体生活的训练也可能被理解为组织力、领导力的养成,没有考虑在与他人互动中自我省察以及彼此进行情感沟通。这不仅造成团体内部关系变得僵硬、紧张,最终因"感情不洽"而分裂,也导致个体自我感知封闭与社会脱节。可以比照的是,在"工读互助团"失败的同时,恽代英及友人在武昌发起的、与北京方面相呼应的"利群书社",同样面对很多困难,却一直在"戒慎恐惧"中坚持了下来。一个非常重要的原因是,恽代英及其友人在自我修养和团体生活方面,已积累了丰富的经验,自觉理解青年群体之中的差异性和不理想性,十分注重相互激励,同时团体内部也注重不以特定中心人物为"领袖",而更多去调动成员的主体活力,希望个体与个体、个体与团体以及团体与团体能够如星辰般相互辉耀。

相对于团体实践的社会意义、历史方向,以及对青年实践能力的培养,团体内部"人的问题"似乎只是相对次要且很难被理论话语所照亮的部分。

可正是某些看似次要或隐而不彰的因素，会影响团体内部的空气，制约置身其中之人的感受，甚至进一步影响到社会实践开展的品质和前景。类似的问题，在今天的青年团体中应该也是存在的。在2021年1月有关"人文学探索"的线上讨论中，一个青年朋友谈及当下左翼青年团体中存在"鄙视链"问题：一种不言自明的等级评价，对团体关系的伤害和对日常生活感知力、个人主体性的影响。这一讨论在当时就引起了很多青年朋友的共鸣。正如在后续的讨论中侯力琪提出的，所谓"鄙视链"的存在，不仅会造成"集体内部凝聚性不强"，还会造成"与其他社会群体的连接性也不足"，不能"抱着求同存异的态度与其他社会群体广泛地交流，并认真对待他们所面对的具体问题"，切实建立起"更具包容性的认同基础"。由此说来，促使团体生活在被进步的理念、原则调动的同时，又顺畅表现对个人之状况的体贴，保持良性的人我互动和亲密舒放的氛围，有着超越团体自身、朝向社会打开的更大意义。

当然，在五四时代，对于热衷于"新生活"实验的青年来说，何为"团体"，何为"组织"，何为"社会"，大致只是一种观念性的构想，需要积极实践去赋予之内涵，有关的探索还是初步的。后来的革命实践、革命文化的展开，不仅涉及组织起来的人与人的关系、个人与团体的关系，还涉及在"组织"社会过程中人的改造、不同群体的相互连接。因此，无疑有着更为丰富曲折的经验需要整理，其中也包括当时未及措手回应并对历史产生后续影响的问题层次，这些更需要耐心检讨。简言之，要使"理想主义"重造的精神土壤更为丰厚，需要多方面努力的配合。从"人文思想"出发的知识工作，正是要突破革命与后革命断裂形成的观念板结，不断从过往历史和当下现实中去触摸、去激活那些"向上冲动和蕴蓄潜能"，让它们在感受、认知和实践等多方面汩汩涌流，成为理想主义重造的源头活水。

本文发表于《汉语言文学研究》2021年第3期

批评的现场和"纵深"

第二辑

从冯至的"山水"讲到臧棣的"植物学"

一

从冯至的"山水"讲到臧棣的"植物学",这个话题看起来很宏阔,涉及"现代"和"当代"两位重要的诗人,好像有意要在两人之间梳理出一条诗歌史的线索。其实,对于新诗中"山水"或"自然"的呈现问题,我并没有深入、系统的思考,要在古今之变的大视野中谈现代人观看山水的视角、方式的转换,也远超出了自己的能力。下面的讨论只是漫谈性的,谈谈作为一个新诗的读者和研究者,我阅读这两位诗人诗作的一些感受。标题是"从冯至到臧棣",话头却是从臧棣老师这里引出的。

臧棣老师,是中国当代诗坛的标杆性人物。他不仅是最为先锋、最能拓展当代诗前沿的诗人,也是最勤奋的诗人,出版的诗集数量多,有时甚至一年能出版四五本,内容基本不重复。大家可能知道,臧棣老师去年(2022年)有个大喜事,他的诗集《诗歌植物学》获得了第八届鲁迅文学奖诗歌奖。在他庞大的诗集序列中,这本"植物学"诗集具有某种总结性,收入了近三百首诗作,写作时间跨度长达三十五年,分为咏花、咏树、咏可入食和人药的植物三卷,涉及种类繁多的花草、蔬菜、食材、药物。有些是大家熟悉的,像芹菜、菠菜、绿萝、常春藤、含羞草,有些是一般人不熟悉的,需要上网查查才知道是什么。特别要注意的是,这部诗人写的"植物百科全书",虽然咏花、咏树、咏蔬菜、咏草木,但已脱离一般"咏物诗"的模式,就是说,臧老师不是将花卉、草木、蔬菜作为"我"观察的客体,更多是以植物为友,将它们看作亲密相伴的友朋、家人。按照诗人西渡的解读,《诗歌植物学》呈现出"我"与植物之间、人与物之间一种"互为主体"的关联。

在臧棣早期的诗中，例如《房屋与梅树》《玉兰树》，仍然残留着里尔克式的物/我模式，但在后来的诗中，这种紧张的模式消除了，代之而来的是一种从容、活泼、互动而富于变化的物我关系。也许我们可以把这种新型的人/物关系称为"互为主体性"。这是一种你中有我、我中有你的关系。①

西渡是臧棣老师的密友，对于自己兄弟的诗歌的推崇从来不遗余力。但我觉得，上面这段评论不单是一种表彰，更提出了一个相当重要的命题，即将对《诗歌植物学》的理解，放入到"物/我"或"人/物"关系这一诗学乃至哲学的经典问题框架中。进一步，西渡还在中西咏物诗的传统中，论述了臧老师写作的突破性、新颖性，为了说明自己的判断，他举出了《诗歌植物学》中的很多诗例：

> 此时，你不是从外面凑近它，
> 而是它，正在你的身体里凑近你。
> ——《木瓜灯协会》

> 与其说它是为你而生的，
> 不如说它是为你而来的：
> 为报答你，在这晦暗的尘世中
> 并未错过它奇异的卑微。
> ——《金莲花简史》

> 但更有可能，每一次弯下身，

---

① 西渡：《互为主体性与植物的智慧——臧棣植物诗在诗歌主题学上的发明》，《上海文化》2022年7月号。

都意味着你在它的高度上
重新看清了我是谁。
——《人在科尔沁草原,或胡枝子入门》

给它浇水的同时,你本人
也正被看不见的水浇着。
——《巴西木简史》

确实,这些诗句无一不在"你"和"我"的对话中展开,无一不在努力辨认"你中有我,我中有你"之关系。

叛逆、异端,不断撕裂人和世界的关系,不断强化内在的独异经验,是先锋诗歌留给一般读者的印象。但诗人毕竟也要成长、成熟,消去曾有的"火气""戾气",克服"现代性"带来的矛盾和分裂,向一些基本的文学和人性主题回落。这似乎是近年来当代先锋诗歌的一个潜在趋势。我在最近一篇有关当下诗歌状况的评述中,谈了一些这方面的观感。① 多年前,西渡提出过"幸福诗学"的说法,意在对话波德莱尔以降现代诗说"不"的光荣传统,重新召唤诗歌更为深远也更为根本的说"是"的传统,即对世界的肯定和赞颂的传统。② 从某个角度看,"互为主体性"这个命题的提出,或许是"幸福诗学"的一种延伸,诗歌说"是"的传统,也包含了对主与客、心与物二元分化的克服。在一些访谈、对话中,臧老师谈过因受家传的影响,他对植物有特别的亲近感,以植物为对象的写作,也有意挣脱象征化的咏物诗模式,向中国古典诗歌传统致意,以一种"慢"的、"与物同游"的方式,细心体察、体会人和植物之间的紧密关系。我几次和臧老师一起外出旅行,每次都能感受到他对植物异乎常人的兴趣。比如:大家一起在路上走着,忽然他就不见了,回头去找,会发现他俯下高大的

---

① 参见姜涛:《趋近"成熟"还是动力"衰减"?——从鲁迅文学奖看当代诗的"新常态"》,《南方文坛》2023年第1期。

② 参见西渡:《天使之箭》,上海教育出版社2020年版,"自序",第3页。

身体,正在观看什么小花小草,或蹲在那里,近距离、多角度地给它们拍照。

大家都知道,所谓"风景的发现",已是文艺批评的滥调,这个"发现"的装置以及现代的主体性观念,在新诗写作中自然是前提性甚至是支配性的。像早期的白话诗,往往追求视觉上的逼真性,依托于一种分析的、能动的现代主体装置,这和传统山水田园诗歌所依托的人和自然的关系很不同。在新诗后来的展开中,有关山水、自然的表现蔚然大观,方式多样。粗略来说,或作为我的情绪、意志的外化,或作为民族精神和社会变革活力的象征,更多还是以一种具有主体性的"风景"形态来呈现的。在这个意义上,西渡提出的"互为主体性"命题,隐含了一种主动突破、纠正的意图。考虑到新诗也是20世纪中国人展开精神生活的一种媒介,那么,使山水自然不只是主体的"风景",而成为一种充满意义的、能安顿自我且让自我与他人及万物和谐共在的生活世界,也有着远超出诗歌本身的、更大的伦理意涵。当然,如何打破"主体性"的迷思,将自我的感知向他人、万物、世界敞开,这是现代思想、现代哲学史上的大问题,不仅涉及认知方式的转换,更牵连了纵深的历史文化脉络及现代社会结构性条件,不是随便说说那么简单。

西渡在文章中还提到了里尔克,谈到西方咏物诗的传统在里尔克这里发生了重大的变化,"物"恢复了独立性、主体性。然而,在他看来,里尔克的"物诗"还是不够彻底,为了赋予"物"以主体性,里尔克极力压抑诗人的主观情感,但这种压抑还是带入了物/我之间的紧张感,"'纯粹的物'仍然盈满审视者、观察者的主观意志和心情,只是其主体姿态更加隐晦罢了"①。熟悉现代诗歌的同学知道,里尔克的"物诗"观念,对中国现当代诗歌有很深远的影响。臧棣老师二十多年前写了著名的《汉语中的里尔克》一文,而冯至在三四十年代对里尔克的经典译介正涉及"物诗"或现代诗歌特殊"观物"方式的讨论,比如大家可能耳熟能详的这一段:

---

① 西渡:《互为主体性与植物的智慧——臧棣植物诗在诗歌主题学上的发明》,《上海文化》2022年7月号。

他开始观看,他怀着纯洁的爱观看宇宙间的万物。他观看玫瑰花瓣、罂粟花;豹、犀、天鹅、红鹤、黑猫;他观看囚犯、病后的与成熟的妇女、娼妓、疯人、乞丐、老妇、盲人;他观看镜、美丽的花边、女子的命运、童年。他虚心侍奉他们,静听他们的有声或无语,分担他们人们都漠然视之的命运。一件件的事物在他周围,都像刚刚从上帝手里做成;他呢,赤裸裸地脱去文化的衣裳,用原始的眼睛来观看。①

　　在冯至的解读中,里尔克的观看方式,是一种将"物"作为全新、陌生之存在的方式,所谓"赤裸裸地脱去文化的衣裳",就是要挣脱由传统、习俗、文化所给定的感知框架,恢复一种"原始"的、重新发现"物"之本然的眼光。需要追问的是,这样的"观看"果真如西渡所言,没有真的建立起"物"的主体性吗?里尔克的"物诗",仅仅是一种克制自我、努力进行客观呈现的诗歌吗?臧棣老师关于"植物"的书写,果真比里尔克还要里尔克?

　　总之,这些说法、疑问,对我而言,构成了某种刺激,似乎打开了一个多层次想象和思考的空间。首先想到的是,以里尔克为媒介,可不可以将冯至和臧棣这两位不同世代的诗人放在一起讨论?里尔克的诗及他诗论的一些面向,如深沉内敛的风格、对"经验"的强调、内蕴的高贵精神等,对中国现代诗人有特别的吸引力,这些也与知识分子对自身形象的期许相吻合。冯至是三四十年代里尔克最重要的译介者,臧棣老师是 90 年代最有洞见的里尔克阐释者,两个人的写作分别塑造了不同时代的知识分子或思想者形象,这其中是否存在某种不断延伸又变化的精神传统?冯至 40 年代的《山水》《十四行集》等作品,尝试为抗战时期处于寂寞心境中的现代中国人提供一种独特的"山水"之道:

---

① 冯至:《里尔克——为十周年祭日作》,见《冯至全集》(第 4 卷),河北教育出版社 1999 年版,第 84—85 页。

从历史上不朽的人物到无名的村童农妇，从远方的千古的名城到山坡上的飞虫小草，从个人的一小段生活到许多人共同的遭遇，凡是和我的生命发生深切的关联的，对于每件事物我都写出一首诗。①

在抗战期中最苦闷的岁月里，多赖那朴质的原野供给我无限的精神食粮，当社会里一般的现象一天一天地趋向腐烂时，任何一棵田埂上的小草，任何一棵山坡上的树木，都曾给予我许多启示，在寂寞中，在无人可与告语的境况里，它们始终维系住了我向上的心情，它们在我的生命里发生了比任何人类的名言懿行都重大的作用。②

《十四行集》序言和《山水》后记中的这两段话，后来经常被人引述，以说明诗人当年的写作追求和独特心境。在生命的深处，与无名的草木、平凡的人事建立深刻的关联，由此获得丰厚的启示，这样的努力不是也包含了所谓"互为主体性"的可能吗？这样说来，臧棣老师的"诗歌植物学"也可以看作冯至"山水"之思的一种历史回响。

二

1945年，在著名的《杜甫和我们的时代》一文中，冯至写道，在杜甫死后一千多年里，"我们眼前的世界自然不是杜甫所看过的世界了"③，但是杜甫这个名字对于我们而言一天比一天更为亲切起来。"携妻抱女流

---

① 冯至：《十四行集》，见《冯至全集》（第1卷），河北教育出版社1999年版，第214页。

② 冯至：《山水》，见《冯至全集》（第3卷），河北教育出版社1999年版，第73页。

③ 冯至：《杜甫和我们的时代》，见《冯至全集》（第4卷），河北教育出版社1999年版，第106页。

离日,始信少陵字字真"——流徙和战乱的经验,打破历史时空的区隔,让杜甫以某种"同时代人"的形象,再现于冯至的笔下:"那样有力地写出他所经历过的山川,那样广泛地描绘出他时代的图像,使我们读了他的诗,觉得他比他同时代的任何一个诗人都亲切。"① 我有一个不太准确的判断,对于后来某一类知识分子作者而言,冯至的文学和他的姿态,同样会有一种特别的"异代同时"之感,因此,我们读了他的诗,觉得他比他同时代的任何一个诗人都亲切。20世纪90年代初,诗人王家新就有《冯至与我们这一代人》一文,提出冯至的诗"只向那些可以称得上是精神同伴的人发言,或者说,只和那些对之有深刻感应的生命发生关联"②。在20世纪末略显艰难的时代氛围中,这篇文章让人印象极其深刻,标题本身似乎就在模仿"杜甫和我们的时代"这一句式。王家新在冯至那里感受到的精神关联,主要是一种通过内省来敞开自己、捍卫思想独立的知识分子姿态。事实上,冯至让我们感觉亲近的地方还有很多,比如凝视万物的眼光、居于幽暗努力的态度、自我决断的勇气,以及"给狭小的心/广大的宇宙"的胸怀。简单说,冯至诗文蕴含的精神框架,对于处境艰难、面对时代变动的知识人而言,总能起到安顿、提振身心的作用,甚至可以说,提示了一条现代知识分子可能的"成己"之路。周边的不少师友,包括我自己在内,在人生的某一阶段或某一情境中,都曾通过阅读冯至获得某种精神的支持、心力的滋养。

然而,随着对冯至和他所处时代及有关人物了解的深入,也因为在课堂上反复讲授《十四行集》《山水》等作品,多年之后,再来翻看他的诗文,也会感到有些不满足。这倒不是说,依据惯常的左翼批判眼光,认为冯至不过是一个书斋中的自由学者,"居于幽暗而努力"的态度,脱节于具体的生产和斗争实践,不过是一种知识分子的"意识形态"。而是说,即便将冯至的姿态作为一种典型的知识分子姿态,这种姿态也似乎太端

---

① 冯至:《杜甫和我们的时代》,见《冯至全集》(第4卷),河北教育出版社1999年版,第110页。

② 王家新:《冯至与我们这一代人》,见冯姚平编:《冯至与他的世界》,河北教育出版社2001年版,第198页。

正、太稳妥了，反而显得有些简单，在担当"艰难"的同时似乎缺失了某一种过程的"艰巨性"。在课堂上，这些作品也曾意外遭遇学生的冷淡态度：这个《十四行集》也没写什么呀，不就是一些高级的"心灵鸡汤"吗？作为"沉思的诗""中年的诗"，《十四行集》一直是中国现代文学史上最有内涵、最有深度的作品，怎么在一些学生眼里，竟成了高级的"心灵鸡汤"？到底发生了什么？是因为低年级本科生阅历尚浅，不能读出朴素诗行蕴含的广大意涵吗？也可能这只是年轻人习惯性的"毒舌"表达，不必太过在意？无论怎样，这样的冷遇或许可以作为一个问题来对待。回头想一下，虽然《十四行集》在文学史上口碑极好，几乎没有差评，可也不是没有例外。

1946年战后，冯至的"同时代人"废名复员北大，补写了《谈新诗》的后四讲，其中一讲就是谈《十四行集》。废名说，谈冯至和谈其他诗人不同，因为是老朋友，反而会有些客气，难以下笔，但还是要排除一些俗气，不能不讲一份公话。大家知道，废名是新诗中的"自由派"，一直反对新诗"格律化"，他对"十四行"形式自然会有些微词，说冯至有的诗，诗情并不充足，是"借形式的巧而成其新诗"。有意味的是，他还说了这样一段与形式问题无关的话：

> 作者是一个诗人，他的思想与中国的文化没有关系，与西洋的关系也很浅，他是赤裸裸的一个诗人，诗人而又是一个凡人，凡人故不免投降于生活，诗人故不免向往于美丽，这样也便叫作"心为形役"。①

这段话说得有些别扭、古怪。虽然他在后面说，与中国传统思想不同，"心为形役"也还是美丽的，但弦外之意，还是批评冯至的写作缺乏深厚的文化根基。特别是，冯至说里尔克式的诗人，应该"赤裸裸地脱去文化的衣裳，用原始的眼睛来观看"。废名大概不这么看，他说冯至"是赤裸

---

① 废名著，陈子善编订：《论新诗及其他》，辽宁教育出版社1998年版，第190页。

裸的一个诗人"似乎就暗示，诗人脱了"文化的衣裳"赤身裸体的状态不一定就好。因为，没有中西文化的依据，没有了社会和习俗的牵绊，诗人的诗思也会单薄（"赤裸裸"），难免"心为形役"，或者说难免落入心与物、心与身、理想与现实的二元分离与挣扎。

与此相关，对于上面引述的《十四行集》序中的那段话——"凡是和我的生命发生深切的关联的，对于每件事物我都写出一首诗"，废名也不大感冒，说看了这个自述，以为这部诗集有好大的篇幅，结果只是薄薄的一本。与万物发生"深切的关联"的话，"这虽然是事实，但放大了"①，说得太轻易了。40年代的废名"援佛入儒"，从所谓"种子义"的理解出发，非常强调民族精神和自身传统的优先性。《十四行集》从形式到思想都比较西化，自然与废名的气息不合，但他的批评至少说明，冯至40年代诗文提供的精神框架或者说知识分子的"成己"之路，不是不可以讨论的，人与山水、主与客、心与物之间深切关联的发生，也不一定就那么自然、自明。

三

回到"物诗"观念的讨论。里尔克的"物诗"，并非只是一种自我节制、客观呈现的诗，某种意义上，它是以对世界的神秘性的理解为前提，这一点臧棣在《汉语中的里尔克》一文中说得比较清楚：

> 对里尔克来说，世界只是一个可供观察的存在，它既没有表象，也没有本质。它甚至不能作为一个整体来感知，它只是一些珍贵的时刻和奇异的图像。他用这两种想法命名了自己的两本诗集《时辰之书》和《图像集》。②

---

① 废名著，陈子善编订：《论新诗及其他》，辽宁教育出版社1998年版，第198页。
② 臧棣：《汉语中的里尔克》，见〔奥〕里尔克著，臧棣编：《里尔克诗选》，中国文学出版社1996年版，第5页。

世界没有表象，也没有本质，就是如其所是的样子，作为"珍贵的时刻和奇异的图像"，在人的观看之中，却可能在理解之外。这是世界神秘性所在。冯至翻译的里尔克《论"山水"》一文，同样包含了这样的理解。他提出山水必须是疏远的，"跟我们完全是另一回事"，"在它崇高的漠然中它必须几乎有敌对的意味"。由此，正确观看山水、观看万物的方式，是必须将它们"从自己的身边推开"，"以便不再用本地人偏执的眼光"去观看它们，"以稀少的亲切和敬畏的隔离来同它们接近"。只有挣脱了"本地人偏执的眼光"，让山水和我们真正生疏起来，它们才会敞开自身，向我们显露变化之中生动的启示和意蕴。举个大家都熟悉的例子，里尔克的代表作《豹》：

  它的目光被那走不完的铁栏
  缠得这般疲倦，什么也不能收留。
  它好像只有千条的铁栏杆，
  千条的铁栏后便没有宇宙。

一种可能的解读是，千条铁栏之后"豹"的孤独徘徊，是诗人主观心境的投射，但这样的解读，就偏离了"物诗"的逻辑，还是换用"本地人偏执的眼光"去看。"豹"疲倦地走着，铁栏无穷无尽，这其实与人无关，本身就是宇宙中一个伟大意志昏眩的体现。

冯至介绍过里尔克的"物诗"，有研究者注意到，他用"咏物诗"去对译，正如用"山水"去对译"风景"，这一字之差，就暗示了理解上的偏移："因为一旦说到'咏'，便有一种赞颂的意味，在其中，主体的观念已经形成，并用以度量物象。这恰恰与'物诗'的逻辑相悖。"冯至的《十四行集》，潜在地受到了"物诗"的影响，但诗思的运行，也还是有所偏移，偏于"咏物诗"一脉：

  你秋风里萧萧的玉树——
  是一片音乐在我耳旁
  筑起一座严肃的庙堂，

让我小心翼翼地走入；

又是插入晴空的高塔
在我的面前高高耸起，
有如一个圣者的身体，
升华了全城市的喧哗。
——《有加利树》

我常常想到人的一生，
便不由得要向你祈祷。
你一丛白茸茸的小草
不曾辜负了一个名称；
…………
这是你伟大的骄傲
却在你的否定里完成。
我向你祈祷，为了人生。
——《鼠曲草》

  里尔克在诗中多用第三人称，冯至则多用第二人称，且常常会在"我"和"物"之间建立一种对话关系。上面这两首与草木有关的十四行，都在"我"和"你"的对话中展开，"我"面对"你"（"有加利树""鼠曲草"）展开一系列感悟。显然，这不是将草木从身边推开、推远，用生疏的眼光来重新观看的方式，产生的实际效果恰恰是，将它们拉近身边，拉入"我"设定的精神"升华"模式中。[①] 再看《原野的哭声》，这一首中，诗人好像没有直接抒发感慨，只是单纯地观看原野上哭泣的村童、农妇：

  像整个的生命都嵌在

---

 ① 参见李倩冉：《"物诗"与抒情主体的位置——以冯至、郑敏与里尔克的差异为中心》，《文学评论》2020年第4期。

　　　　一个框子里，在框子外
　　　　没有人生，也没有世界。

　　　　我觉得他们好像从古来
　　　　就一任眼泪不住地流
　　　　为了一个绝望的宇宙。

但上引第二节开头，"我觉得"三个字堪称关键：框子中的村童和农妇，还未及展开自身形象，就被拉入到"我"的理解中来，孤立置身于"绝望的宇宙"。

　　简单说，依照里尔克"物诗"的逻辑，诗人的写作要以巨大的耐心、关切，让"物"在生疏之中自我显现，呈现出特别瞬间的意蕴和形态，由此更新读者的感受，带来陌生又奇异的生命启示。冯至的"咏物诗"同样含义隽永，回味深长，但似乎缺乏类似感受的精准性、开放性，更多还是用"我"的感受去联通"你"，或者说，不断将"物"回收到"我"的感受、认知框架中，借用他翻译的里尔克的说法，还是用了"本地人偏执的目光"来观看。这一点自然无需苛责，冯至终究不是里尔克式的神秘主义者，而是一位现代中国的启蒙知识分子，即便能理解人与万物同样孤独存在于世界的意涵，他的写作终究还是要有所表达、有现实的关怀。所谓"本地人的目光"，也是动荡年代知识分子安定身心所需要的一种文化的、伦理的目光。他在无名的山水、草木和人事之中，寻找的与个体生命深刻的关联，似乎主要不是指向新的发现，更多还是在浪漫主义或人文理性的框架内来展开，诉诸人的精神提升、生命展开。

　　当然，我们观看任何事物，都离不开特定的视角、特定的框架。谈到这一点，我们还是来看《原野的哭声》中的这一节：

　　　　像整个的生命都嵌在
　　　　一个框子里，在框子外
　　　　没有人生，也没有世界。

在我开设的一门 20 世纪 40 年代文学讨论课上，有位博士同学就诗中"框子"这个意象，进行了非常好的阐发。她认为，在《十四行集》中，"框子"具有结构性的功能，冯至总会用一个有形或无形的"框子"，去框住观察的对象，如"有加利树""鼠曲草""农妇""牧羊女"等，把它们（他们）从自然和社会背景中分离出来，与之对话，作为"我"之体悟的中心；而"十四行"本身又是一个"形式之框""意义之框"，层层展开又层层收拢，如最后一首写到的"水瓶"和"风旗"那样，能为"泛滥无形"的经验提供一种凝定的造型。① 这些分析，都很有意味。她还特别提到"框子"在冯至这里，还具有一种"滤镜"的效果："框子"之内，冯至的书写不注重细节，只是略略几笔，比如写"有加利树""鼠曲草"，都没有特别细致地给出植物的具体样貌、形态，留给读者的只是一个大致的形象：向上高耸的萧萧玉树，看似卑微的白茸茸一丛。这恰好可以同臧棣的写法构成比较，后者的《诗歌植物学》中有大量对植物本身形态、色彩、生长过程的细部描绘，语言和植物一样茂盛繁密，这一点我们后面还要讨论。

"框子"内部这样，那"框子"外部呢？"在框子外／没有人生，也没有世界"，"框子"外部的社会背景和烦琐人事，也随之被虚化、被清空了。无名的"人"和"物"好像从各自具体的生活和自然脉络中被剥离了出来，由此才成为诗人观看、沉思的对象。不仅诗歌如是，冯至的散文和小说中，其实也有类似的"框子"存在。比如，小说《伍子胥》曾写到原野上一个少女，捧了钵白饭，跑去给一个生疏的男子喂饭，"这钵饭吃入他的身内，正如一粒粒的种子种在土地里了"。这个过程就好像被纳入一个"框子"里，成为一幅万古常新的画图，"永久留在人类的原野里，成为人类史上重要的一章"。大家对这个段落有印象吧？这是常被人引述、为人称道的一段。九叶诗人唐湜在《伍子胥》评论中，提到这幅图画，就称赞冯至写得多么精致，但也忍不住说，"这儿有点生硬，不像中国人的

---

① 参见李舒扬：《框子里的山水和外面的里尔克——从冯至〈十四行集〉到时事杂文》（未刊稿）。

想法"①。估计他也感觉经由"框子"过滤,这个少女的形象太抽象、不大自然。

冯至的风格和他的好处也包括他的限度,可能都在这里。"框子"里面有山水,更有人和人的生活世界,但他的感受不拘泥,经验空间比较疏朗,没有太多的压迫和紧张之感。用"框子"过滤"山水"的做法,与他从里尔克那里学习的"观看"方式吻合,即如他明确表示过的,反对将"人事掺杂在自然里",因为只有在没被人类点染过的山水中,"自然才在我们面前矗立起来,我们同时也会感到我们应该怎样生长。山水越是无名,给我们的影响也越大"。②刚才讨论过,这不完全是将山水从身边推开的方式,而是滤去"人事"之后,将山水化入另一种"本地眼光"的方式。但有了过滤和清空的效果在先,这样"矗立起来"的自然还是空阔了些,缺少了人和自然之间感性层次的丰富性。如果和中国传统山水艺术做一点比较的话,这一点看得更清。从某个角度说,对于中国古人而言,山水从来不是简单观看、沉思的对象,更要推远了来看,如北宋画论《林泉高致》所言,山水是可行、可望的,同时又是可游、可居的。也就是说,人和山水的关系是动态的、多重的,正是在俯仰往还、流连忘返之间,才能够把握山水的绵延和多层次之境,从而将"行游体验中触目灵动的发现和感受,与对山水世界浑涵完整的体悟融为一体"③。

四

"框子"的作用,并不限于框定对象、过滤人事,"框子"的内外也在随时转化之中。"给狭小的心 / 广大的宇宙",我们读《十四行集》,

---

① 唐湜:《冯至的〈伍子胥〉》,见《新意度集》,生活·读书·新知三联书店1990年版,第48页。

② 冯至:《山水·后记》,见《冯至全集》(第3卷),河北教育出版社1999年版,第72—73页。

③ 刘宁:《谢灵运、王维和文人山水画的"居游"理念》,见渠敬东、孙向晨主编:《中国文明与山水世界》,生活·读书·新知三联书店2021年版,第106页。

也会感受到一种从对象本身不断向上、向外、向更高存在转化的总体势能。人和自然、自我和他人、不同人群之间的交流和互动，也是《十四行集》的核心主题：

> 我们站立在高高的山巅
> 化身为一望无边的远景，
> 化成面前的广漠的平原，
> 化成平原上交错的蹊径。
>
> 哪条路，哪道水，没有关连，
> 哪阵风，哪片云，没有呼应：
> 我们走过的城市、山川，
> 都化成了我们的生命。

站在山巅上，眼前无边的远景、广漠的平原和交错的蹊径，在"我"的观看中，与"我"的生命融为了一体。这样的感受不能说不真切、不自然，也颇有古人所谓"推己及人""成己成物"的意味，但好像也太顺畅了。在传统儒家的观念中，从"己"到"人"再到"家国""天下"是一体贯通的，这样的贯通生成于"差序格局"之中，需要一系列的认知、实践和调整身心的功夫，并不是依赖今天人常说的"共情"就可以直接达成。在冯至诗中，一眼望去，便有"哪条路，哪道水，没有关联，/哪阵风，哪片云，没有呼应"的结论，在感受上畅达自然，但这样的判断还是浪漫主义的，推得太快、太没障碍了，甚至会让人质疑，如此"推己及人""成己成物"是否只是以"己"之愿望、"己"之构想，来替代了"及人""成物"的艰苦和曲折？如此顺畅、直观地与世界达成沟通，真的能目及"物"本身、内在体知万物和他人吗？

为了警惕批评的横暴，有老师提倡，对待作品应有一种"保护性阅读"的心态。至于上面针对几首短诗的讨论，毫无疑问，不是具有"保护性"的，而是挑剔的，甚至有些求全责备了。正像开头说到的，即便有这样那样的不足，在流徙、动荡的岁月里，冯至的写作还是提供了一种自我安顿的方式，提供了一种面对时代危机严肃担当的知识分子姿态：

> 从一片泛滥无形的水里，
> 取水人取来椭圆的一瓶，
> 这点水就得到一个定形；

过去我读《十四行集》的最后一首，总是习惯于将之读作一首"元诗"，认为"泛滥无形的水里"或风中"把不住的事体"，是指变幻不定的人生和社会经验，诗人的工作就是要用语言来赋形，"把住"那些"把不住的事体"。实际上，如果参看诗人同时期的杂文、论文，所谓"泛滥无形""散漫无形"，在冯至这里有着具体的时代性意涵：

> 是把形与质中间的区别泯除了。时代里散漫无形的状态，散布得很广，好像是包容一切，融会一切，但是一个实在的本质，不能求广，只能求深，需要一个严格的形。①

《一个对于时代的批判》这篇著名的文章，重点介绍了基尔克郭尔（即克尔恺郭尔）对他所处时代的批评，其中未尝没有蕴含冯至对于自身所处时代的判断：散漫、浮泛、虚无，怀疑主义盛行，泯除严肃的矛盾和冲突……因而，"需要一个严格的形"（如"水瓶"或"风旗"），便不只是一种文学赋形，同时也是直面时代危机，在虚无中决断、给时代以深刻意义的态度的显现。这意味着，在冯至20世纪40年代的诗歌、散文、杂文和小说中，"形式之框""观物之框"和"伦理之框"是高度同一的，可以内在转换。即便他在1942年离开林场茅屋，之后，走出相对封闭的个人学术和文学世界，转向社会批评性的写作，但他的杂文不单是回应现实的种种，仍是在一种具有整体性的伦理"框子"中去衡量、评断，只不

---

① 冯至：《一个对于时代的批判》，见《冯至全集》（第8卷），河北教育出版社1999年版，第247页。

过从山水之中人之存在的伦理性转向社会政治的伦理性，同样强调"散漫无形"时代个体精神的成长、决断，从人本主义的立场出发，看重文明的"教化"功能。这是他十分独到、深刻的部分，也推动他能相对顺畅地迎向历史的展开。[1]但接续上面的讨论，这种"伦理之框"的限度还是可以检讨的。

　　废名说冯至是"赤裸裸"一个诗人，和中、西文化的关联都相对较浅。这个判断本身需要商榷。冯至对中、西文化都有精深的、与废名不同的理解，他在40年代进行的歌德研究和《杜甫传》写作，都是证明。然而，他诗文中的观物之框、伦理之框，确实具有抽离性，具体的社会状况和烦琐人事，会在"框子"里被较快地清空、转化，《十四行集》细节较少的疏朗美学便与此相关。另外，这种"抽离"又缺乏真正的生疏性、异乡性，他时而提到的"外乡人"，更近于一种与社会习俗对峙的、批判性的知识分子形象[2]，而不是如里尔克所说的那样，真的"远远地疏离这个世界，以便不再用本地人偏执的眼光去看它，本地人总爱把他所看到的一切运用在他自己或是他的需要上边"。由此说来，从"伦理之框"引申出的自我安顿、严肃担当的"成己"之路，特别投合位于一定岗位、有条件和能力"居于幽暗而努力"的专业知识分子的心情。这样的"成己"能否以"成物"为前提，真的突破知识分子主体姿态的限制，像诗人自己声称的那样，和更广大、复杂的人群交接，真的看见"物"和他人，并在此关联中重新

---

[1] 比如，在1945年8月发表的《歌德与人的教育》中就引用了拿破仑向歌德说的一句话："你是一个'人'。只是这个'人'字，就含有无穷的能量，……使我们想到他有血，有肉，有精神，有灵魂；……有生长，有变化。"文章最后提到歌德生活在个人主义盛行的时代，但他也预感到集体生活将要到来，因而也提出了一种"适宜于集体生活的、新人的典型"，"在《威廉·麦斯特的漫游时代》里聚精会神写出他对于将来的理想：怎样教育人？"。贺桂梅认为这篇文章所阐发的歌德关于人生阶段的论述、关于人的生存理想的表达，"在很大程度上被冯至实践在他40年代后期到60年代的生活之中"。参见《冯至全集》（第8卷），河北教育出版社1999年版，第82—86页；贺桂梅：《时间的叠印：作为思想者的现当代作家》，生活·读书·新知三联书店2021年版，第170页。

[2] 参见冯至：《外乡人与读书人》，见《冯至全集》（第4卷），河北教育出版社1999年版，第33—35页。

打开自己？这或许也是废名隐约感觉到的问题。

我以前在课堂上，常和学生讨论《山水》中《一棵老树》这篇散文。文章写一个放牛的老人在山间默默劳动、生活，与他的牛相依为命。后来，老牛和小牛都死去了，老人也像一棵老树一样，"被移植到另外一个地带，水土不宜，死了"。冯至的观察很细腻，文章也写得真正动人，但最后一段话让我有些在意：

> 在山上两年的工夫，我没有同他谈过一句话，他也不知我是哪里来的人。我想，假如小牛不被冷雨淋死，他会还继续在这山上生长着，一年一年地下去，忘却了死亡。①

虽然在山上生活两年，但"我"没有和他说过一句话，彼此始终互为陌生人。"我"很关切这位老人，观察到了老人生活的一部分真实，但这一部分真实感觉还是表面的，"我"的观察真的深入他的生活、他的苦乐了吗？通过这样的观察或"深切的关联"，"我"能否在直观的人道同情、沧桑的历史感悟之外，突破原有的认知方式，更新自我的社会理解和伦理感觉？文章的标题原为"放牛的老人"，后来改为"一棵老树"。虽然这样改过，更富隐喻性，可将老人看作是山上的一棵树、一道风景，但不得不说，这本身可能已说明了问题。废名不太满意"赤裸裸的一个诗人"的形象，他在 20 世纪 40 年代返回老家黄梅，恰恰要脱下新文学家的洋装，换上乡间读书人的衣服，努力深入乡村的生活习俗之中，由此体会农民的生存意志和民族精神。如果废名来写这个放牛的老人，他会怎么写，会把他看作一棵树吗？我们可以做一些有意思的猜想。

如何真正看见"物"的差异性和独特性、看见他人的生活世界，从而在物我、人己的相互敞开中，破除自身的观念和感知"框子"，带来丰厚的社会感知和新伦理的缔造，这是一个相当艰巨而复杂的文化问题和实践

---

① 冯至：《一棵老树》，见《冯至全集》（第3卷），河北教育出版社1999年版，第45页。

问题，单凭启蒙知识分子自洽的批判眼光、较为顺畅的伦理直观，是远远不够的。后来的诗人和知识分子感觉冯至十分亲切，接过他留下的精神资源，然而与此同时，如何回应他所未竟之课题，也就需要特别深思了。

五

终于，要说回臧棣老师了。作为当代最重要的先锋诗人之一，臧棣已有近四十年的写作历程，诗歌作品的复杂和丰富程度，应该说已远远超过了冯至那一代新诗人。前面也谈到，相对于冯至，臧棣对里尔克"物诗"的理解，似乎更精准、更深入。西渡认为，在里尔克的诗中，"物的主体性"还没有建立起来，而臧棣的"植物学"则已经更进一步了。这是一个很高的评价。换个角度看，我倒觉得臧棣的写作，在一定程度上还是延续了里尔克的观物方式，比如这首常被引述的《芹菜的琴丛书》：

> 我用芹菜做了
> 一把琴，它也许是世界上
> 最瘦的琴。看上去同样很新鲜。
> 碧绿的琴弦，镇静如
> 你遇到了宇宙中最难的事情
> 但并不缺少线索。
> 弹奏它时，我确信
> 你有一双手，不仅我没见过，
> 死神也没见过。

这首小诗看似简单，却给人印象很深，颇有几分"物诗"的意味：在"我"的制作中，最普通不过的芹菜，有了一种生疏又神秘的意味，这种"神秘"恰恰呈现于最精确的观看中。芹菜的"芹"不仅与"琴"谐音，茎秆上的纤维正如长长的琴弦，而略带幽默的细瘦形象，也让"琴"有了某一种人的风骨感。短短几行之中，一系列听觉、视觉和想象的交错，带来了极为新鲜的感受力。这把"芹菜的琴"如此鲜明可感,同时又是一个难题,完全疏离于"人之境"、人的主观,自觉镇定,独自朝向更大的宇宙秩序,神秘地敞开:谁在弹奏琴?"你"是谁?那只无形的手,又怎样理解?事实上,"芹菜"变"琴"的过程,就是一首诗的生成过程。诗人请你来参与琴的弹奏,那只无形的神秘之手,也可以说是语言之手。"芹菜"之神秘、镇静的状态,或可作为新诗命运的一种隐喻。敬文东在《新诗与神秘性》中也分析了《芹菜的琴丛书》这首短诗,由此提出对"新诗为自己认领的伦理"的理解:"新诗必须切中现实的神秘性以实现自我而达至幸福的境地。"① 臧棣老师的不少诗作,往往也都收束在对诗之本体的沉思这里。

《诗歌植物学》中不少诗作,采用类似的观看、凝视角度,从极鲜明的视觉形象出发,"用美感为上的语言先对自然进行状物,实现对命名权与解释权的占有",工笔勾勒花卉或蔬菜的诸般形态、色彩乃至瘢痕,而"勾线之后再将自我抽象入诗",使对于植物的凝视,反过来成为对个我生活的检视。②

> 从沸水里捞出它们,放进
> 洗好的盘子:这些芦笋
> 文静得就如同绿粉笔。
> 正如你猜想的:生活的黑板
> 还颠簸在路上,还要过几小时
> 才会运到此地。
> ——《芦笋丛书》

> 将枯叶剪除,翻盆时
> 有些动作看起来就像盗过墓——
> 如果你否认,纤细的萝茎

---

① 敬文东:《自我诗学》,长江文艺出版社2021年版,第93页。
② 赵汗青、姜涛:《"反者诗之动":论臧棣诗之"自然"》,《写作》2022年第1期。

会像掌握了你的小辫子似的
缠住你，直到你突然醒悟
原来有微微发霉的草叶
也需要蘸着清水擦拭。
　　　——《绿萝简史》

上面两首写芦笋、绿萝，开头都是近距离的凝视，在"我"略带爱欲的眼光中，"这些芦笋 / 文静得就如同绿粉笔"，"纤细的萝茎 / 会像掌握了你的小辫子似的 / 缠住你"。用"粉笔"来说"芦笋"，从"萝茎"想到"你的小辫子"，这样的比喻实在精彩，不仅有形象上的相似性，更有日常生活的亲昵感。而且，视觉上的想象只是"勾线"的起点，"我"不单是在"看"和"想"，"我"也在"动"的过程、行为的过程中：洗菜、烫菜、择菜、烹饪、摆盘，或是剪枝、擦洗、翻盆、换土……正是在徒手的劳动中，人的感知，如"眼"和"手"，才能和植物繁密的层次有了更进一步的全方位接触，由此也才有了这样幽微的发现："直到你突然醒悟 / 原来有微微发霉的草叶 / 也需要蘸着清水擦拭。"

在这一点上，臧棣的《诗歌植物学》和冯至的《山水》正相对照：冯至诗中的空间十分疏朗，在观看的"框子"中，草木的形象只留轮廓，缺乏细节；臧棣的《诗歌植物学》，在细节上尽量饱满，语言也如萝茎和枝叶的生长、蔓延，带给读者异常丰富的实感。与"框子"的清空和不断转化不同，眼、手、心的配合，让"我和物"的关系变得更为稠密，落实在日常的生活和劳动之中。这正如当代哲学家所言：人存在于一个互动关系的世界中，"一个不同于物的世界（world of things）的事的世界（world of facts）"，"物进入事中，物的自身存在（being）就成为在事中的在场存在（existence）"，并非如传统西哲所言，只是为了"我思"而存在。①

从某一动机出发，借助丰盈强大的想象力和思辨力，不断拉伸、延展和转换，臧棣的写法曾被友人戏称为"拉面式"写作。《诗歌植物学》声称以植物为友、与万物同游，这个"游"的感觉，或许就是"拉面式"写

---

① 赵汀阳：《共在存在论：人际与心际》，《哲学研究》2009 年第 8 期。

作的一个效果。但臧老师的"游",并非古典山水诗中的上下俯仰、周游圆览,也是伴随了"事"展开。正是在烹饪、园艺这样的小型手工劳动中,"我"的眼、手、心才和植物不断接触,发生多层次的联系,这个过程也就是词语在粘连中打开感官、思绪的过程。最终,植物作为亲密友人,也参与了我的生活,与我的日常对峙,像"绿指头"那样指点着迷津:

  瞧,这些绿莹莹的芦笋
  即使放在盘子里也不安分,
  正用绿指头戳着最后的晚餐呢。

  不是将"物"推远,反而是在日常劳动中,将"物"拉入我的身心感知,在"手"和"物",也就是"词"和"物"的游走中,建立"物""我"之间的新关系。这一点相较于里尔克的"物诗"而言,是一个比较大的推进,也和冯至的写法构成了鲜明的反差。
  要进一步讨论的是,这种与物同游、随物赋形的写法,是否整全实现了"互为主体性"的愿景,建立起了物自身的主体性?我觉得,还是不要过早下判断,有一些相对微观又紧要的层次,尚需耐心辨察。正如西渡所言,如何向植物学习,从"物"的身上获得教益,构成了《诗歌植物学》写作的内在动力,但一个模糊的感觉是,诗人在这方面的意识,好像过于"自觉"了,"物"和"我"的亲密性,并不完全是自然、自在地流露出来,更多还是出于"对命名权与解释权的占有",即"亲密性"是"我"的发现和阐释赋予的。像近年来的"简史""丛书""入门"系列,不少诗作和冯至"十四行"相仿,同样采用"我"和"你"的对话方式,将"物"拉到近身,观察、凝视、抚摩、摆弄、倾吐、追叙,似与亲密友朋对谈。植物始终是镇静、自在的,同时也是无言的,更多是"我"自言自语,反复给出联想、分析、判断。换句话说,"物"卷入"事"的过程,往往在"粗活结束后",让渡于"思"的展开。
  比如,在《绿萝简史》中,不仅"纤细的萝茎"缠绕住了"你","你"其实也抓住了绿萝的"小辫子",在剪枝、翻盆等"粗活结束后","我"就用强大的思辨,紧紧缠住了这株绿萝:

善法

> 你从未想过守护神的角色
> 这么容易就降落在
> 一个现实中,且和你关系密切;
> 但是也可能,这只是假象。
> 将有害气体吸收,将弥漫在
> 城市时间中的粉尘没收在
> 一个碧绿的献身中,不仅你
> 做不到,很多神也做不到,
> 甚至多少钱也做不到,只有这
> 也叫魔鬼藤的天南星科草本植物
> 可以做得既漂亮又安静——
> 所以,谁是谁的守护神
> 你千万不能打错主意——
> 更何况,人生中有许多片刻
> 更像是它送给你的;譬如,
> ……

　　绿萝像一位守护神,吸附着时空中可能的伤害,但它是在一次"碧绿的献身"中自我呈现出来的吗?请注意这些转折或推进的语句,"你从未想过","但是也可能",以及"不仅""只有""所以""更何况""譬如"等,是"我"在不断提出假设、引申、判断,是"我"在紧紧锁定人和绿萝的亲密性。

　　整部《诗歌植物学》中,"植物"是"我"观察的对象,为了看得更细致、更深入,"我"会走近、凑近、弯身、俯首、细看、凝视……此外,菜蔬或花卉又是"我"摆弄、操劳的对象,如洗菜、切菜、浇水、剪枝、翻盆等。无论哪种方式,植物镇定又独在,可始终被"我"的视线锁定,被"我"的手揪住了小辫子。与其说"互为主体性",不如说"主权"始终在我,阐释与被阐释的关系,对应了支配与被支配的关系。人和植物之间的亲密互动,当然是这些诗内在的主线,诗人也常常提醒读者注意,甚至主动去谈论这样的亲密,并一次次放在自我发现、生命启悟的观念构架中去延展。实际上,在日常经验中,我们与周遭亲朋、与应手之"物"在生活、工作中形成的亲密性,往往无需特别"说"出,尽在不言中,会是更自然的常态。从这个角度看,在"我"和"你"的对话中,在主动向植物寻求"教育"的自觉中,内在真正的旋律还是"自我之歌"。这也是臧棣老师多次重申过的他对诗歌之本质的理解。

六

获得"鲁奖"之后,臧棣老师接受《文艺报》专访,他说自己确实有过一个小院子,里面种过各种常见的蔬菜,亲自种,浇水,施肥。对于他而言,这个"自己的园地"和伍尔夫所说的"一间自己的屋子"有同等的分量。这么说来,这个小院子也可以看作是他提到过的,把植物和人关联在一起的"共存的生命情境"。①这样的"生命情境",是人和植物共同分享的,但有时也会感觉,这主要还是一个"我"和植物独在的"情境",并不常有他人在场。我曾和臧棣老师开玩笑,说你写了这么多种菜、做菜的诗,前前后后都是你一个人在忙活,什么时候写一点做完菜之后如何吃菜的诗,特别是请我们一起吃菜的诗。事实上,臧老师的《诗歌植物学》中,并不缺乏与他人"共在"的情境。在更早一些的作品中,或许因为他对于"物我"关系问题,没那么敏感、那么自觉,心境也更松弛,"我"和植物发生关系的情境中,往往会有他人隐约的身影,涉及的"共存"的情感状况也更复杂一些。

比如早年的名作《菠菜》,同样是以洗菜、做菜为线索,像打开菠菜绿色的衬衣、绿色的褶皱那样,打开了生活的诸多设想和层次:

菠菜的美丽是脆弱的
当我们面对一个只有五十平方米的

---

① 参见宋晗:《臧棣:对植物的辨认,源自对生命本身的感受》,《文艺报》2023年3月1日。

> 标准的空间时，鲜明的菠菜
> 是最脆弱的真相。表面上，
> 它们有些零乱，不易整理；
> 它们的美丽也可以说
> 是由繁琐的力量来维持的；

这首诗在"我""你""它"（菠菜）的关系中展开，一个伴侣的形象时隐时现。洗菜中的沉思，也涉及"我"与"你"之间情感关系的回溯和分析，而"五十平方米的/标准的空间"一句，看似平常，实际相当精彩，一下子带入了20世纪80—90年代典型"小两居"家庭的生活感觉。被切割出的、硬化的"标准空间"，也衬托了菠菜所代表的脆弱、零乱且不能为"标准"所回收的生活"真相"。这是一首轻盈的、充满洞察力的"植物诗"，洋溢了心智的愉悦，又严肃对待了两个人的情感和时代生活的繁复性。

要在《诗歌植物学》中选一首最喜欢的诗，我的选择可能和批评家颜炼军一致，他在为诗集撰写的书评中，选出了"能代表臧棣风格的部分好诗"，除了上面谈过的《菠菜》《绿萝简史》《芦笋丛书》《芹菜的琴丛书》等，他还特别提到《柠檬入门》这首，说它"十分动人，让人想起英国诗人狄兰·托马斯的《不要温顺地走进那个良宵》"①。这首诗写母亲重病昏迷，迷离之中只有"最爱的柠檬"的香气，能唤醒一些深层的感知，柠檬也成了"我"和母亲之间沟通的唯一媒介：

> ……我抬起
> 你的手臂，帮你把手心里的柠檬
> 移近你干燥的嘴唇。爆炸吧。
> 柠檬的清香。如果你兴致稍好，
> 我甚至会借用一下你的柠檬，

---

① 颜炼军：《臧棣：身陷现代物境的漩涡，通过植物抒写超越单调的物性》，微信公众号"新京报书评周刊"，2022年1月29日。

> 把它抛向空中：看，一只柠檬鸟
> 飞回来了。你认出柠檬的时间
> 要多过认出儿子的时间：这悲哀
> 太过暧昧，几乎无法承受。
> 但是，我和你，就像小时候
> 被魔术师请上过台，相互配合着，
> 用这最后的柠檬表演生命中
> 最后的魔术。整个过程中
> 死亡也不过是一种道具。

母亲"认出柠檬的时间／要多过认出儿子的时间"，这是一个悲哀的事实，但柠檬也像一个契机、一只飞起的鸟儿，穿越了时空和生死的界限，勾连起母子之间反复上演的生命仪式（"魔术"）。几年前，我在一门诗歌课上曾讨论过这首《柠檬入门》，有位男同学当时泣不成声，可能"柠檬"的仪式让他想到自己和母亲的关系，被深深触动。

这的确是一首"十分动人"的诗。当然，让人感动，以至于落泪，并不是文学作品的标准，但这首"植物诗"确实提供了人和植物关系的另一种情境：不是力图辨认"我"和"你"的亲密，而是以"你"（植物）为媒介，将我们带入一种更真切、更沉重的生命关联中，带我们置身不断延伸的情感仪式的现场，启示我们和诗人一起，去领会母与子、人与人、生与死之间的奥义。或许，这不是一首主动从植物身上寻求"教育"的诗，但不可否认，这首诗包含了情感教育的可能。因为"植物"不单是"我"观看、对话、操弄的对象，或者说，不只存在于"我与物"的单一情境中，还处于一个与亲人、他人共在的生活情境中，散发清香、牵引想象。由此，"植物"也就真的像无处不在的友人，常会在不经意间，帮助我们打破自身封闭的感知，在共同担负的生命现实中，向家人、向他人敞开自我，从而收获一个更为整全的自我。

如何"看见"万物，尤其"看见"山水和植物，不仅是诗歌美学的问题，同时也涉及如何在与万物、世界的联系中安顿自我、敞开身心。从冯至到臧棣,我们能看到现代诗人突破自我限制、克服"物/我"分化的持续努力,而"物/我"关系的延长线上,也有"人/我"关系的重建。按照常见的说法,我们置身的现代社会高度流动、分化,不同阶层、地域、人群、个体,在感受方式、情感取向和价值观等方面有很大的差异。消费和经济活动日益频繁,新技术和新媒介广泛运用,看似差异被抹平,实则制造了更多的隔膜,生存感知越来越封闭。如何走出自我、与他者互动、"以对象为方法"、"互为主体"等,是人文社会知识工作领域包括大众文化讨论中,常常被提出的问题。但正像前面谈到的,如果不对先在的观念结构的潜在支配有所省察,"互为主体"的努力,可能仍在主体性的漫长投影之中。在这个意义上,里尔克提出的将万物从身边"推远"的观看方式,除却神秘主义意涵,仍有一种素朴的认识论意义。如果缺乏对物、对他者之"疏远性"和特殊性的深切体知,缺乏对"物/我""人/我"之差异的尊重,愿望中乃至实践中的"推己及人",即便包含善意,也会变成一种隐蔽的自我呢喃,无法真的带来自我"教育",带来伦理感知上的新突破。

当然,要真正走出主体性的漫长投影,需要先重建一系列具有整体性的文化和社会条件,不是诗人个体在写作内部,单凭节制抒情、客观呈现等手法,就可轻易解决。一个可能的思路是,不妨暂且放开"主体"这个具有强迫性的现代概念。因为一旦有了"主体"的觉悟,便会出现"主/客""物/我"一类对峙,即便是"互为主体"的诉求,还是包含了边界、向外突破、渴求应答等概念和感觉。甚或,不妨采取和里尔克完全相反的方式,先不确立观看、凝视的位置,而是回到人和物、我和他人共在的生活、劳动情境中。这不是要将万物"拉近"身边,拉入"本地的眼光",而是发现自我原本就是一种"关系性的存在",就和"物"在一起,和他人在一起,在互相牵绊的生活世界和历史链条中。在讨论台湾作家陈映真有关"非常简单却又深刻"之理解时,当代学者贺照田的一段文字,常被周边的师友引用,我也想在这里引用一下,作为结语:

> 而要做到"非常简单却又深刻"这一点,不仅要对人类苦难和现代社会的困境有深刻认识,有大悲悯和承担心,还要对生活于其中的人的状态有深刻的洞察——就是既要对这当中人和他所

生存的历史和社会互相生产的一面有深刻认识，又要对生存于此互相牵扯的锁链中人的向上冲动和蕴蓄潜能有准确深刻把握，并对在现有历史条件下如何调动这些向上冲动和蕴蓄潜能以重构和改善我们的生命状态、生活状态、社会状态有深刻的解悟……①

这段文字中，让我最为感佩的是"又要对生存于此互相牵扯的锁链中人的向上冲动和蕴蓄潜能有准确深刻把握"这一句，"互相牵扯的锁链中"的人这一形象，非常准确地凸显了人和世界、人和人在具体生命情境中相互链接的复杂状态。

如果将"向上冲动"，理解为"心""向上心""心之力"的话，那么，这个"锁链"中的人的形象，更偏重于"身"这一面。这个"身"并非"主体"概念所能诠释的，而是处在共同的关联、牵绊乃至冲突和伤害之中。如何深刻理解、把握锁链中的存在，调动其中蕴蓄的潜能、活力，是强调建设性的人文知识工作所面对的课题。对于特别推重非概念感受力的诗歌写作而言，这或许也是一个可以着力的方面。因为，我们有理由期待，诗歌的语言、诗歌的想象力，能像《柠檬入门》中的那只"柠檬鸟"一样，时而腾空、飞起，不只为创制语言奇迹，也能为困苦不安中的"我们"，衔起那一条"互相牵扯"的、看不见的"人之链"。

本文为2023年3月28日为安徽师范大学文学院所做线上讲座的讲稿，发表于《文艺争鸣》2023年第6期

---

① 贺照田：《当革命遭遇危机……——陈映真八十年代的思想涌流析论之一》，见《革命—后革命——中国崛起的历史、思想、文化省思》，台湾交通大学出版社2020年版，第214页。

新诗如何回应公共事件
——闻一多《天安门》及其他

各位晚上好,感谢陈培浩老师的邀约,和大家在线上谈谈"新诗如何回应公共事件"这个话题,讨论的对象是 1926 年闻一多和他的朋友们的写作。这看似是一个有些"古早"的话题,但其实也包含了一定的当下性,我也想先从当代诗歌的状况说起。

一

在一般的印象中,诗歌是一种比较轻逸的文体,偏重抒情性和个体性,距离现代历史、公共事件这样的"重大"题材较远,相对于小说、戏剧而言,回应现实的能力也要弱一些。当然,这只是一般性的、不完整的印象。事实上,现代诗歌介入公共世界、强力回应现实的冲动,非常强劲。20世纪 30 年代末 40 年代初,朱自清翻译了美国诗人阿奇保德·麦克里希的《诗与公众世界》一文。熟悉朱自清诗论的朋友都知道,这篇译文在朱自清自己的诗学建构中,起到了非常重要的参照作用,他借此表达了对战争时代私人经验公共化的强烈感受。虽然这篇文章是八十多年前的,但对于讨论今天的主题,还是有一定帮助,我们来看其中的两段:

> 三十年前,公众世界是公众世界,私有世界是私有世界,这是真的;三十年前,诗就性质而论,与公众世界绝少交涉,也是真的。但到了今天,这两种情形并不因此还靠得住。

的确,和我们同在的公众世界已经"变成"私有世界了,私有世界已经变成公众的了。我们从我们旁边的那些人的公众的多数的生活里,看我们私有的个人的生活;我们从我们以前想着是我们自己的生活里,看我们旁边那些人的生活。这就是说,我们是活在一个革命的时代;在这时代,公众生活冲过了私有的生命的堤防,像春潮时海水冲进了淡水池塘将一切都弄咸了一样。私有经验的世界已经变成了群众、街市、都会、军队、暴众的世界。众人等于一人、一人等于众人的世界,已经代替了孤寂的行人、寻找自己的人、夜间独自呆看镜子和星星的人的世界。①

这两段话讲的是,欧美二战前政治运动、社会变革频繁,打破了公共与隐私的分离局面,公众生活已像潮水般冲入个体生命,成为每个人内在经验的一部分。朱自清翻译这篇文章,配合了他对新诗在抗战前后发生的结构性变化的理解。简单说,他认为新诗发展到了20世纪30年代,技艺已经十分精湛,对内在感觉的表现也相当精微,已经深入诗的本体,从"散文化"发展到了"纯诗化"。在他看来,"纯诗"的状态过于封闭,诗歌回到了"老家"(本体),访问的也就少了。而战争的爆发,又使新诗从自己的"老家"里走出来,面向宏大的历史,重新走向"散文化"的路,因为现代生活是散文化的,新诗也应该散文化。在他这里,所谓的"散文化",不单是指形式上的不拘格律和散文体式,更多还是指向了一种感受力的开放和对异质经验的包容。

无论在麦克里希还是朱自清那里,"诗与公众世界"命题的提出,都和20世纪的战争经验有关。那么,如果这个命题也存在于当代诗歌中,它又出现在什么时候?又有怎样的历史前提或时代语境?对于这个问题,我还没有深入的思考,仅就粗略的印象说,在当代诗歌特别是先锋诗歌的

---

① 朱自清:《新诗杂话》,作家书屋1947年版,第169—170页。1940年1月12日,朱自清在日记里写道:"读几种杂志的文章。《大西洋》月刊内《诗与公众世界》尤为有趣。打算把这篇翻译出来。"这篇译文发表于香港《大公报》,后作为附录收入《新诗杂话》中。

脉络中，这个命题受到关注似乎是相对晚近的事。尤其是最近这几年，随着社交媒体发达，各种社会事件频发，当代诗歌的写作、阅读和讨论，越来越多地卷入公共性话题乃至公共性的争议。当然，自20世纪90年代以来，当代先锋诗歌也非常强调写作对应现实的能力，在修辞和语言形式上，也比较多强调诗歌的叙事性、开放的包容性。依照已故诗人、批评家陈超的说法，当代诗歌在深入历史的过程中，已锻造出一种"个人化的历史想象力"。需要注意的是，所谓"历史想象力"，是以"个人化"为前提的。这是什么意思呢？这就是说，诗人从个人的感受、理解出发，将现实作为引燃诗歌想象力的燃料，但这不等于说诗人特别需要对公共世界中的问题负责。相反，在很多当代诗人的感觉结构中，那种宏大的、沉重的"历史"，是不能被信任的，历史"个人化"意味着，历史更多是小写的、破碎的，折射或是散射于语言的迷人透镜之中。更实在一点说，历史也就大致对应于个体的日常生活、日常经验。比如有诗人就说过，历史不用去外求，你送孩子上学、过天桥，本身就在历史之中。这样的说法，当然与某种普遍的当代实感相吻合，似乎也非常有说服力。另外，还有一点很重要，历史的"个人化"和当代诗的语言本体论立场、诗人对自身边缘位置的自觉也高度相关。在所谓后现代的文化景观中，诗人早已没有立法者、代言人的自我幻觉，诗人变成一种写作者、一种手艺人，甚至如欧阳江河当年所说，只是一群"词语造成的亡灵"。

然而，2005年前后，随着社会阶层分化，各种公共议题凸显，当代诗与公众世界的关系也发生了一些变化。像刚才说到的，诗人的写作不再只习惯性地从边缘出发、从个人出发，而是越来越多地卷入公共性的议题，如早些年的"草根写作""底层写作""打工诗歌""地震诗歌"，还有这两年的热点事件。无论国内还是国际，每有大事发生，总会带动一波诗歌写作和传播的热潮，很多严肃的、重要的诗人也参与其中。从社会层面看，这样的写作一时还谈不上有什么影响，但在当代诗歌的圈子内部，反响还是很强烈的，也引发了很多争议。部分对当代诗边缘化、小众化倾向不满的读者、批评家认为，这样的"介入性"写作具有一定的现实感，也体现了诗人的道德良知，甚至构成了某种"新的崛起"。但也有不少专业的诗人和批评家，对这样的"介入"倾向保持警惕，他们认为诗歌不能被外在的道德绑架，更应坚持自身的写作伦理。正如不能投靠不道德，诗人也不应投靠公共道德。下面两段是常被引述的、现代诗的"金科玉律"，分别来自大诗人希尼和奥登。向这些西方大诗人致敬、看齐，也是当代诗人长期以来形成的一种自我认同机制。

  诗歌有其自身的现实，无论诗人在多大程度上屈服于社会、道德、政治和历史现实施加的修正压力，最终都要忠实于这一艺术活动的要求和承诺。
——谢默斯·希尼《舌头的管辖》

……爱尔兰刺伤你发为诗歌，
但爱尔兰的疯狂和气候依旧，
因为诗无济于事：它永生于
它的辞句的谷中，而官吏绝不到
那里去干预……
——奥登《悼叶芝》

希尼的这段话说得很清楚：诗歌自身的要求，不能被外在的尺度取代。奥登在悼念叶芝时也强调，虽然叶芝的写作与爱尔兰的命运有关，但诗歌改变不了什么，它无济于事，不能使任何事情发生。诗人可以书写现实，甚至极为广泛地处理公共世界中的现实问题，但目的还是将这一切回收到一首诗里，永生于"辞句的谷中"。

作为现代诗的某一类"金科玉律"，上面的表述都是现代诗歌基于自身处境、命运的"主体"意识的表达，说得都很好。然而，正是因为说得太好、太正确、太完满了，反而有些空泛，失去了针对性。所谓诗歌伦理与社会伦理之争，兜兜转转，一直翻来覆去，除强化各自的立场外，好像没有什么生产性，成了老生常谈。事实上，最重要的不是姿态，不是要不要忠实于艺术本身的要求，而是诗歌在忠于艺术本身的要求和承诺之后，又该如何去书写、去转化那些历史现实的压力，使之成为写作内在的激励。在这个意义上，诸多现代诗的"金科玉律"也有必要重新"问题化"。比如：所谓"诗歌伦理"和"社会伦理"，一定构成冲突吗？"艺术的承诺"难道不可以包括回应现实的挑战吗？反过来说，看似有现实感、介入性的写作，真的把握到现实的复杂和稠密了吗？写作中表现出的道德感，是否只是廉价的同情和外在的批判，最终回收于各种程式化的情感和伦理模式之中，无法突破那些给定的认知网格？写社会不公、生活艰辛的诗，会不会变成一种"诉苦"式的展演，只是城市中产阶级消费/观看的对象？还有，所谓"社会伦理"，就是自明的吗？它是一种笼统的道德直观，还是要求在特定的历史文化脉络中去关切不同的个体或群体状况？①

比如，2020年疫情暴发，当时也有不少诗人积极发声、回应，但整体感觉不那么令人满意。有些"疫情诗"写得很真挚、也很迫切，但如果去掉其中一些具体的指涉，你说这是"地震诗"，好像也可以成立。因为写作者的态度和立场往往非常稳定，愤怒又悲悯，而且诗人想得更深、看得更远，会越过复杂的现实看到权力与自由的关系，或在更具超越性的人类命运视野中悲悯这一切。这样一种"社会伦理"，未免过于简单、直观，好像不太能触及所要批判的现实，悲悯也是抽象的，并不能真的关切到具体的、活生生的人。当然，在特殊的情境中，诗人的发声也是一种表态、一种抒发情绪的方式，不必太苛求。但是，怎么越过常识性的、直观的感受，让"社会伦理"联动"诗歌伦理"，以诗歌的方式去撬动、打开现实，确实是写作者需要面对的一个困境。

进一步说，这样的困境不只存在于诗歌写作中，也折射了某种总体的生存和感知状况。前面提到麦克里希关于"诗与公众世界"的讨论，在他看来，私人生活不可避免地公共化，和现代报纸传媒的作用大有关联。一个生活在20世纪的现代人，早上起来一打开报纸，世界各地的消息，无论是社会的、政治的还是战争的，都会扑面而来。这就是他形容的公众生活像涨潮的海水冲过堤防、淹没了私生活的小池塘的感觉。今天呢，我们一大早打开的已不是报纸，而是手机，是各种社交软件，不仅瞬间尽知天下事，而且有图有视频，好像可以随时置身现场。我们就生活在这样一个

---

① 参见余旸：《诗歌与伦理之间的诠释关系》，《新诗评论》2012年第1辑。

信息的海洋中,在网络媒介的投喂下,每天刷着各种各样的热点新闻,亢奋又躁郁。至于回应当代公共事件的诗歌,这几年看下来,我有一个感觉,与其说大家回应的是事件本身,不如说是"朋友圈"中的热点新闻。今天这个事,明天那个事,好像每天都愤怒、忧虑,形成各种各样的道德判断,但实际上和任何事都没有真正具体的关联。还有一点,大家应该都有同感,那就是由网络和社交媒介投送的信息所构成的"现实感",在很大程度上是被过滤的,甚至是由特定的观念或立场所构造的。在这样的"现实感"中写作,哪里会有什么"个人化"。看起来激越的、独立思考的个人,不过是被各种媒介信息喂养的、被特定立场支配的类型化的个人。

在这样的总体困境中,如何突破直观的感知结构,对现实进行更有结构的、更内在的分析,对于非虚构性写作来说,尚且是一个很大的挑战,更不用说诗歌这样的文体了。我自己是做新诗史研究的,所以想做一些历史的回溯,看看约百年前,在新诗刚刚成立的时候,当时的新诗人是如何回应公共事件的。选择的对象是20世纪20年代中期北京的几位年轻诗人:闻一多、饶孟侃等。这几位年轻诗人和《晨报副镌》的主编徐志摩合作,在《晨报副镌》上创办了著名的《诗镌》,提倡并实践新诗的"格律化",包括闻一多提出的"三美"理论,这段历史大家应该都很熟悉。

二

《诗镌》创办于1926年4月1日,终止于当年6月10日,持续时间不长,总共才出了十一期,但影响很大,在新诗史上占有一个特别关键的位置。无论当事人还是后来的评论者,谈起《诗镌》和那一时期闻一多等人的实践,都会强调这份"诗刊"在新诗形式、音节方面的"创格"意义。早期新诗追求诗体大解放,想怎么写就怎么写,不免会有些自由散漫。《诗镌》群体注重"格律"与"纪律",所谓"创格",也体现为一种对早期新诗的"纠正",这似乎是文学史上已被"锁定"的常识。然而,常识化也可能伴随某种简化、标签化。大家可以想一想,如果只是把诗写得整齐、押韵,有一定的音尺、节奏,或者具有一定的"建筑美、音乐美、绘画美",这好像没有太大的"难度",由此也很难解释闻一多等人诗学实践更为内在、深远的意义。事实上，在"格律"的尝试之外，《诗镌》群体的努力还在很多方面，比如：在诗体方面，在抒情姿态的调整方面，在新诗与历史关系的理解方面。下面，我们就不谈"格律"，重点谈谈闻一多等人其他方面的努力。

《诗镌》创办于1926年4月1日，首先需要注意的，是这个时间点。在此之前，北京刚刚发生了一件大事：1926年3月18日，北京各界民众在天安门举行反对八国通牒示威大会，会后游行队伍抵达"铁狮子胡同"执政府，在交涉中，埋伏的卫队士兵开枪射击，造成四十余人死亡，两百余人重伤。从1925年上海发生五卅惨案之后，国民革命军的势力日渐蔓延，全国政治局势处于剧烈的转换之中。三一八惨案的发生，震惊了海内外，一时舆论滔天，对当时社会心理、政治氛围的影响也是巨大的。《诗镌》创刊时宣称，"我们的大话是：要把创格的新诗当一件认真事情做"①，但我们看创刊号内容，这份诗刊实际生成于三一八惨案的震荡中。在创刊号上，除了徐志摩的《诗刊弁言》和朱湘的《新诗评》，其他诗文均与"三一八"有关，包括闻一多的《文艺与爱国——纪念三月十八》《欺负着了》，饶孟侃的《天安门》，杨世恩的《"回来啦"》，蹇先艾的《"回去！"（遵义土白）》，徐志摩的《梅雪争春》，刘梦苇的《寄语死者》《写给玛丽雅》，于赓虞的《不要闪开你明媚的双眼》。上述文章和诗歌，都以不同的方式回应了"惨案"的冲击，或呈现阴森恐怖的氛围，或宣泄受难者的心理伤痛。这期创刊号也可看作是"三一八惨案专号"。

有关三一八惨案发生的原委，这里先做一点简单的介绍。当时，冯玉祥的国民军正与奉军激战，日本暗中支持奉军，在天津大沽口，国民军炮击了日本军舰。1926年3月16日，日、英、美等八国向执政府发出最后通牒，要求撤除大沽口国防工事。这所谓"最后通牒"，激起了民众极大的愤慨，各团体计划于18日在天安门前举行反对八国最后通牒国民大会。这是近因，在更长一点的时段里看，自1924年底国民军进入北京，孙中山北上之后，北京的政局和舆论氛围一直处在动荡之中，五卅运动、"女师大风

---

① 志摩：《诗刊弁言》，《晨报副镌·诗镌》第1号，1926年4月1日。

潮",以及1925年底发生的"首都革命",都是关键性的节点。在历史加速转换的时期,不同的知识群体和政治派别处在分化之中。1925—1926年,是闻一多政治参与热情极高的一个时期。他当时是一位狂热的国家主义者,前后奔走,积极投身国家主义团体的组织活动。3月18日的大游行,闻一多本来也是准备参加的,但国家主义者李璜得知"国民党的左派调动天津及长辛店的工人来京甚多,将发动首都革命",感觉会有危险,且不愿在运动中"为共产党跑龙套",劝阻闻一多等人不要前往。① 结果,北京国家主义各团体当日自行到外交部、国务院请愿,没有参加天安门前的国民大会,"碰巧"避开了"惨案"。即便如此,即便不在"惨案"的现场,此时的闻一多并非一个局外的旁观者,他就在政治冲突的旋涡中。《诗镌》创刊之前,他已经用诗歌对"惨案"进行了回应。1926年3月25日、3月27日,《晨报副镌》先后发表了饶孟侃的《"三月十八"——纪念铁狮子胡同大流血》、闻一多的《天安门》这两首诗。闻一多另有一首《唁词》,发表在3月25日的国家主义刊物《国魂周刊》上。

面对突发的公共事件,包括诗歌在内的文学写作如何回应、如何介入,是一个经典议题。有意味的是,对于闻一多、饶孟侃等人而言,"惨案"发生与《诗镌》创立之间的关系不是偶然的、突发性的,而具有一种内在的诗学意义。《诗镌》创刊号上,闻一多《文艺与爱国》一文开篇就讲道:"铁狮子胡同大流血之后诗刊就诞生了,本是碰巧的事,但是谁能说诗刊与流血——文艺与爱国运动之间没有密切的关系?"在闻一多看来,《诗镌》的诞生刚好在铁狮子胡同大流血之后,不是碰巧的,或本是碰巧,他却希望大家要当它不是碰巧的。原因在于,现实的牺牲和写作的投入之间有一种同构性,都是"爱自由、爱正义、爱理想的热血"在奔流。支撑这一理解的,则是一种有关诗人与外部世界关系的经典想象:

> 诗人应该是一张留声机的片子,钢针一碰着他就响。他自己不能决定什么时候响,什么时候不响。他完全是被动的。他是不

---

① 闻黎明、侯菊坤编:《闻一多年谱长编》,湖北人民出版社1994年版,第314、315页。

能自主，不能自救的。诗人做到了这个地步，便包罗万有，与宇宙契合了。①

这是很重要的一段话，在浪漫主义的诗学中，诗人常被想象为一架风中的竖琴，或一处荡漾的水面，为四方的气息所吹拂、所鼓动。这种观念在早期新诗理论中也多有回响，像郭沫若在致宗白华信中就写道，他们的诗是"命泉中流出来的 Strain，心琴上弹出来的 Melody，生底颤抖，灵底喊叫"②。1923 年，闻一多在著名的《〈女神〉之时代精神》一文中，阐发了 20 世纪"时代精神"在郭沫若写作中的多种表现。在闻一多的论述中，20 世纪"时代精神"的内涵似乎不是非常确定，与其说对应于某一种思想主题，不如说对应于一种历史展开的节奏、风格和内在能量，如动的精神、反抗的精神、科学的精神、世界之大同的视野，以及挣扎抖擞的心理特征。这种不确定感恰恰与"风"和"琴"的隐喻有相当大的关联。按照一种理解，"'时代精神'总是以'风'的形式出现的，可以被感知"③，但不可能被整体把握，作为抒情主体的诗人，可以将对"风"的感知、认同和召唤落实为诗的修辞。闻一多这里使用的"留声机的片子"的比喻，正如有论者指出的，是"风中的竖琴"想象的延伸、变体。④诗人看似完全被动、不能自主，但具有伟大的同情心、敏锐的感受力，能以一种有别于理性的方式，与宇宙自然契合，也能在时代旋涡中与历史共振、共鸣。

不过，在"风"和"琴"的比喻中，诗人与世界的呼应好像更为自然，也更不确定；而"钢针"的比喻，则强调外部事件的突发性和介入感。换句话说，不是模糊的、无形的"时代精神"，而是具体的甚至暴力的公共事件突然闯入视野，将"留声机的片子"碰响。在这一过程中，诗人是被

---

① 闻一多：《文艺与爱国——纪念三月十八》，《晨报副镌·诗镌》第 1 号，1926 年 4 月 1 日。

② 田汉、宗白华、郭沫若：《三叶集》，上海书店 1982 年版，第 6 页。

③ 王璞：《抒情与翻译之间的"呼语"——重读早期郭沫若》，《新诗评论》2014 年总第 18 辑。

④ 参见程凯：《革命的张力——"大革命"前后新文学知识分子的历史处境与思想探求（1924—1930）》，北京大学出版社 2014 年版，第 238 页。

动的,但如何回应、如何振响,还是与特定的文学姿态、政治感觉和潜在的立场有关。在讨论具体的诗作之前,我们还是先谈谈闻一多此一时期的态度和观念。《诗镌》第二号发表的邓以蛰的长文《诗与历史》,对我们理解闻一多等人的诗学思考很有帮助,重要性并不亚于随后发表的闻一多的《诗的格律》、饶孟侃的《新诗的音节》。

三

邓以蛰,中文系的同学可能不太熟悉。他是一位美术史家、艺术理论家,早年曾赴日本、美国留学,专攻哲学和美学。1923年回到北京后,在北京大学和艺术专门学校教授美学、美术史一类课程,和闻一多等人过从甚密,也不时在《晨报副镌》上发表诗歌、戏剧、美术、音乐等方面的文章。他此一时期的文章集结为《艺术家的难关》一书,1928年出版。在后来的回顾中,作者本人说这些文章以"形式主义"和"为艺术而艺术"为主要倾向[①],这未免简化了当年的理论抱负。事实上,邓以蛰早年的论文糅合了柏拉图、康德、叔本华、柏格森、克罗齐等人的思想资源,试图建构一种相当复杂的艺术理论,用思深湛,文风晦涩。正如闻一多所言,"没有一篇不佶屈聱牙,使读者头痛眼花,茫无所得,所以也没有一篇不刊心刻骨,博大精深"[②]。他在病中"化了三通夜的心血"写出的《诗与历史》,同样是一篇"让人看了头痛眼花的东西"。《诗与历史》,并非一般性地讨论诗和历史的关系,而具有哲学认识论的色彩。邓以蛰将人类的精神活动分为印象、艺术、知识这三个阶段,但认为在"艺术"和"知识"之间,还有一段感性经验和知识观念混融不清的空白:

> 忽尔是缥缈的印象之中,显出些嘹亮的知识来,仿佛在绝顶上俯视平地,一些压都压不平的丘垤峥嵘在地面上;忽尔知识的

[①] 参见邓以蛰:《〈艺术家的难关〉的回顾》,见《邓以蛰先生全集》,安徽教育出版社1998年版,第394页。

[②] 闻一多:《〈诗与历史〉附识》,《晨报副镌·诗镌》第2号,1926年4月8日。

四围又起些印象的光晕，或则知识更似土偶一般，投到印象的海里去，消溶得连个影子都没有了。这一段知觉的表现是什么呢？①

这一段缥缈模糊的文字，描述了"艺术"与"知识"之间一种感性经验和知识观念混融不清的状态，这正是"诗"和"历史"要处理的知觉领域。二者的区别只是形式上的，在内容方面，都是以描写"境遇"为能事：

历史上的事迹，是起于一种境遇（situation）之下的。今考人类（个人或群类）的行为（凡历史可以记载的，诗文可以叙述的），无一不是以境遇为它的终始。它的发动是一种境遇的刺戟，它的发展，无论有意无意，又势必向着一种新境遇为指归。②

不能不说，这是一种相当特殊的论述：诗与历史的关系，不是以文学反映论或表现论为前提，而是归结于二者"在人类的知觉上所站的是同一的地位"。这里所说的"历史"，更近似于历史学或历史叙述。邓以蛰进一步强调，如果说，历史（学）脱离人的意志变成一种单纯的社会科学，是"历史的劫运"，那么诗的"劫运"则在于脱离了境遇和知识，"变成专门描写感情的工具了"。

以上只是一个大概。《诗与历史》这篇长文着眼于人类整体的认知类型，内含比较宏阔的知识论、艺术史视野，也不乏现实的针对性。在此文的附识中，闻一多做了如下概括和引申，说邓以蛰的主要意思有两点：其一，"怀疑学术界以科学方法整理国故，研究历史的时论"；其二，"诊断文艺界的卖弄风骚专尚情操，言之无物的险症"。于是，有了下面一段著名的论述：

他的结论是历史与诗应该携手；历史身上要注射些感情的血

---

① 邓以蛰：《诗与历史》，《晨报副镌·诗镌》第2号，1926年4月8日。
② 邓以蛰：《诗与历史》，《晨报副镌·诗镌》第2号，1926年4月8日。

液进去，否则历史家便是发墓的偷儿，历史便是出土的僵尸；至于诗这个东西，不当专门以油头粉面，娇声媚态去逢迎人，她也应该有点骨骼，这骨骼便是人类生活的经验，便是作者所谓"境遇"。①

强调"历史与诗应该携手"，这好像是对《文艺与爱国》一文观点的重申，同时，闻一多的概括也指向了新诗中存在的浮泛、感伤作风，即所谓"卖弄风骚专尚情操"，"以油头粉面，娇声媚态去逢迎人"。20世纪20年代初，随着大量文学青年涌入文坛，写作题材狭窄、感情浮泛、风格雷同，成为制约新文学发展的严重问题。这不仅是文学题材、风格的问题，和新文学"常态化"所导致的主体空洞、贫弱，也有一定的关联。早期新文学也包括新诗的作者，如胡适、周氏兄弟、刘半农、郭沫若这一代，他们的作品即便粗糙、散漫，基本上还是言之有物的，为了打开新的文学空间，也有比较饱满的能量、抱负和主体性。然而，随着新文学在社会上站稳了脚跟，对于后来进入"新文坛"的大量文艺青年而言，新旧文学的冲突和创造新文学的冲动已没有那么强劲，他们接受了诸多现代文学原理的教化，在一种常态的"诗"或"文学"的观念框架下写作，由此也容易陷入新的套路之中。无论写"恋爱""哲理"，还是写"打打杀杀"的革命主题，都不免陷入一种感伤、内卷的状态，如鲁迅1926年所观察到的："先前是虚伪的'花呀''爱呀'的诗，现在是虚伪的'死呀''血呀'的诗。"②或许，这是一种会反复发生的文学史现象：开创时期，热烈奔放，"时代精神"满满；泛滥之后，则内卷兼重复，感伤又浮泛。

在闻一多、饶孟侃等人看来，"感伤"的泛滥，严重降低了新诗的品质，甚或构成了新诗面临的最大危机。③他们提出的新诗格律化方案，也

---

① 闻一多：《〈诗与历史〉附识》，《晨报副镌·诗镌》第2号，1926年4月8日。
② 鲁迅：《致许广平》，见王世家、止庵编：《鲁迅著译编年全集》（第6卷），人民出版社2009年版，第289页。
③ 参见饶孟侃：《感伤主义与"创造社"》，《晨报副镌·诗镌》第11号，1926年6月10日。

正是针对这样的危机,而不仅仅针对形式上的散漫。因为"格律"也是"纪律",形式创格也是为了建立一种艺术自律精神和难度意识。有年轻研究者在重新解读闻一多的"格律"观念时,颇具创造性地将诗之"格律"与中国传统文论中"气骨""骨骼""气节"等概念进行对读,提出诗之格律对于闻一多来说,不仅仅是音节、韵律等形式层面的问题,还包含了精神层面上对充实文化人格的期待。① 如果联系闻一多的说法,诗"应该有点骨骼,这骨骼便是人类生活的经验、便是作者所谓'境遇'"。这一理解似乎还有可以延展之处:无论形式之"格律"还是历史之"境遇",都可以构成写作主体得以锤炼、扩充的场域,也是诗歌突破平庸感觉进行"创格"的关键。

可以注意的是,在《诗与历史》一文的附识中,闻一多还向读者推荐了邓以蛰另外两篇文章:《艺术的难关》《从林风眠的画论到中西画的区别》。其中,《艺术的难关》应该是《艺术家的难关》(邓以蛰的文集也是以此来命名),比较完整地论述了他当时的艺术观念。在文中,邓以蛰强调,艺术是一种绝对的境界,不是自然变动、无组织的现象。看起来,这只是一种艺术至上的抽象高论,但与其说他在强调艺术的超越性,不如说强调艺术家的强大驾驭能力和对常识经验的突破能力,背后隐含了一种颇为"先锋"的立场:

> ……但艺术招引同情的力量,不在它的善于逢迎脑府的知识,本能的需要;是在它的鼓励鞭策人类的感情。这鼓励鞭策,也许使你不舒服;使你的平铺的生性失了以知识本能为凭借的肤泛平庸的畅快。所以当代或艺术史上有许多造境极高的艺术,遭普通知识与一般观者读者的非难,就是这种原故。因为不能使他们舒服畅快,就不能得他们的同情。你要晓得,艺术不仅是使你舒服畅快的东西。

---

① 参见吴丹鸿:《"歌声很快变成了咒诅"——论闻一多归国后的文化诗学与抒情转向》,《中国现代文学研究丛刊》2020年第6期。

> 反过来说！艺术正要与一般人的舒服畅快的感觉相对作垒呢。①

依这样的逻辑，艺术的"绝对价值"，就显现于对人类知识和平庸感觉的突破："人事上的情理、放乎四海而准的知识，百世而不移的本能——实用方面——都是它们的共同的敌人。也就是艺术家誓必冲过的难关。"②他在另一篇文章《从林风眠的画论到中西画的区别》中也有类似的表达，认为常人将艺术"当一种娱乐的东西看待"，是一种需要矫正的世俗见地，艺术家和哲学家一样，应以"心内新奇的收摄、心内新奇的铸造"，来提出新见，造成一种完整的理想，所以艺术贵创格。③闻一多特别推举这两篇文章，也是因为他此一时期的旨趣与之十分接近，也非常关注艺术突破常规、强力构造经验的能力。

回到"风""琴"与"留声机"的隐喻。如果说，闻一多20世纪20年代初对《女神》之"时代精神"的解说，暗中依托了浪漫主义的"风琴"观念，动的、反抗的、不安定的"时代精神"似乎还是一种不确定的、具有整体性又相对抽象的直观感觉，涌现于风和雨的动荡不息中；那么，20年代中期"五卅"到"三一八"的政治变动，已然让抽象的"时代精神"落实于一种峻急又血污的政治现实。相比于"风""琴"的比喻，"留声机的片子"与"钢针"的比喻，除了在感受上强化了某种迫切的、尖锐的现实感，"钢针"的触碰，也反向凸显了一种主体的坚硬和紧张。换言之，诗人即便是在感受层面回应历史，但要想经得起"钢针"的触碰、敏锐而非笼统地做出回应，还需要更强劲且更具有结构感和突破性的主体状态。这或许是邓以蛰一系列以"境遇""创格"为核心的艺术论，引发闻一多等人共鸣的深层原因。

---

① 邓叔存：《艺术家的难关》，《晨报副镌》第1420号，1926年1月7日。
② 邓叔存：《艺术家的难关》，《晨报副镌》第1420号，1926年1月7日。
③ 邓以蛰：《从林风眠的画论到中西画的区别》，《现代评论》1926年第3卷第67期。

四

前面讨论的都是诗学观念方面的问题，下面我们要来分析一下具体的诗作了，看闻一多他们怎么样在诗歌中回应"三一八"这样的公共事件。刚才也说到了，"惨案"之后，闻一多最先发表的诗歌，并不是《晨报副镌》上的《天安门》，而是《唁词——纪念三月十八日的惨剧》，1926年3月25日发表于国家主义刊物《国魂周刊》上。

> 没有什么！父母们都不要号咷！
> 兄弟们，姊妹们也都用不着悲恸！
> 这青春的赤血再宝贵没有了，
> 盛着他固然是好，泼掉了更有用。
>
> 哀恸要永远咬住四万万颗心，
> 那么这哀痛便是忏悔，便是惕警。
> 还要把馨香缭绕，俎豆来供奉！
> 哀痛是我们的启示，我们的光明。

上面是《唁词》一诗的首尾两节。这首诗采用"正面"呼告的形式，诗人仿佛站在人群之中，代表"我们"发声：死者的血不会白流，会换来"我们的光明"。这是一首激发民气、同仇敌忾的诗，但给人的感觉是情感并不十分激烈，似乎更多是一种姿态的表达，与当时报纸上各种宣言、通电，在口径上并无根本不同。今天，很多回应当下公共事件的诗，写得自然会更节制，在修辞上也更复杂，但类似的姿态还存在，表达的情绪和判断，和一般媒体文章乃至"公众号"文章也相差不多。而且，激昂的语调中，穿插"把馨香缭绕，俎豆来供奉"一类词句，也稍有勉强之感。借用闻一多自己的说法，诗中表达的情感只是一种"情操"，是"第二等的情感"，"同思想相连属的，由观念而发生的情感之上，以与热情比较为直接地倚赖于感觉的情感相对待"①。事实上，闻一多在20世纪20年代创作的多首爱国诗，如《醒呀！》《七子之歌》《爱国的心》《长城下之哀歌》《南海之神》等，主题鲜明、空间阔大，但也都有意图过于鲜明，用观念来结构情感的问题。这些爱国诗，包括前面那首《唁词》，基本没有收入诗集《死水》中，这一点也可以玩味。

然而，我们看《晨报副镌》1926年3月25、27日先后发表的饶孟侃的《"三月十八"——纪念铁狮子胡同大流血》、闻一多的《天安门》。与上面提及的诗迥然不同，这两首诗都不约而同地采用了戏剧的方式，以北京城百姓的口吻，来传达"惨案"发生后城里的民众心理和恐怖氛围：

"平儿，你回来了！""是的，母亲。"
"你为什么走路卷着大襟？"
"啊！那是路上弄脏了一点，
不要紧，让我进去换一件。"
"兄弟呢，怎么没同你回来？"
"他，他许是没有我走得快；
没什么，母亲，没什么；他，他
自己难道还不认得回家？"
——饶孟侃《"三月十八"——纪念铁狮子胡同大流血》

好家伙！今日可吓坏了我！
这两条腿这会儿还哆嗦。
瞧着，瞧着，都要追上来了，
要不，我为什么要那么跑？
先生，让我喘口气，那东西，
您没有瞧见那黑漆漆的，

---

① 闻一多：《〈冬夜〉评论》，见《闻一多全集》（第2卷），湖北人民出版社1993年版，第88页。

> 没脑袋的,蹶腿的,多可怕,
> ⋯⋯⋯⋯⋯
> 刚灌上俩子儿油,一整勺,
> 怎么走着走着瞧不见道。
> 怨不得小秃子吓掉了魂,
> 劝人黑夜里别走天安门。
> 得!就算咱拉车的活倒霉,
> 赶明日北京满城都是鬼!
> ——闻一多《天安门》

前一首诗中,母亲不断追问衣襟沾满血污的儿子,你的兄弟"怎么没同你回来",看到母亲心急如焚地追问和儿子闪烁其词地回答,读者不难体知:另一个儿子已在铁狮子胡同遇难。后一首完全以一个车夫的口吻写出,不仅写了目击恐怖的屠杀,更传递出黑暗中诡异的气氛,正如饶孟侃所说:"我们读完了只要立刻把眼睛闭上,一定揣摩得出一个喘着气的车夫黑暗中在中央公园西边一带说话。"①

借用一个传奇式的历史人物,或虚构一个角色,以他的口吻来表达某种思想情感,这种"戏剧独白"诗体在维多利亚时代以来的英诗中十分常见,闻一多、徐志摩等人也有意将这种诗体引入中国新诗。这方面有很多讨论,这里就不多展开了。但戏剧独白并非仅有诗体形式上的意义,当历史的"钢针"猛然戳来,这种诗体似乎也具有了一种回应公共事件的特殊性。在《诗镌》创刊号上,闻一多、饶孟侃的戏剧独白尝试进一步展开。不知是否有所约定,闻一多的《欺负着了》、饶孟侃的《天安门》都是借一位死难者母亲之口,或宣泄悲愤,或低声哀鸣。收入《死水》的《飞毛腿》应该也是写于这个时期,这首诗则以一个车夫的口吻,来讲述另一个车夫(飞毛腿)的惨死,同样由唠叨的北京土白写成,同样传达了一种凄惨阴森之感。或许是受闻、饶二人的带动,创刊号上杨世恩的《"回来

---

① 饶孟侃:《新诗话·土白入诗》,《晨报副镌·诗镌》第8号,1920年5月20日。

啦"》、刘梦苇的《写给玛丽雅》、蹇先艾的《"回去!"（遵义土白）》，都不同程度引入戏剧独白的因素。可以说，在《诗镌》创刊号上，戏剧独白或戏剧性诗体得到了一次集中的尝试，"惨案"冲击也转化为一种诗体实验的冲动。

在《诗镌》群体新诗"创格"的实践中，戏剧独白的引入，当然具有多方面的意义。一方面，借用人物的口吻、声音来展开一种"境遇"，这恰恰构成了诗与历史的形式中介，也带来某种诗歌经验的"骨骼"，一定程度矫正新诗"感伤"的倾向。另一方面，与"戏剧独白"往往伴随的"土白入诗"，也活化了新诗的语言，提供了一条锤炼口语节奏的路径。如《诗镌》第8号上饶孟侃的《新诗话》，就是以徐志摩、闻一多的"戏剧独白"体诗作为范例，细致分析了"土白"为新诗带来的特别风味、节奏。然而，相比于诗体形式、口语节奏方面的意义，以戏剧独白来回应突发的公共事件，借此表现出特殊的时代感觉这一点，或许更重要，更能体现闻一多等人的"创格"努力。

五

还是与《国魂周刊》上的《唁词》比较。如果说，因为《唁词》采用正面呼告的形式，诗人似乎处于历史事件的中心、置身于人群或队列之中，代表"我们"发声，所以感觉不怎么真诚，不在状态；那么，《"三月十八"》《天安门》《欺负着了》等作品则反其道而行之，并没有直接书写屠杀的暴行，甚至在一定程度上抽离"惨案"的现场，从北京市民的视角、普通人的视角表现死难者亲人的伤痛，渲染笼罩北京城的阴森、恐怖氛围。可以参考的是，在"三一八"的死伤者中，有一部分是工人、商人、车夫等市民，绝大多数还是北京大、中学校的学生。选择相对外部的市民视角，模拟他们的口吻，想象他们的心理，这种写法或许意味着某一种距离感，一种试图在另外的意义上回应历史的意图。闻一多等人是否有意挣脱"纪念""控诉"的模式，试图从另一层面记录历史的感受？这种距离感与《诗镌》群体特定的立场和站位有无关联？这些问题，都可以继续探问。有意味的是，闻一多的《天安门》通篇只是一个车夫在唠叨絮语，但诗中还隐含了另一个沉默的人,即车夫不断叫着的那位"先生"。

> 先生,让我喘口气……那东西,
> 您没有瞧见那黑漆漆的,
> 没脑袋的,蹶腿的,多可怕!

这位"先生"默不作声,应该就是坐在车上的一位知识人,也大致对应了诗作者本人。在诗中,这位"先生"居于"旁听"的座位上,敏锐地张开感知,却又似乎置身事外,没有任何回应。

另外,闻一多、饶孟侃的两首同题诗《天安门》都写到了"鬼",而且将地点从"惨案"发生的铁狮子胡同挪到了天安门:

> 听说昨日又死百十来人,
> 管包死的又是傻学生们!
> 铁狮子胡同也该闹鬼了。
> 得!就算咱拉车的倒霉了!
> 赶明日北京满城都是鬼,
> 那也好,先生,您说对不对?

上述这一节引自《晨报副镌》上闻一多《天安门》的原版。相比于后来收入《死水》的版本,原版对于时空关系的呈现更为完整,直接提到了"惨案":"昨日又死百十来人""铁狮子胡同也该闹鬼了"。前面还写到拉车的"怎么走着,走着,看不见走","冤不得小秃子吓掉了魂,/劝人黑夜里别走天安门"。联系上下诗句,联系"铁狮子胡同"和"天安门"两处空间的关系,可以推测,在车夫看来,兵荒马乱的年代里,北京城早已遍布"鬼魂"。三一八惨案的发生,只不过增加了又一处"闹鬼"的"铁狮子胡同"。

与此相仿,饶孟侃的《天安门》也写道,夜晚的天安门前"新的鬼哭,旧的鬼应",并在更为纵深、宏阔的历史回溯中,勾勒出一幅"鬼"的群像:

> 前面那空地就叫天安门，
> 这会儿随你走，从前可不成；
> 听说有一天这里下大雨，
> 还跪着成千的进士和举人：
> 　　天还没亮，鸡叫一声
> 　　水里满是跪着的人。

这首《天安门》延续了《"三月十八日"》中母亲与孩子对话的模式，但也越出了三一八惨案本身，让读者在一种纵深的历史感觉中，看到天安门前"新鬼"与"旧鬼"的群像。

天安门，作为近现代历史上一处象征性的空间，见证了一次次重大的群体事件。诗中写到了天亮前的一刻，大雨之后，雄鸡高唱，那些幽暗积水中跪着的人，似乎就是一代又一代改良的、启蒙的、革命的亡灵。有研究者注意到了闻、饶二人诗中死难者形象的特殊性：不是被载入史册的"烈士"，而是无处安放的"鬼魂"。这些鬼魂或许与中国传统的民间想象有关，也总是与特定的记忆现场联系在一起，将鬼魂安置在天安门前，而非屠杀的实际发生地，也让这两首诗具有了更大的历史的象征意义。从"创伤理论"的角度看，这些无法安置的鬼魂也"揭开了主流叙述中常常被隐去的历史的创痛"①。将闻一多、饶孟侃的书写，与历史隐在的伤痛联系在一起，这种"后设"读解或许过度了一些，"主流"与"边缘"的分别大概不在书写者当时的意识之内。但"天安门"前影影绰绰的"旧鬼"与"新鬼"，的确不能被简单安放于过于明快的认知框架中，其中包含着层层累积的文化存留、历史经验和创痛经验。虽然两位诗人的写作触及了北京这座城市历史中幽暗的一面，也试图在更纵深的历史感受中把握"三一八"的冲击，但正如邓以蛰所强调的，艺术贵在"创格"，如何突破常识的、公共的感受模式，"是艺术家誓必冲过的难关"。通过"戏剧独白"诗体

---

① 薛凡佳：《"土白入诗"与诗歌的历史感受力——以〈诗镌〉对"三一八惨案"的反应为例》，《广西师范学院学报（哲学社会科学版）》2017年第3期。

集中尝试，闻一多、饶孟侃等人的写作，虽然不见得多么深刻，但的确突破了当时回应"惨案"的公共话语，体现一种"创格"，让"钢针"触碰的声响，得以穿透事件本身，震荡于历史幽暗的深处，以直觉的方式触及了时代的思想命题。这也说明：新诗的"创格"并不单纯是形式"纠正"的问题，还涉及写作主体在思想、感觉和意志等多方面的锤炼。

回到当代诗歌的讨论，当代诗人面对的现实状况迥然不同，诗歌写作的观念和技巧，它们的复杂和丰富程度，也远非《诗镌》时代可比。然而，闻一多、邓以蛰提出的"创格"问题，写作者还需要持续面对，历史钢针之"戳碰"也不能回避。即便在所谓"边缘"位置上，即便诗人的写作一时还只能是"个人化"的，但要这样的"个人"经得起钢针的"戳碰"，突破"社会伦理"与"诗歌伦理"的区隔，锤炼更强劲、更具结构感的主体状态，仍是当代诗人、艺术家，以及其他人文知识工作者要共同面对的"难关"。

本文为 2022 年 11 月 25 日为福建师范大学文学院所做线上讲座的讲稿

"蝴蝶""天狗"与当代诗的"笼子"

新诗百年之际,与"新诗"有关的纪念、研讨、出版,这一两年来此起彼伏,像一家开张百年的老店,确实到了需要自我表彰、盘点的时刻。殊不知,这家"老店"的金字招牌——"新诗"二字,实际上,长久以来并不被认为是一个理想的命名。隐约记得,梁实秋20世纪50年代的一篇讲义就说道,五四时代,无论什么,都争着要挂上一个"新"的标签,如新青年、新女性、新社会、新人、新文学、新小说、新戏剧、新诗……随着时间的推移,这些前缀的"新"字,也大多纷纷剥落了,唯独"新诗"几十年后还在,还雄赳赳地挂着当年的标签。这说明了什么?只能说明一个问题,这个文体还没有稳定下来,没有形成自身的标准、规范,还没能脱离争议,安顿在读者和批评家心中。

半个多世纪以后,新诗已届百年,梁实秋的提问仍然有效。"新诗"之"新"所连带的一系列想象,与传统的断裂、被进化论裹挟的时间神话、美学与文化上的偏激、形式上的无纪律与散漫,诸如此类,聚讼纷纭。相应的是,早有论者提出,"新诗"不过"是中国诗歌寻求现代性过程中一个临时的、权宜性的概念"[①],适当时完全可以废置一边,替换为一个更妥当、更无争议的概念,如"现代诗""现代汉诗"。类似说法兴起于海外,跳脱新旧之别,重点在普世之"现代",立足稳健之外,也隐含了跨地域、去国族的开放性。现代诗人和批评家不明就里,只觉得这样的名字很洋气,袭用者不在少数。

当然,不是没有人相对看好乃至珍视"新诗"的命名,比如我的同事、

[①] 王光明:《现代汉诗的百年演变》,河北人民出版社2003年版,第5—6页。

诗人臧棣。多年前在王敖未正式刊行的诗集《黄风怪诗选》的一篇序言中，臧棣就提到在白话诗、现代诗、现代汉诗、新诗等命名中，他还是对"新诗"二字情有独钟，而且给出一种特别的解释："新诗"之所谓"新"，并非相对于旧诗而言的，而是相对于"诗"而言的，与其说"新诗"是反传统的诗歌，不如说是关于差异的诗歌，体现了一种对"诗歌之新"的不懈追求。说白了，"新诗"是一种"新于诗"的诗，这也正是它"至今还保持巨大的活力的一个重要的但常常被忽略的原因"。在臧棣这里，"新诗"似乎不再是一个文学史概念，而成为一种包含特定价值的文类概念，"新"也不再是一种愧对传统的历史"原罪"，反而成为一种向未来敞开的美德、一种永动机般的作诗"引擎"。

应当说，这个说法相当别致，通过词的拆分与重组，绕开已经被谈滥了的新旧之别，将一种激进的先锋立场，偷换到过往的命名中。但这并不等于说，这种解释只是一种当代"发明"，出于诗人巧智的诡辩。从百年新诗的角度看，"新于诗"的冲动确实内置在它的发生过程中，如果特别拎出来，也可构成回溯新诗百年的一个线索。这里，不妨从胡适的一首小诗说起，看看在新诗最初的感性里，曾经绽开过什么。

一

在新诗史上，胡适的形象其实有点尴尬。作为新诗的发明人，胡适的"开山"地位不容动摇，但作诗的感觉和才能，一直不被看好。他的努力似乎只体现在语言工具的革新上，在诗的"本体"上建树无多。

> 两个黄蝴蝶，双双飞上天。
> 不知为什么，一个忽飞还。
> 剩下那一个，孤单怪可怜；
> 也无心上天，天上太孤单。

这首《蝴蝶》，算是"尝试"的名作，未脱旧诗的格套，意思浅白，语言也口水，历来为人诟病，相信不大会有人说好，胡适当年也因此得了一个"黄蝴蝶"的绰号。翻看新诗的理论批评史，似乎只有一个人，说《蝴蝶》写得好，这个人就是废名。20世纪30年代中期，废名在北大开设"现代文艺"一课（讲义即为著名的《谈新诗》一书），开堂第一课讲的是《尝试集》，讲的第一首诗便是《蝴蝶》。他用了比较的方法，将"两个黄蝴蝶"与元人小令"枯藤老树昏鸦，小桥流水人家"并举，说"蝴蝶"其实不坏，"枯藤老树"未必怎么好，前者"算得一首新诗"，而后者不过"旧诗的滥调而已"。废名谈诗，往往出人意表，友人称为"深湛的偏见"，"蝴蝶"与"枯藤老树"之比较，即是一例。

《蝴蝶》写于1916年胡适留美期间。依其自述，那时的他正激情澎湃地开展"诗国革命"的试验，但遭周边友人一致反对，心境孤单落寞。一天中午，他在窗前吃午餐，窗下一片乱草长林，忽然看到两只蝴蝶，飞来又飞去，心头一阵难过，于是就有了这首小诗，记录的恰恰是新诗创制曲折、艰难的心理。废名在课堂上也引述了这一背景，他说这首《蝴蝶》句子飘忽，但里面有一个很大的、很质直的情感，作者因了蝴蝶飞，当下生出作诗的情绪，而这个情绪不需要写出，当下本身已经成为完全的诗。相比之下，"枯藤老树"只是古人写滥的意象的拼接，看似是具体的写法，其实很抽象，读者喜欢的只是那种腔调。他进而提出，"新诗与旧诗的分别尚不在乎白话与不白话"[①]。

老实说，《蝴蝶》不一定真好，《天净沙》不一定就是滥调。说短道长，废名的目的，无非是要引出他对新旧之别的洞见，即《谈新诗》中著名的观点：旧诗的内容是散文的，使用的文字是诗的，虽然发动于一时一地的感兴，但这感兴未必整全，可以循着情生文、文生情的线索，有意为之、敷衍成篇；新诗的文字是散文的，但内容必须是诗的。这个"诗的内容"究竟为何物，废名一直语焉不详，仅以《蝴蝶》为例，即在于一种刹那的感觉，当下完全自足，挣脱了一般"诗"的习气、腔调，甚至无需写出，作为一首诗也已然成立。当时诗坛上，正弥漫了浓郁的"格律"空气，在

[①] 废名：《谈新诗》，见废名著，陈子善编订：《论新诗及其他》，辽宁教育出版社1998年版，第3页。

一般新诗人心中，"格律"被提升到决定新诗前途、命运的高度，废名这样讲，实在是有意纠偏，重申新诗形式自由的合理性，而更根本的革命性，还在颠覆以形式为中心的新诗史观。胡适自己常说，文学革命的运动，不论古今中外，都是从"文的形式"入手，"中国近年的新诗运动"也是一种"诗体的大解放"的产物。后来的新月诗人，强调"纪律"与诗体的再造，看似对"解放"的纠正，其实还在"文的形式"入手的轨辙中。废名则更新认识，跳脱而出，将新诗成立的根据，寄托于一种感受力的飞跃与更新上。在他看来，此事关系甚大，能否在"尝试"中辨识出"这一线的光明"，涉及新诗前途的展开。

20世纪30年代，戴望舒、废名、林庚、卞之琳、何其芳等"前线诗人"，逐渐成为诗坛的主力，重构新诗自我意识的努力，当时并不鲜见。1934年，废名的好友林庚，在一篇文章中也提出过"诗"与"自由诗"的不同：前者指的是"传统的诗"，包括旧诗在内的一切过往的诗，这些诗都会有感受力枯竭的一天；为了"打开这枯竭之源，寻找那新的生命的所在"，后者"自由诗"乃应运而生。

> 故这一个新的诗体的基于感觉到一切来源的空虚，于是乃利用了所有文字的可能性，使得一些新鲜的动词形容词副词得以重新出现，而一切的说法也得到无穷的变化；其结果确因这新的工具，追求到了从前所不能亲切抓到的一些感觉与情绪。①

自波德莱尔以降，当"一切坚固的东西都烟消云散了"，从矛盾的不稳定的状态中提取新的激情，让历史的可能性在瞬间不断涌现，早就是文学之现代性的核心标志。林庚的看法与废名同出一辙，"诗与自由诗的不同与其说是形式上的不同，毋宁说是更内在的不同"，但似乎更为激进，"自由"并非仅仅是诗体的解放，更是文学成规之外的无穷可能性。至于在"诗"与"自由诗"之间强做区分，其实与臧棣的概念偷换异曲同工。

---

① 林庚：《诗与自由诗》，《现代》1934年第6卷第1期。

由此说来,《蝴蝶》似乎真的不坏,代表了新诗最初的翩然活力,也暗中启动了现代的新诗"装置"。几年前参加批评家颜炼军的博士论文答辩,论文里也写到了《蝴蝶》,他的说法,我至今记忆犹新。首先,作为中国诗人,触及"蝴蝶"这一意象,很难抗拒用典的诱惑,如庄周梦蝶,如梁祝化蝶①,但胡适写这首小诗,没有受到用典的诱惑,只是写了"两只不知何来何往的蝴蝶",如现象学家一般,悬搁了蝴蝶的已有寓意,只是直观命名眼前所见:

> 蝴蝶在白话汉语中只剩下自己,一个等待新的隐喻空间的自己。可以说,蝴蝶的无所依凭的"可怜"和"孤单",某种意义上象征着白话汉语寻找属于自己的诗意生长系统的孤单开始。②

这样的阐释稍显"过度",但相当精彩。蝴蝶成了一种语言的象征,孤单也成了一种文化心理的象征,无论是新诗,还是新一代知识分子,在探索自我的路上,都必将面对一个自由却也虚无的空间。两只"蝴蝶"在空气里振动的现代性,不再仅仅是感受力的刹那飘动与更新,同时也有了更深的文化的、主体性的意涵。

二

说到新诗的"现代性",这自然是一个相当大的话题,涉及不断投向未来的时间意识、一种自我提供标准的主体意识,也涉及诗歌想象力与现代历史之间的紧张关系,刹那间的感觉革命,最多是一点点起兴的动力,无法孤零零撑起新诗这一百年。1923年,借称赞郭沫若的《女神》,闻一多就将新诗之"新"的理解,推向了一个更高的层面,他的《〈女神〉

---

① 这点说得没错,戴望舒的小诗《我思想》,上来就说"我思想,故我是蝴蝶",一句话,就将庄子装到了笛卡儿里。

② 颜炼军:《象征的漂移:汉语新诗的诗意变形记》,广西师范大学出版社2015年版,第93页。

之时代精神》一文,开宗明义:"若讲新诗,郭沫若君的诗才配称新呢,不独艺术上他的作品与旧诗词相去最远,最要紧的是他的精神完全是时代的精神——20世纪的时代的精神。"[1] 在这里,闻一多使用了一个德国概念"Zeitgeist(时代精神)",来表达他对《女神》中动荡不安、激昂扬厉之气息的理解。

"时代精神"的表述,在今天听来,已近乎某种"陈言套语"。但需要说明的是,作为一个思想史、精神史概念,"Zeitgeist"并不是一种实然的存在,被动地等待哲人或诗人书写,某种意义上,它更多是一种历史的抽象,需要敏锐的心智去命名、去创造出来。在浪漫主义诗人偏爱的隐喻中,诗人的心灵宛若一架风琴、一泓碧水,由看不见的风吹拂、搅动。这捉摸不定、需要"诗心"赋形的自然之风,恰恰就可解作"时代精神"。那么,"20世纪的时代的精神"指的是什么?闻一多进而从动的精神、反抗的精神、科学的成分、世界之大同的色彩、挣扎抖擞的动作几个方面分别进行了阐述。五四时期,民主与科学是新文化运动的两面旗帜,但显然,闻一多不是在这个层面立论的,他关注的不是具体的时代命题,而是一种内在的精神气质、一种强劲的历史风格。

相对于漫长的19世纪,现在学界流行说20世纪是一个"短促的世纪",发端于欧战的爆发,终止于冷战两极的解体,革命、战争、乌托邦式的社会构想,是贯穿始终的主题。在闻一多这里,"新诗"之所以为"新",不在于白话的有无,也不限于文学感受力、想象力的刷新,而在于能否与20世纪之"短促"历史高频共振。后来的新诗人也爱说"现代",但往往流于经验的表象,诸如机械文明的喧嚣、都市生活的纷乱、震惊的感性片段等。相形之下,闻一多立意甚高,眼光也格外深透,内在把握到"短的、革命的20世纪"之飞扬又焦灼的节奏。《女神》中的名作很多,像《凤凰涅槃》《天狗》《笔立山头展望》《地球,我的母亲!》《夜步十里松原》等,都脍炙人口,如要找出一首与《蝴蝶》对读的话,那肯定非《天狗》

---

[1] 闻一多:《〈女神〉之时代精神》,见《唐诗杂论 诗与批评》,生活·读书·新知三联书店1999年版,第123页。

莫属：

> 我是一条天狗呀！
> 我把月来吞了，
> 我把日来吞了，
> 我把一切的星球来吞了，
> 我把全宇宙来吞了。
> 我便是我了！
>
> …………
> 我是 X 光线底光，
> 我是全宇宙底 Energy 底总量！
>
> …………
> 我飞跑，
> 我飞跑，
> 我飞跑，
> 我剥我的皮，
> 我食我的肉，
> 我嚼我的血，
> 我啮我的心肝，
> 我在我神经上飞跑，
> 我在我脊髓上飞跑，
> 我在我脑筋上飞跑。

　　即便从今天的角度看，这首诗也完全写"飞"了，写"爆"了。"我飞跑"，"我狂叫"，"我的我要爆了"，这样一个在毁灭中更生的自我形象，完全是20世纪动的、反抗之精神的夸张代言，也一直是文学史叙述的焦点。可以注意的是，对于当年的读者而言，这首诗的冲击力，癫狂的复沓的语式，贯穿不变的单调节奏，还在于"狂叫"中羼杂的新名物、新词语，如"X

光""Energy（能源）""电气"。至于"我在我神经上飞跑","在脊髓上飞跑","在脑筋上飞跑",更是显出郭沫若作为一个医生的本色,"我"的身体像在 X 光中被透视、被分解,呈现于某种解剖学的想象力中。闻一多当年就目光如炬,点出《女神》作者"本是一位医学专家",那些"散见于集中的许多人体上的名词如脑筋、脊髓、血液、呼吸",更完完全全是一个西洋的医生的口吻了。确实,不单《天狗》如此,战栗的神经、破裂的声带、裸露的脊椎、飞迸的脑筋,这些令人惊骇的身体意象遍布于《女神》中。郭沫若在新诗的起点上,就贡献了一个不断爆裂、分解而逾越内外界限的身体。

在"短的 20 世纪",破坏就是创造,废墟之上才有历史的重建,这并非"治乱循环"之重演,普遍的社会焦灼、困顿,有了科学的求真意志的烛照,才能引爆出如此巨大的能量。郭沫若笔下的"天狗",一方面疯癫、狂叫,血肉横飞,另一方面,又呈现于解剖学、神经学的透视光线中。20 世纪的时代精神、理性与暴力的辩证逻辑,直接内化为一种身体的剧烈痉挛感。《天狗》写于 1920 年,作为时代精神的隐喻,具有超越地域、国家的共通性。郭沫若的"同时代人"——曼德尔施塔姆,1923 年也写了一首同类型的诗,同样贡献了一个肢体破碎的野兽形象:

> 我的世纪,我的野兽,谁能
> 看进你的眼瞳
> 并用他自己的血,黏合
> 两个世纪的脊骨?
> 血,这建造者,滔滔地
> 从大地的喉腔涌出,
> 只有寄生虫们在颤抖,
> 在这未来岁月的门口。
>
> 生命,在它存活的时候,
> 必定会忍受它的脊骨,
> 看不见的波浪从那里卷过

并顺着脊椎嬉戏。
恰像幼儿的软骨一样脆弱,
我们这个新生大地的世纪;
生命,这已是你献身的
时候,如祭坛的羔羊。

而为了让世纪挣脱桎梏,
让世界重新开始,
为了黏合断裂、脱节的日子,
就需要一只长笛来连接。
这是渴望和悲伤的世纪,
血流从大地的伤口涌出,
而蝰蛇在草丛中静静呼吸——
这世纪的金色的韵律。①

俄罗斯的红色革命,在血污之中建立新的政权,也开启了20世纪的巨大实验。这首诗题名为《世纪》,正是写于革命之后艰难而兴奋的空气中,"我的世纪,我的野兽","20世纪精神"在诗中同样化身为一只野兽。和"天狗"相比,这只野兽无疑是羸弱、忧郁、矛盾的。它已从旧世界的血泊里站出来,不是在飞奔中享受自我破坏的激情,而是被自己不能连缀起来的脊骨压垮、被新的世纪粉碎。哲学家巴迪欧在《世纪》一书中,曾大篇幅讨论这首诗,将这只脆弱的野兽,当作20世纪的一种历史隐喻、一种X光的投影。它将生命论、唯意志论、历史的乡愁扭结在一起:"这些并不是矛盾,这些是在1923年描述的一个短暂的世纪开端的主体性。这些扭结在一起的骨骼,这些婴儿的软骨,以及碎裂的脊梁描绘了一个罪恶的、狂热的、令人扼腕的世纪。"②这样读来,《天

---

① 〔俄〕曼德尔施塔姆:《我的世纪,我的野兽——曼德尔施塔姆诗选》,王家新译,花城出版社2016年版,第87—88页。

② 〔法〕阿兰·巴迪欧:《世纪》,蓝江译,南京大学出版社2011年版,第22页。

狗》好像写在革命前夜,还没有预见这个世纪直面真实的恐怖,X光的透视尚缺乏那种辩证的寓言性,但这两首诗放在一起,倒真像是姊妹篇。

三

在新诗发生的图像中,"蝴蝶"与"天狗",大约只是两个独立振动的小点,并无一定的关联,但两点倒拉开了新诗现代性的宽广频谱。虽然一个身子轻盈,尚在不确定性中寻找同伴,一个狂躁不安,要把自己当一枚炸毁宇宙的肉弹,但联系起来看,两个形象作为启蒙时代的自我隐喻,共同奠基于一种未来主义的意识,一种从原有文化系统、语言系统中脱颖而出的果敢。无论飞离还是炸毁,主体的创造性、可能性,都来自对系统的逃逸、偏离、破坏。这背后依托的,又是一个现代主体的经典构造:一边是真纯、无辜又独创之自我;另一边是"滥调套语"的世界,需要克服或转化的糟糕现实。两相对峙,反复循环,20世纪隆隆作响的现代性"引擎"由此启动。

"短的20世纪"波澜壮阔,也千回百转,或主动或被动,新诗也一次次作为集体动员、情感塑造的手段,参与到各类宏大的理性规划之中。革命文化对"新人"塑造,也必然包含一种"系统"的重设,在组织中整合独立、真纯之自我,但上述现代性"引擎"从未真的关闭。尤其是20世纪70年代以降,当革命的世纪猝然颠簸并转轨,诗人们也普遍甩脱这一个世纪的沉疴,甩脱它习惯的主题、抱负和情感负担,希望回到自我、回到身体与日常的经验,以及回到语言。但20世纪"时代精神"还远远没有耗尽,它的基本节奏、编码、欲望形式,依然在内部彼此深深牵绊,只不过动的、反抗的、在破坏中再生的能量,不选择外向的集体革命,转而内化到献身语言的幻觉之中。比如海子的写作实验,也一直伴随分裂、伤痛的身体经验,他笔下的"天马",某种意义上就是"天狗"的变身,也是以牺牲与自我破毁为创造的神圣仪式。踩着如骨骼一样的条条白雪,"天马"踢踏飞奔,在祖国的语言中空有一身疲倦,最后一命归天。诗人就是天马,诗人的壮烈献身,无疑是以革命烈士为模板。至于那只孤单地自我探索的"蝴蝶",也早已壮大,在当代诗中不乏它的近亲:

> 一群海鸥就像一片欢呼
> 胜利的文字，从康拉德的
> 一本小说中飞出，摆脱了
> 印刷或历史的束缚……
> ——臧棣《猜想约瑟夫·康拉德》

> 致命的仍是突围。那最高的是
> 鸟。在下面就意味着仰起头颅。
> 哦，鸟！我们刚刚呼出你的名字，
> 你早成了别的，歌曲融满道路，
> ——张枣《卡夫卡致菲丽丝》

海鸥、鸟、鹤、凤凰……这样一类"扁毛畜生"，依旧一次次地从当代诗的句子里强劲地起飞。与此相关，各种版本的"飞翔"美学、"轻逸"之说，也更能激动并呵护文艺青年的身心。

无论"蝴蝶"在飞，还是"天狗"狂奔，现代性的"引擎"燃烧了冲决网罗的热情，结合了后现代的语言本体论，当代诗人也普遍信任将万物化为词语，让它们翩然飞舞的观念，这隐隐然已经是当代诗一种主要的"意识形态"。然而，果真可以挣脱吗？不必精读什么批判理论，凭当代生存经验我们也知道，在消费生产欲望的年代，飞起的"蝴蝶"，又怎可能不在有形与无形的系统之中。在被广为引用的《朝向语言风景的危险旅行》一文中，张枣将"对语言本体的沉浸"，看作是当代诗的关键特征。在他看来，是否具有这种"元诗"意识，也决定了新诗现代性追求的成败。这是一篇论文，用了偏离张枣性情的学院腔，但更是一份当代诗的宣言，"元诗"意识的提出，既是历史的回顾，也近乎一种暗中鼓励、提倡。多年后，从乡镇到都会，将"写作视为与语言发生本体性追问关系"的写作，果真泛滥成一种常见的类型，为不同背景、地域的诗人所偏爱。可以注意到的是，除了高标词语对现实的无尽转化，某种无法化解的幽闭之感，时常流露在"元诗"作者的笔下，这也包括张枣本人。上面引用的《卡夫卡致菲丽丝》，诗中的"鸟/天使"，即便是虚幻的形象，还是代表了一种转机、一种更高的存在，而这首诗开头，却以"异艳"的笔调，给出了一个当代诗的幽闭原型：

  我奇怪的肺朝向您的手，
  像孔雀开屏，乞求着赞美。
  …………

  …………
  我时刻惦着我的孔雀肺。
  我替它打开血腥的笼子，

  又一次，诗人的想象力像 X 光扫过："我"敞开的胸肺，渴望赞美，露出的条条肋骨，囚住自己。在二十多年前的诗作《笼子里的鸟儿和外面的俄耳甫斯》中，诗人钟鸣将这首诗中出现的"笼子"，理解为"一种已受到怀疑和否定的生活方式和词语系统"[①]，诗人的写作发生于其中。正如卡夫卡所描画的：一只笼子去寻找鸟儿，而不是鸟儿逃离笼子。钟鸣接过这一说法，也认为系统其实是无法挣脱的，在系统之内是无法反对系统的。那怎样寻找一种可能：即使不能破笼而出，至少也要使它对自己有利？他顺势给出了方案：或许只有不断地警觉，才能保证诗人不被历史惯性吞噬，在笼中僵毙。

  钟鸣的解读，包含了他对诗人命运及其和语言关系的洞察。对于张枣而言，这个"笼子"、这个系统，就是他的母语。他既在其外，又在其中。在文化整体被全球资本、知识分工瓦解的时代，对于更多"元诗"作者而言，这个"笼子"就是写作。当"写"的实践游离于大多数社会场域之外，成了"写者"为数不多需要殚精竭虑的现实，如何去"写"也就变成了如何去"活"。联系本文的话题，百年新诗为现代性的引擎推动，所谓"新于诗"，

---

① 钟鸣：《笼子里的鸟儿和外面的俄耳甫斯》，《当代作家评论》1999 年第 3 期。

不外乎一种"破笼"冲动，然而，"现代性"不是早被形容成一只铁笼？它广大无边，落下时又悄然无声。

四

随着那篇论文流布，张枣"元诗"始祖的形象，大概会长久地留在读者心中。后来，他将这一理解扩展至对中国现代诗起点的追溯。不是胡适，也不是郭沫若，他将新诗现代性奠基人的名号，给了鲁迅。因为在《秋夜》等篇什中，鲁迅表现出一种"坚强的书写意志"，为中国新诗缔造了"第一个词语工作室"。[①] 在写者姿态的发掘上，张枣毫无疑问是一个坚定的现代主义者、一个新诗现代性的维护者，但他的维护不完全是为了系统内的自洽，还包含了内向辨识的维度。在《朝向语言风景的危险旅行》一文的结尾，不常被人提及的是，他用了相当多篇幅，探讨起现代性的危机表现：如果"现代性"写者姿态，依靠的是"词就是物"这一将语言当作终极现实的逻辑，那么汉语新诗即便获得了审美及文化自律，也不可避免地"缺乏丰盈的汉语性"，只能作为迟到者加入"寰球后现代性"。

张枣诗中甜美、流转的古典音势，一直为人称道，"汉语性"这个说法多少体现了他的趣味和取向。但在这个段落中，"汉语性"的意味还要更多一些，还指向了汉语亲切性、私密性背后诗的文学传统与社会生活、政教系统的广泛关联，即"词不是物"的立场、"诗歌必须改变自己和生活"的态度。由此，"现代性"与"汉语性"的矛盾，就不只牵扯流俗的中西文化政治，还触及诗歌表意系统的危机，相对于"词就是物"蕴含的诗歌自律性尺度，"词不是物"构成了一种反动，坚持的仍是"诗的能指回到一个公约的系统"的假定。这样一来，在"现代性"与"汉语性"之间，一种两难局面出现了。张枣知道，"词与物"的关系不再自明，这是一个基本的现代状况，因而"危机"也必然是结构性

[①] 参见张枣：《文学史……现代性……秋夜》，见《张枣随笔选》，人民文学出版社2012年版，第196—197页。

甚至是起源性的。他选取的态度,正是钟鸣所谓"系统中的警觉",即"一个对立是不可能被克服的,因而对它的意识和追思往往比自以为是的克服更有意义",只有"容纳和携带对这一对立之危机的深刻觉悟",汉语新诗才能面向未来展开。①

能在系统中保持"警觉"的,20世纪30年代的林庚也算一个。上面提到,比起当时许多"同时代人",他对新诗的"自由"有更内在的体认,"自由诗好比冲锋陷阵的战士,一面冲开了旧诗的典型,一面则抓到一些新的进展;然而在这新进展中一切是尖锐的,一切是深入但是偏激的"②。或许恰恰因为这样的体认,他也意识到,尖锐、深入、偏激的"自由",能带来感受力的全面更新,但"若一直走下去必有陷于'狭'的趋势"③。在林庚的时代,逐步"现代"的新诗日趋繁复,已遭遇到"看不懂"的非议,林庚的警觉在某一点上,与张枣近似,都是担心现代性的过度膨胀,有可能制约新诗作为一种文化方式的公共性。这又与对古典汉语美学传统的追忆有关,"'狭'的趋势"刚好与古典诗的温柔敦厚、普遍亲切形成对照。张枣区分"现代性"与"汉语性",林庚后来也在"自由诗"之外,将格律诗(韵律诗)命名为"自然诗",二者的风度迥异:一为紧张惊警,一为从容自然。

事实上,"'狭'的趋势"不只表现在接受范围不广、共同体感受匮乏这样一些习见的指摘上,引申来看,还有一些相对隐微的层面可以讨论。

---

① 张枣:《朝向语言风景的危险旅行——中国当代诗歌的元诗结构和写者姿态》,《张枣随笔选》,人民文学出版社2012年版,第192页。2000年,在Anne-Kao诗歌奖的受奖辞中,他以一连串的追问,表达了对新诗处境的类似觉悟:"我们的美学自主自律是否会堕入一种唯我论的排斥对话的迷圈里?对来自西方的现代性的追求是否要用牺牲传统的汉语性为代价?如何使生活和艺术重新发生关联?如何通过极端的自主自律和无可奈何的冷僻的晦涩,以及对消极性的处理,重返和谐并与世界取得和解?这些都是21世纪的诗歌迫切需要解答的课题。也许答案一时难得,但去追问,这本身就蕴含了我所理解的诗歌本质。"参见《张枣随笔选》,人民文学出版社2012年版,第241页。

② 林庚:《诗的韵律》,《文饭小品》1935年第3期。

③ 林庚:《诗的韵律》,《文饭小品》1935年第3期。

比如，新诗之"新"的破笼冲动，奠基于"真纯之我"与"糟糕现实"的对峙，诉诸感受、语言、社会认知的全面更新。这非常适合表达现代个体主义的疏离性、否定性体验。在立足本地的烦琐政治，与他人、社会建立一种联动之关系方面，新诗人并不怎么在行。与此相关，在错综变动的社会结构中，如米沃什所言，诗人也习惯了扮演"外乡人"的角色，习惯用文化"异端"的视角去看待、想象周遭的一切。不必承担系统内的责任，也不必在特别具体的环节上烦忧操心，语言的可能性简化为词与物关系的自由调配。这样一来，反倒失去了内在砥砺、心物厮磨的机会。有的时候，他们会向阶级、族群、自然的情感求助，但这样的情感过于宏大、抽象，还是在"个"与"群"的二元对峙中。久而久之，这也鼓励了一种制度性的人格封闭、偏枯，无论内向抒情，还是外向放逸，由于缺乏体贴多种状况、各种层次的耐心和能力，结果偏信了近代的文艺教条，反而易被流行的公共价值吸附，或在反对的同时，又被反对之反对收进笼子里。

扩张来看，扬弃了修齐治平的传统以后，如何在启蒙、自由、革命一类抽象系统的作用之外，将发现的"脱域"个体，重新安置于历史的、现实的、伦理的、感觉的脉络中，在生机活络的在地联动中激发其活力，本身就是20世纪一个未竟的课题。现当代诗人擅长自我开掘的技术，在这方面，其实同样严重不足，以至一位年轻诗人范雪在致敬海子的诗《给海子》中，竟有这样的坦率提问：

> 这些天我在问我我想也问你
> 为什么你在诗里写到那么多的葬送
> 就好像只有那些终极才是你的疑惑
> 就好像尘世的困境你竟无须管
> ……
> 今晚我才听建材市场的小老板说要发展自己贡献社会
> 整个祖国被拔地而起的小区覆盖
> "小区"，你听说过么？我觉得他们表达了正面的生活

相对于"面朝大海"的精神幻象，立足"尘世"的提问，不完全是

世俗主义的。"尘世"不是一地鸡毛的平庸琐碎,更不是泡在荷尔蒙里的物质或身体,它同样是一个极其严肃的领域。为什么"小区"这个词,凝聚着市民阶层广泛的发展欲望,不能成为一个正当的诗学概念?这一提问中洋溢了在社会情感内部正面探讨问题的热情。看来,新一代诗人已厌倦了抽象的"否定"系统,开始自我间离,并试着为写作找出另外的出发点。

五

2010年,张枣离世,通灵丧失。在纪念文章《诗人的着魔与谶》中,钟鸣又换了一种表达,不说"系统中的警觉",而说"写作究竟近似'避谶'行为"。为了"避谶",张枣不得不"病态地跳来跳去",像鸟儿在笼中闪避自己的窠臼、命运。这样的动作仍在"蝴蝶"振起的现代性空气中,利用的是现代诗的"消极才能",颓废、疾病、疏离、梦境……倘若缺乏内在的人格的壮大、深厚,即如"爱丽丝漫游境中,很难脱身"。钟鸣暗示,张枣追寻汉语写作的现代性,却因"诗对现实中精神层面的支配性框架早已解体",不得不迷失于文学现代性的幻境中,结果问题以生活失序和疾病上身的方式爆发。这不能不说是一个谶!①

纪念张枣的同时,钟鸣似乎也在一点一滴地检讨老友身上的现代性缺陷。作为笼中之鸟,保持系统内的警觉,只是一个开始,跳来跳去地"避谶"之外,诗人还要在心智上花费一些苦功夫,"盈濡而进,漫漫岁月,不断进行身体和语言的调整",才是更艰巨的挑战。换句话说,在现代性的无边铁笼中,诗歌若想带来"一线生机",不能仅依靠破笼、飞翔和无尽转化的承诺,更有赖于笼子内部的主体夯实、改善。这已经将一种难得的伦理维度,引入到了当代诗的讨论中。

回过头去,还是说林庚。20世纪30年代中期,在伸张自由诗的理念

---

① 参见钟鸣:《诗人的着魔与谶》,见宋琳、柏桦编:《亲爱的张枣》,中信出版社2015年版,第133—154页。

之后，他转而考虑新诗格律化的可能，立场的转变稍显突兀，但内在的逻辑并未改变，因为格律（韵律）对他而言，正如"自由"一样，都不是简单的形式问题。他将"格律诗"命名为"自然诗"，着眼的就是形式与内容之间的张力，以及由此而来的特定风格，根底里，隐含了一种改善文体性格的诉求。相比于自由诗的"尖锐、偏激"，"格律"提供了一种便利的普遍形式，能将"许多深入的进展连贯起来"，"如宇宙之无言的而含有了许多，故也便如宇宙之均匀的，之从容的，有一个自然的、谐和的、平均的形体"。[①] 在这个意义上，"格律"不是动辄就被当作方向、道路的本体，它的价值体现在功能上，由于读者和诗人都能共享格律的普遍形式，故"熟而能自然"。"自由诗"像冲锋陷阵的战士，也像初涉人世的少年，每一次都像是第一次，在他人与世界面前保持"紧张惊警"；"自然诗"更像一个成年人，宽厚到顺应一些人情物理的尺度，有公共的法度和礼仪，也才得以"从容自然"，"行有余力，则以学文"[②]。

林庚自己的格律诗写作，后来被证明不是一个普遍有效的途径，但通过区分"自由"与"自然"，他至少将新诗之"新"相对化了，也问题化了，能在一种文体成长的动态结构中，在纵深的文学史视野中，构想新诗的未来。体认活力又洞察危机，"警觉"于系统之"'狭'的趋势"，却没有自我厌弃、否定，转而专注于内部的改善，这样辩证、通脱的态度，比起具体的诗学论断，或许更值得回望。在林庚的心目中，正像在后来的海子、张枣、臧棣的心目中，新诗不仅不同于传统的诗，也并不一定就是它已然成就的样子，或许存在一种更新的、在文化上更成熟的新诗。这样的新诗，不一定就被"破笼"的冲动捆绑，"紧张惊警"又渐进"从容自然"，融"自由"于"自然"之中，这其中蕴含了有关新诗文化位置、文体性格及与读者合理关系的可能性构想。

新诗百年之际，用林庚的标准来看的话，沉浸于语言本体的当代诗，

[①] 林庚：《诗的韵律》，《文饭小品》1935 年第 3 期。

[②] 林庚：《关于〈北平情歌〉——答钱献之先生》，《新诗》1936 年第 1 卷第 2 期。关于林庚 20 世纪 30 年代诗学思考及实践的研究，参见冷霜：《分叉的想象：重读林庚1930 年代的新诗格律思想》，《新诗评论》2006 年第 2 辑。

是否还偏重"紧张惊警"的路线，是一个可以考虑的问题。无论怎样，这个"百岁少年"，仍需成长，需要"不断进行身体和语言的调整"和努力，虽然"中年写作"的提法早已陈旧，像贴在当代诗史里一个油腻的标签。这努力之中，就包括一系列重构视野、关系的尝试，即怎样从"真纯自我"与"糟糕社会"的对峙中跳脱出来，进入状况、脉络和层次，怎样在广泛的关联中内在培植丰厚的心智。当年废名在课堂上谈新诗，劈头一句就是"要讲现代文艺，应该从新诗讲起"，意思不外乎，新诗之"新"正是现代文艺之尖端。百年之际，再来谈新诗，首先要注意的，倒是"现代文艺"已然成为一个笼子的轮廓，并试着在笼子内外交替而立。

  本文为 2017 年 10 月 12 日在浙江师范大学文学院所做专题讲座的讲稿，发表于《诗刊》2018 年 8 月下半月刊

"是你们教了我鲁迅的杂文"
——谈穆旦、袁水拍

一

穆旦的《五月》写于1940年11月，诗中两种风格、诗体形成猝然对照，一直为后人称道，被看作是现代主义蒙太奇美学的一次完美实施，同时似乎也为传统与现代的辩证结合提供了一种特别的方法①。诗中还有一句格外醒目，初读时，颇能使精神一振：

> 无尽的阴谋；生产的痛楚是你们的，
> 是你们教了我鲁迅的杂文。②

自新诗发生至抗日战争爆发之前，所谓"只认抒情是诗的本分"，"而象征实在是其精意"的认识，已逐渐落实为新诗的正轨。抗战爆发之后，因不满抒一己之情的局促，诗人徐迟提出了"抒情的放逐"的主张，结果遭

---

① 木山英雄在《当代中国旧体诗词问题——以日本为角度》一文中谈及此诗，他认为，"把吟咏田园式浪漫情绪的民谣风的诗节和描述城市青年那刻有复杂反抗心理的欧化语法之诗节，相间地排列起来"，"这也是有洁癖的诗人根据自己的方法，不回避矛盾和对立而追求与传统结合之路的实例之一"。参见〔日〕木山英雄：《人歌人哭大旗前——毛泽东时代的旧体诗》，赵京华译，生活·读书·新知三联书店2016年版，第269页。

② 穆旦：《五月》，见《穆旦诗文集》（第1卷），人民文学出版社2006年版，第35页。

到批评界的群殴。这说明战争动员恰恰需要一种集体性的情感和意志的组织方式，抒情不仅不能"放逐"，反之正当其时。在怎样构建一种"新的抒情"上，也凝聚了战时一代作者的共识。众所周知，写作《五月》的时期，穆旦正是"新的抒情"热烈的鼓吹者、实践者之一。上面陡然冒出的这一句，无意中提示了另外的线索，"鲁迅的杂文"倒是战时新诗可能的路径之一。

在穆旦这里，"新的抒情"的提出，表达了一个小资知识青年重造自我、投身历史的激情。所谓"强烈的律动，洪大的节奏，欢快的调子"①，也预设了自我与自然、历史、民众等"崇高客体"的同一，这也是"抒情"之情感整合、同化之功能所在。然而，"杂文"却与现代世界分崩离析之寓言化的感受有关，利用矛盾和冲突来"生产"痛楚的历史感知，也是《五月》一诗的根本写作方法。因而，协调"新的抒情"与"杂文"的冲动，以及在宏大的战争乌托邦中，容纳大后方城市中那些糟糕的、纷乱的时代经验，对于20世纪40年代初的穆旦而言，构成了挑战。这造就了他这一时期诗歌充沛又芜杂且不稳定的局面，以及进一步转变的契机。

在后来的文学史上，穆旦被归入"九叶派""中国新诗派"或"西南联大诗人"的群落，实际上，真正与他同调的，可能是其他圈子的人。《五月》1941年7月21日发表于《贵州日报·革命军诗刊》上，同月香港《大公报》上发表了袁水拍的《雾城小调》（后改名《城中小调》）一诗，采用的方式与《五月》如出一辙：

> 夜街的灯火跳动，移行，奔驰，摇晃，
> 从上坡到下坡，轿子，人力车，消失到黑影中去，
> 电灯，植物油灯，豆油灯，蜡烛，有芒的光点，
> 交叉，冲突，干涉，琥珀色，酒的颜色，
> 投影，旋转，汽车头灯，扫射，延长，闪电……
>   正月里来去交情，

---

① 穆旦：《〈慰劳信集〉——从〈鱼目集〉说起》，见《穆旦诗文集》（第2卷），人民文学出版社2006年版，第55页。

郎提礼物上姣门，
　　郎说不才如粪土，
　　姣说人义值千金。
幻影似的木楼，梦中的，舞台面似的，地狱中的，
肩挨肩的酒馆，小吃店，甜食，第四书场，
清唱，弦子，檀板……薄木片编的墙壁，纸屏，
窗，没有玻璃的空框，竹篾的屋顶，铺上一层
泥土的地板，像是结实的地，但鼓一样空……
　　二月里来去交情，
　　杜康造酒不平均，
　　不信但看席前酒，
　　杯杯相劝有钱人。
…………
某某机关彩牌，荣誉座，客满，公债，捐款，
"宝贝，宝贝，真是宝贝，啊哈！啊哈！好啊！"
"乖乖，阎惜殿把腿子搁到要死……"
舞狮，调龙灯，鞭炮，机关枪声，荡湖船，
金钱板，打手，流氓，"庆祝胜利新年"……
　　六月香巾五色绣，
　　五色花线细细绣，
　　东绣日头西绣月，
　　把郎绣在云里头。

　　这首"小调"从"正月"唱到"六月"，篇幅较长，上面只是引了其中几节。很明显，它也采用交错穿插的方式，在现代诗体与民间小调之间形成了一种回环共振，错杂呈现战时大后方重庆纷乱的世相。在《五月》中，穆旦用一连串枪支的罗列——"勃朗宁，毛瑟，三号手提式，/或是爆进人肉去的左轮"[①]，给出一种历史的压迫感、峻急感。袁水拍的方式

[①] 穆旦：《五月》，见《穆旦诗文集》（第1卷），人民文学出版社2006年版，第35页。

更为极端，这首"小调"完全抽离了句法，只是破碎的"词"与"物"、缭乱的"声"与"画"堆积。他的好友徐迟评论说：

> 他的目光是自觉的或不自觉的看到了他的周围有无数的特殊性的现实情形。它们是无数的，并且千头万绪不容易串联起来的，所以袁水拍常常用一个比较便捷的办法，把它们堆积起来，砌一砌。①

对于这种自然主义的风格，徐迟是有所批评的。他认为此时的袁水拍还不能"消化"那些堆砌的素材，尚未过渡到"现实主义"的阶段，相信读者应该也有同感。但在对不规则的、嶙峋之现实表象的执着中，也不难感觉到一种强烈的现代感性的存在。有意思的是，穆旦与袁水拍这两位不同阵营的诗人，也曾有颇为"亲切"的交往。穆旦后来回顾，1944年在重庆中国航空公司任职期间，他曾通过杨刚与袁水拍结识，"因为都写诗，来往也较亲切"②。这一份"亲切"与关注，甚至一直持续到了诗人的晚年。③

二

袁水拍的写作开始于战争初期的香港，在当时的香港，聚集了一大批左翼文化人。袁水拍在写诗的同时，也参加中共地下党员组织的读书会，承担香港"文协"的工作，后来一路流徙到重庆、上海，他的身影也一直活跃于各种类型的左翼文化"场域"。相比于穆旦的现代"搏求者"形象，袁水拍的身份，似乎要更驳杂一些。诗歌之外，袁水拍也写杂文、画漫画，

---

① 徐迟：《论袁水拍的诗》，见韩丽梅编著：《袁水拍研究资料》，中国国际广播出版社2003年版，第217页。

② 易彬：《穆旦年谱》，中国社会科学出版社2010年版，第78页。

③ 参见周与良：《永恒的思念》，见杜运燮等编：《丰富和丰富的痛苦》，北京师范大学出版社1997年版，第152—163页。

编辑报纸副刊,翻译彭斯的歌谣和西方现代诗论。鲜明的政治立场、多方面的才华与浓郁的现代感性,显示了战时成长起来的一代左翼诗人复杂的主体构成。

当然,袁水拍最重要的文学成就,还是20世纪40年代中期以"马凡陀"为笔名发表的"马凡陀山歌"。"山歌"杂采歌谣、小调、儿歌、流行歌曲等多种形式,并非产生于山野乡村,实际是一种"城歌",出现在当时重庆、上海的各种"晚报、小报"上,插科打诨、正话反说,反映城市小市民心中模糊不清的不平不满、愿望和烦恼,风行一时,甚至传诵于"民主运动"的游行阵列中,所引发的讨论、争议之热烈,据说"是《尝试集》以来所少见的"①。这些讨论涉及"山歌"的讽刺性、采用民间形式的利弊,以及作者的市民趣味和主体姿态等多个方面。其中,如何定位"山歌",如何看待这一文体的不稳定性、暧昧性,也是需要考虑的问题。

有人回溯新诗歌谣化、大众化的历史脉络,有人以《李有才板话》等解放区文艺为评价的参照系,包括袁水拍自己,也试图在观念上定位自己的尝试,在"山歌"之外,提出过"通俗诗歌""轻松诗"等说法。在1946年发表的《鲁迅先生的轻松诗》等文中,他不断提及鲁迅的《我的失恋》《公民科歌》《南京民谣》《好东西歌》等"打油诗",称它们为"轻松诗"(light verse)。② "light verse",今天或者译为"轻体诗",曾为奥登等西方现代诗人偏爱。③ 袁水拍阐述道,许多"轻松诗"在内容上看来,是毫不轻松的,甚至是十分严肃的,说它们形式上"轻松"吧,似乎也不尽然,许多有严谨的格律。与其说袁水拍锁定了"轻松诗",不如说他强调了这

---

① 冯乃超:《战斗诗歌的方向》,《大众文艺丛刊:文艺的新方向》1948年第1辑。

② 参见马凡陀:《鲁迅先生的轻松诗》,《联合日报晚刊》1946年10月19日;马凡陀:《轻松与严肃的诗》,《联合日报晚刊》1946年10月10日;袁水拍:《通俗诗歌的创作》,《文联》1946年第7期。

③ 无独有偶,唐湜也曾将现代诗区分为"自我发掘的心理分析诗"和"幽默的轻松诗"两个范畴:"前者以庄严的典雅的姿态出现","后者以歌谣的样式做木炭素描式的绘制"。他认为,马凡陀的山歌与轻松诗有点相近。参见唐湜:《〈诗四十首〉(书评)》,《文艺复兴》1947年第4期。

一诗体的开放性。他认为,它的内涵于"游戏笔墨""讽刺诗""通俗诗歌""民间歌谣"之间流动,不能将之简单收纳于既定的诗体范畴中。也正是在这个意义上,他暗示自己的"山歌"写作,接续了鲁迅曾经的文体尝试。

三

在20世纪40年代的战争语境中,穆旦、袁水拍两位诗人,都不同程度提及与鲁迅的关联,这件事本身就饶有意味。虽然穆旦与鲁迅在精神气质上的关联,并不是一个新的话题,但若着眼于"鲁迅的杂文",则指向了另外的讨论面向。按照通常的讲法,鲁迅的"杂文"写作以《新青年》的"随感录"为发端,在后来"语丝派"与"现代评论派"的论战中,因"议论又往往执滞在几件小事情上",才有了所谓"杂文的自觉",而真正成熟以至绚烂,是在20世纪30年代,发生于上海特定的媒体环境中。借由剪裁、拼接、挪用各类晚报、小报素材,一种泼辣的"杂文的诗学"——"对于有害的事物,立刻给以反响或抗争,是感应的神经,是攻守的手足"[①],才得以形成。这一时期的特点,有论者概括,与前期"问题引导"不同,属于一种"媒介引导"型的写作。[②] 换言之,"杂文的诗学"也可看作一种"报纸的诗学"。包括袁水拍提到的几首"轻松诗",如《好东西歌》《公民科歌》《南京民谣》,30年代初发表在上海的《十字街头》上,写作缘由也不外被《申报》等报章之上时事新闻刺激。

新诗发生于五四时代"个人发现"的氛围中,成立的标志之一,就是"个人的自白形式"或抒情之"内面"装置的确立。报纸作为一种排列多种信息"马赛克"的媒介形态,则类似于群体的一种自白形式,"正是由于将许多新闻和事件并列于报端使公众每天耳濡目染,才使报纸具有令人

[①] 鲁迅:《且介亭杂文·序言》,见《鲁迅全集》(第6卷),人民文学出版社1981年版,第1页。

[②] 参见牟利锋:《文化突围与文类重构——鲁迅后期杂文的生成(1927—1936)》,博士学位论文,北京大学中国语言文学系,2013年,第86页。

感兴趣的多重性的广阔范围"①。按理说,新诗相应地该离报纸、新闻较远,可事实上,伴随着新文学整体报章化,报纸的"媒介引导"功能,逐渐渗透到诗人的感受结构中。20世纪30年代末40年代初,朱自清翻译了美国诗人阿奇保德·麦克里希的《诗与公众世界》一文,这篇译文在朱自清战时的诗学建构中,起到过一定的参照作用。在文章中,麦克里希讲道,当公共与隐私之间的界限被革命、战争打破,一个现代个体不再是那个"夜间独自呆看镜子和星星的人":

> 单独的个人,不管他愿意与否,已经变成了包括着奥地利、捷克斯拉夫、中国、西班牙的世界的一部分。一半儿世界里专制魔王的胜利和民众的抵抗,在他是近在眼前,像炉台儿上钟声的滴答一般。他的早报里所见的事情,成天在他的血液里搅着;马德里、南京、布拉格这些名字,他都熟悉得像他亡故的亲友的名字一般。②

私人经验的公共化,抑或公众世界的私人化,是此文的中心议题,上面这段话,则进一步谈到了个体与公共世界之间的传导媒介——报纸。正是报纸的新闻栏、消息栏,提供了一种共时性世界史参与、一种想象性共同体意识,让那些战火燃烧的城市近至眼前,直接变成了一种可以让血液沸腾的私人感性。鲁迅将杂文形容为"感应的神经、攻守的手足",某种意义上,也是在强调杂文写作的身体性、应激性,报纸马赛克版面上的那些社论、专栏、花边新闻,正像杂文作者的交感神经,一根根延伸到了公众世界的各个角落。

在20世纪30年代"现代派"诗人的笔下,新闻感性的渗透已经有所显现,最有代表性的,当属卞之琳的《距离的组织》。这首规格不大的诗,除利用诗行和注释构造了一个高度复杂的经验有机体外,也代表了新诗感

---

① 〔加〕马歇尔·麦克卢汉:《理解媒介——论人的延伸》,何道宽译,商务印书馆2000年版,第256页。

② 朱自清:《新诗杂话》,生活·读书·新知三联书店1984年版,第123页。

受力的重大变化，不是自然的风景、苦闷的象征、抗议的激情，而如当代诗人钟鸣所激赏的，是"由新闻媒介引起的疏离感"。所谓"报纸落，地图开"，《大公报》上的《国际新闻》《史地周刊》上的报道，直接引爆了一个昏眩又敏锐的感知状况，"首次逃离了文坛时尚及趋同感——对恋爱、民众、沉沦、副刊论战和好人政治的幻想，却秉持'新闻性'或'新闻嗅觉'"①。到了穆旦这里，这种"新闻嗅觉"并未张扬，似乎已内化为一种基本的现实敏感。在《五月》中，他这样写道：

　　在报上登过救济民生的谈话后，
　　谁也不会看见的
　　愚蠢的人们就扑进泥沼里，②

而《防空洞里的抒情诗》一诗，采用艾略特式的戏剧化手法，在幽闭的防空洞里的纷乱对话中，他不忘加入这样一段：

　　他笑着，你不应该放过这个消遣的时机，
　　这是上海的申报，咳！这五光十色的新闻，
　　让我们坐过去，那里有一线暗黄的光。③

在战争年代，流亡、迁徙的经验，以及随之而来的"内地的发现""大众的发现"，让一代新文学作者的经验范围大幅度扩张。置身大后方的都市中，每日不断读到战争、灾乱的消息，不断被飞扬的口号和标题轰炸，一个人的"新闻嗅觉"也许会更加灵敏。换句话说，战时中国的历史现场，

---

　　① 钟鸣：《新版弁言：枯鱼过河》，见《畜界，人界》，上海人民出版社2010年版，第4页。

　　② 穆旦：《五月》，见《穆旦诗文集》（第1卷），人民文学出版社2006年版，第36页。

　　③ 穆旦：《防空洞里的抒情诗》，见《穆旦诗文集》（第1卷），人民文学出版社2006年版，第10页。

一部分就袒露在报纸五光十色的马赛克版面上,这也部分解释了"鲁迅教会了我杂文"这一告白的生成。

四

1943年初,在"野人山"经历了生死考验的穆旦,自缅甸战场归国,为了获得一个稳定的职业,"渴望安定"的他一直颠簸、流转在昆明、重庆、贵阳、北京之间,其诗歌的风格及主体状态,也都有了相应的转变。在20世纪40年代初,无论是要狂热地投入时代的旋涡,还是拖着疾病、伤残的自我反省"丰富,和丰富的痛苦",穆旦"新的抒情"之作,大都具有某种抽象的"不在地"性质。这正如诗人、评论家阿垅所点出的,起初亢奋,旋即颓废,不过浪漫的战争乌托邦之膨胀与破灭的循环。① 而在40年代中期不断更换职业、寻求安定的过程中,随着人生阅历积累,文学风格成熟,抑或仅仅是年龄见长,他的写作似乎更多"下沉"到现实之具体性中,特别是在抗战结束前后,他越来越多地写作一种"时事诗",甚至一种"杂文化"的诗,这与他"诗人"身份中"报人"角色的掺入,或许不无关联。

1945年11月,穆旦跟随二〇七师师长罗又伦离开昆明,一路北上,途中作为《独立周报》的特约记者,写下了一组以"还乡记"为题的系列通讯。随后他又赴沈阳,与友人一同创办《新报》并担任总编辑,前后一年多的时间。主持《新报》的这个阶段,是穆旦当时不安定生活中相对平稳的一个时期。一个"报人"的实践经验,会对他的社会感知和写作方式产生怎样的牵引,这个问题或可思量。② 一个具体的表现是,在1947年后写下的、被自己命名为"苦果"的一批诗作中,诗人穆旦似乎分享了一个"报人"的社会视野和政治敏感,特别是《时感四首》《饥饿的中国》《诗四首》,有明显的连续性,都采用组诗形式,诗形相对整饬,

---

① 参见阿垅:《〈旗〉片论》,《泥土》1948年第6期。
② 参见姜涛:《"报人"与"诗人"的视野同构:穆旦在1946—1948》,《文艺争鸣》2015年第11期。

连缀在一起,类似于一个连续展开的、动态的政治观察与评论,分别对应于1946年国共和谈失败、1947年解放战争、1948年"反饥饿、反内战"运动及战局逆转、历史走向明朗之后的观感。

> 多谢你们的谋士的机智,先生,
> 我们已为你们的号召感动又感动,
> 我们的心,意志,血汗都可以牺牲,
> 最后的获得原来是工具般的残忍。
>
> 多谢你们飞来飞去在我们头顶,
> 在幕后高谈,折冲,策动;出来组织
> 用一挥手表示我们必须去死
> 而你们一丝不改:说这是历史和革命。①

1946年国共和谈期间,国共双方的代表、马歇尔及"第三方面"人士来往穿梭,的确十分密集地进行"高谈,折冲,策动"。上述所引是组诗《时感四首》第一首的两节,灵感大概来自报上每日变动的和谈消息,诸位"谋士""先生"和"飞来飞去在我们头顶"的想象,也不乏"轻虐"的漫画色彩。

> 去年我们活在寒冷的一串零上,
> 今年在零零零零零的下面我们汗喘,
> 像是撑着一只破了底的船,我们
> 从溯水的去年驶向今年的深渊。
>
> 一切都在飞,在跳,在笑,
> 只有我们跌倒又爬起,爬起又缩小,

---

① 穆旦:《时感四首》,见《穆旦诗文集》(第1卷),人民文学出版社2006年版,第222页。

> 庞大的数字像是一串列车，它猛力地前冲，
> 我们不过是它的尾巴，在点的后面飘摇。①

这是《时感四首》第三首中的两节，写的自然是国统区恶性的通货膨胀，笔法上更为"超现实"。在狂奔的数字列车的尾巴上命运飘摇的"我们"（也就是一般的公教人员、市井小民），受到"通货膨胀"最大的冲击，而"我们"同时也是报纸的读者。可以参照的是，在穆旦主编的《新报》上，同一时期有关物价飞涨、各地抢米风潮的报道也相当集中。

鲁迅20世纪30年代的杂文写作，多取材于报纸上的琐闻、议论，"剪刀和笔"正好标识了日常写作的两翼，展现了一个现代媒介社会的"拾荒者"形象。② 穆旦此一时期的《三十诞辰有感》也给出过一幅自画小像：

> 从至高的虚无接受层层的命令，
> 不过是观测小兵，深入广大的敌人，
> 必须以双手拥抱，得到不断的伤痛，③

"观测小兵"一语，多少会让读者联想到诗人远征缅甸的经历，但对于内战时期的穆旦而言，作为一个诗人，同时也作为一个报人，那些报纸的新闻栏、社论栏，也正如广大的敌人阵地，需要"观测小兵"一次次突击、深入。"每一天在报上讲一篇故事，/太深刻，太惊人，终于使我们漠不关心"，在《饥饿的中国》中，穆旦有如是说。

"苦果"系列的写作终止于1948年，穆旦在该年也遭到了一批左翼文学青年的攻击。赴美留学之前，在给友人的信中，他颇为激愤地说，他"实

---

① 穆旦：《时感四首》，见《穆旦诗文集》（第1卷），人民文学出版社2006年版，第224页。

② 参见李国华：《消费社会与文体生产——试析鲁迅杂文的生成语境》，《文艺研究》2017年第1期。

③ 穆旦：《三十诞辰有感》，见《穆旦诗文集》（第1卷），人民文学出版社2006年版，第230页。

在想写一些鲁迅杂文式的诗"①，反射一下他们。其实，"杂文式的诗"他早已尝试，这句牢骚话，也可读作对多年前"是你们教了我鲁迅的杂文"一行诗的回应。

五

回过头来，再说袁水拍。置身于香港、重庆、上海左翼文化人的知识"场域"，从时事政治、报章材料中"拿来"主题、意象乃至词语，是袁水拍早就采用的作诗方式。②而后来的"马凡陀山歌"，"最大的特色"也是"很多都是取材于报纸上的新闻栏"，诗题下或诗后往往会注出"见某某报"或"见某某刊"。③例如：《准跳舞，禁贴脸》自注，取材南京《新民报》上"舞场禁贴脸跳舞"的报道；《王小二检举不肖房东记》取材上海《时事新报》所载"一般不肖业主"，在房屋恐慌中乘机抬高房租；《黑白画》中有"假的满天飞／飞呀飞呀飞／真的拉住腿／拉呀拉住它／我总有根据"一段，其中"根据"一词，注释中说与某论客在《大公报》上挑剔"联合政府"有关。

这些琳琅满目的消息、新闻，从抗日战争到解放战争、从经济到政治、从国内到国际，覆盖社会民生方方面面。"山歌"之所以能避免一般同类讽刺诗的概念化、抽象化问题，"具体地接触到当前的生活的各部门"，在很大程度上也是因为报纸媒介不断延伸了"感应的神经"：

　　七天七夜车顶上吃睡拉
　　隧道口扫下了一百三百
　　大火，大火，大火

---

① 易彬：《穆旦年谱》，中国社会科学出版社 2010 年版，第 125 页。

② 袁水拍 20 世纪 40 年代写的一批政治抒情诗，如著名的《寄给顿河上的向日葵》等，往往涉及西班牙内战、法兰西解放、德苏战争等国际题材。

③ 参见劳辛：《〈马凡陀的山歌〉和臧克家的〈宝贝儿〉》，《文艺复兴》1947 年第 3 卷第 4 期。

> 尸体，尸体，尸体
> 　　壁上春光半露
> 　　勇士攘臂直前
> 　　大腿，大腿，大腿
> 　　曲线，曲线，曲线
> …………
> 长约数十里之行列，餐风露宿
> 奶油人造冰上绝技，广寒春色
> 语皆血泪，感激至于涕零
> 扶老携幼，余等深为感动
> 　　国产时装悲剧巨片
> 　　情节哀感，缠绵，紧张
> 　　奉劝太太小姐多带手帕
> 　　天窗，天窗，天窗，天窗……①

这是一首奇怪的山歌，颇具未来主义色彩，标题为《标题音乐》，意象、话语的杂乱拼贴，还是《雾城小调》用过的套路，只不过更让人一头雾水。诗后有马凡陀自注："以上字句差不多全是报纸上的广告用语，特写通讯和电讯中的原文，大小标题，以及电影名称等。凑在一起，无以名之，名之曰标题音乐。"②显然，被徐迟指摘过的"堆砌"作风，在这里进一步化合于新闻的敏感，诗人的工作就像一个剪刀手、一个报人的工作，将"大小标题""广告用语"剪切、编排成一个醒目的版面，让战争中的牺牲、死亡与纸醉金迷的都市生活，一次次形成猝然对照。

抗战胜利前后，随着民主运动兴起、政治环境一度宽松，尤其是战后大量文教机构、知识分子"复员"，北平、上海等地的新闻出版行业迎来过一个复苏时期，各党派都在进行"文化抢滩"，以争夺有利的言论空间。

---

① 马凡陀：《标题音乐》，见《马凡陀的山歌》，生活书店1948年版，第13—14页。
② 马凡陀：《标题音乐》，见《马凡陀的山歌》，生活书店1948年版，第14页。

1946—1947年，穆旦一路北上沈阳办报的过程，伴随着国民党二〇七师接收东北主权的军事行动。同一时期"马凡陀山歌"在上海风行，也在一定程度上得益于中共新闻战略的推进。①当时大量发表"山歌"的几份上海报纸，如《世界晨报》《联合日报晚刊》《新民报晚刊》等，都是刚刚创立或复出，或隐或显地由中共地下党员主持。②因而，无论穆旦的"时事诗""杂文诗"的写作，还是"马凡陀山歌"的兴起，都与特定的媒介环境大有关联，由此而言，回到报纸马赛克式的版面上进行某种平行的阅读，似乎也尤为必要。

比如，"山歌"滑稽、夸张的游戏作风，一直屡遭诟病，被认为是对小市民趣味的迎合。这一判断自然成立，但考察"山歌"发表的主要园地，像上海的《世界晨报》和重庆、上海两地的《新民报晚刊》，按类型划分，大致属于市民消闲类的小报、晚报。插科打诨、正话反说、张冠李戴一类文字游戏，并非"山歌"独有，同样泛滥于同一版面的随笔、小品、杂感之中。《世界晨报》《新民报晚刊》就陆续推出"岂无此理录""幽默文选""地方夜谈""海外奇谈""西方夜谈"等花边栏目。"马凡陀山歌"虽一枝独秀，却不过是"很能博取小市民同情的针对现实的讽刺小品"之一种，某些"游戏笔墨"的技巧，也属小报文字的通例。

岂止是消闲的小报，正经的"大报"也并非总是板着面孔。1944年，袁水拍和夏衍曾共用"司马牛"这个笔名，在《新华日报》上撰写一系列小杂感，聚焦于报纸上的世风民情，短小精悍、画龙点睛，一时名噪山城和大后方。这些小杂感在笔法上，与"马凡陀山歌"颇为相似，夏衍在回忆中称，"司马牛大概是和袁水拍的'马凡陀'前后出现的，这些短文和

---

① 夏衍在也曾回顾抗日战争胜利后赴上海创办《建国日报》《消息》等报刊的过程。参见夏衍：《懒寻旧梦录》，生活·读书·新知三联书店1985年版，第542—567页。

② 《联合日报晚刊》就是由上海中共地下党主导的一块言论阵地。《世界晨报》由老报人姚苏凤和袁水拍的友人冯亦代创办，表面上，这是一份无党派色彩的民间小报，但报纸的编辑和记者，"除一两个中立的，其他都是反蒋倾向极为浓厚的，有的则是中共地下党员，由夏衍介绍"。参见冯亦代：《记姚苏凤》，见冯亦代著，邓九平编：《冯亦代文集：散文卷》（一），中国友谊出版公司1999年版，第102页。

讽刺诗一直写到 1945 年 9 月我离开重庆为止"①。这样说来,"司马牛"与"马凡陀"一文一诗,恰好说明了"山歌"与"杂感"的互动。

对于这样的游戏笔墨、滑稽趣味,当时的批评者,其实有不同的看法。一种意见认为,过度的诙谐、揶揄,会"淹没了政治感应的严肃性",尤其会妨碍主观战斗精神在人民中的生成。②另一种意见则相对宽容,认为看似一笑了之的东西,社会效果可能并不简单,甚或包含了一种特殊的政治性。简言之,"马凡陀山歌"流行的年代,正是历史的转轨时期,从抗战结束到内战爆发,国际国内的局势波谲云诡,不同的力量处于艰苦的拉锯、鏖战之中。"和平""民主""政治协商"的口号之下,现实状况一直处于高度的变异与急遽的变动之中。包括"山歌"在内,小报、晚报上各类"游戏笔墨"的兴盛,很大程度上反映了此一时期多方面爆发的矛盾与人们普遍的焦灼、茫然之感,尤其是公共表述与社会现实的脱节、"名"与"实"之间的高度紊乱。

> 重庆人——近来发现于京沪一带的一种硕大无朋的蝗虫。
> 法币——具有魔法的纸片,其"繁殖"率,远高于霍乱菌。
> 和平商谈——一种拖延时日准备厮杀的政治仪式。
> 民主——新式广告用语,要宣传得若有其事,而切勿实施。
> 人民——拉丁与抽税的对象,战时与胜利后都喘不过气来的生物。
> 还乡——比登天还难,比逃难还苦的一种长途旅行。

上述引自《新词浅释》,这篇文章颇具代表性,发表在抗战胜利后重庆《新民报晚刊》上。作者选取当时报章上一些常见的"关键词",戏仿名词释义的方式,一一读解,用"释义"颠覆"本义",凸显了观念与现实之间的巨大错位。通过挪用、仿写不同风格、类型的语体,即刻剥掉公共话语的堂皇外衣,让现实轰然瓦解,露出现实崎岖怪诞的真相,这样一

---

① 夏衍:《懒寻旧梦录》,生活·读书·新知三联书店 1985 年版,第 515 页。
② 参见洁泯:《谈谈马凡陀的山歌》,《文萃》1946 年第 10 期。

种戏仿（parody）和拆解，"马凡陀山歌"也最为拿手。①

或许可以说，在历史转轨的时期，"游戏笔墨"在小报乃至大报上的泛滥，可看作一种矛盾纠结之社会情绪的郁积与释放，其中包含一种可以打开的政治空间。冯乃超在《战斗诗歌的方向》一文中，花了相当大篇幅讨论"马凡陀山歌"，他就指出，山歌小调一类"自由腔"，"早就散见在报章里面，为小市民所爱读，马凡陀不过是懂得和敢于拿起这个武器罢了"②。这一判断的前提，则是"城市小资产阶级是工人阶级的可靠同盟军"。在这个意义上，这个阶层的文化（小市民文化）的活力和政治潜能，同样不能忽视。

六

20世纪40年代是一个文化重建的年代，也是一个各种新文艺形式创制的年代，要把握这个战争时代"文艺的历史动向"，也需要在一种更广阔的视野里，来看待新的文艺形式、体裁与媒介的关系。1947年1月，郭沫若发表了《新缪司九神礼赞》一文，用希腊神话中的缪司九神，来比喻九个不同的文艺部门，包括小说、诗歌、剧作、批评、古代和近代的史学研究、新闻报道、漫画木刻、新音乐、戏剧电影。可以说，前面四位缪司神，代表了新文学的固有门类，而后面这五位，被郭沫若称为"温室"之外的"新缪司"，在他看来，更能体现把握历史、创造历史的强劲活力。③可以补充的是，这"缪司九神"并不是相互隔离、平行展开的，在战争动员、民主运动的进程中，彼此始终在动态交融、碰撞，如诗与戏剧、新闻报道

---

① "马凡陀山歌"之《丈夫去当兵》发表时名《新〈丈夫去当兵〉》，诗后有注："原诗老舍作，张曙作曲，这是一PARODY。"这里明确提到了"parody"，可见马凡陀在诗体技巧上，有着充分的自觉。

② 冯乃超：《战斗诗歌的方向》，《大众文艺丛刊：文艺的新方向》1948年第1辑。

③ 参见郭沫若：《新缪司九神礼赞》，《文萃》1947年第2卷第14期。

与小说、杂感（批评）与诗歌、漫画与诗歌①等。

  此前，闻一多在《文学的历史动向》提出，"要把诗做得不像诗了"，"不像诗，而像小说戏剧"。②他所表达的是类似的理解：新诗能否"洗心革面，重新做起"，需要在一个群体性的社会空间中、一种新的媒介环境中，去构想诗文体的位置和可能。像"朗诵诗"的兴盛，在很多批评家眼里，就代表了一个全新的方向，它能打破新诗原有的传播、阅读"场域"，结合戏剧、广场的因素，诉诸集体的力量，让诗"活在行动里，在行动里完整，在行动里完成"，因而被认为是"新诗中的新诗"。③

  从这个角度看，穆旦、袁水拍对鲁迅的提及，以及诗与杂文的短路、山歌与报纸的纠葛，便不简单是写作风格、策略的问题，而是内在呼应了20世纪40年代文化重造的活力。除了广场集会、校园抗争，"报纸"也构成了国统区城市中一种特殊的空间，在消息、杂感、小调、漫画的马赛克拼接中，在不同文体、媒介、感受方式的剧烈融和中，延伸出一根根"感应的神经"的弧线。这一过程是否激发了新的写作技术，甚或催生了另一种"新诗中的新诗"？这是回望20世纪40年代新诗遗产时，或可注意的问题面向。

本文发表于《文艺争鸣》2018年第11期

---

  ① 1946年10月，《马凡陀的山歌》由生活书店出版，漫画家小丁（丁聪）为诗集绘制了封面与插图，这一跨媒介的合作，是该诗集的一大看点。
  ② 闻一多：《文学的历史动向》，《当代评论》1943年第4卷第1期。
  ③ 朱自清：《论朗诵诗》，见《朱自清全集》（第3卷），江苏教育出版社1996年版，第257页。

"世纪"视野与新诗的历史起点
——《女神》再论

在新诗史上,有关《女神》的历史定位,是一个颇有意味的话题。相较于《尝试集》,《女神》晚出了一年多的时间,但甫一问世,就隐隐然挑战了《尝试集》的地位,甚至被看作是新诗得以成立的真正起点。1922年,《女神》出版一周年之际,郁达夫就撰文《〈女神〉之生日》,以不容置疑的口吻说,"完全脱离旧诗的羁绊自《女神》始"这一点,他想"谁也该承认的"。类似的说法后来多有延续,并逐渐沉积为一种广为接受的文学史判断:《尝试集》作为新诗"开端"的地位不容动摇,但也仅仅是一个"开端"而已;《女神》则由于艺术上、思想上等多方面突破,而被奉为新诗成立的第一座"丰碑"。然而,随着新诗不断"演进",当"只认抒情是诗的本分""而象征实在是其精义"的观念支配了更多的写作和阅读时,《女神》得到的评价也逐渐走低,和《尝试集》一起被挤到了历史的开端处。如果说《尝试集》因风格过于直白、散文化,而一直遭到后人讥嘲,那么《女神》一定程度上被当作"诗体大解放"不节制的产物,则由于激昂扬厉的夸张书写,需要更精微的技艺来纠正。尤其在受诸多现代"趣味"熏陶的当代读者这里,《女神》因为粗枝大叶的风格,更是很难得到同情。我在自己的文学史课堂上,每次讲到郭沫若的诗,都会习惯性地请学生来朗诵一下《天狗》,不出意外,每一次大家都会面露难色。显然,在当代的语境中,要当众喊出"我的我要爆了",已是一件颇为尴尬的事情。

针对这一问题,温儒敏老师曾有《关于郭沫若的两极阅读现象》

一文，提出要让今天的年轻读者接受《天狗》，可采用所谓的"三步阅读法"，包括"直观感受""设身处地""名理分析"。① 简言之，要将专业的文学史分析和对五四时代精神氛围的感知结合在一起，这样才能做到一种历史的"同情"乃至"共情"。这一思路切实可行。可以补充的是，仅仅回到历史的"现场"，仍有可能被一些固化的文学史叙述局限，以至直观的阅读感受回至"个性解放""时代精神"一类陈言套语中。某种意义上，怎样解读《女神》涉及的不只是对郭沫若早期创作的评价，同时也关乎新诗起点的历史认知。要把握并打开这一"起点"的意义，或许还需挣脱单一的新诗史、文学史线索，在更宏阔的思想文化视野中重构问题框架，也许，一些已经被视作常识的结论，可能由此被重新激活。

一

在《女神》的接受史上，闻一多发表于1923年的《〈女神〉之时代精神》，自然是一篇无法绕开的雄文。"若讲新诗，郭沫若君的诗才配称新呢，不独艺术上他的作品与旧诗词相去最远，最要紧的是他的精神完全是时代的精神——20世纪的时代的精神。"② 这是文章开宗明义的第一句，以不容置疑的口吻，点出了《女神》的起点位置。与同时代的读者和批评家不同的是，闻一多在一开始就挣脱了语言、形式层面"新旧"之别的讨论，另辟空间，使用了一个德国概念"Zeitgeist（时代精神）"，来概括他对《女神》中动荡不安、激昂扬厉之气息的感知。事实上，自认为"极端唯美论者"的闻一多，对《女神》的推崇并不是毫无保留的，私下里，也表达过对郭沫若技艺粗糙的不满，随后的《〈女神〉之地方色彩》一篇，更是对《女神》过于欧化的色彩提出了批评。但这并不妨碍他从一个极高的理论层

---

① 参见温儒敏：《关于郭沫若的两极阅读现象》，见温儒敏、赵祖谟主编：《中国现当代文学专题研究》，北京大学出版社2002年版，第24—38页。

② 闻一多：《〈女神〉之时代精神》，见《唐诗杂论 诗与批评》，生活·读书·新知三联书店1999年版，第123页。

面,来把握这部诗集的起点意义,而且,闻一多所谋者大,借谈论《女神》,他也意在阐发对新诗之"新"或新诗之"现代性"的总体理解。那么,在他那里,"20世纪的时代的精神"所指为何?套用卡林内斯库的表述,闻一多进而从动的精神、反抗的精神、科学的成分、世界之大同的色彩、挣扎抖擞的动作几个方面,勾勒出"20世纪的时代的精神"之"五张面孔",而其中的意涵,或许也尚未被充分揭示。

上面已提到,所谓"时代精神"之说,经过不断转述、重申,今天听来,已近乎某种"陈言套语"。然而,作为一个思想史、精神史概念,至少在闻一多的时代,"时代精神"还是一个全新的、充满可能性的论述。有两点可以注意。首先,在闻一多笔下,"时代精神"并没有落实为"民主""科学""个人的发现"等具体的时代命题。他关注的毋宁是一种隐含在历史进程中的精神气质,一种强劲的时代风格、节奏。换言之,"时代精神"并非一种实体的存在,待在那里等待哲人或诗人书写,它似乎是一种历史内部涌动的机能,需要敏锐的心智去感知、辨认、命名。其次,后来的文学史家接续其思路,往往仅在"五四"的背景中讲述"时代精神",闻一多无疑站得更高、望得更远,将"20世纪"这一宏阔的历史视野,展现在读者面前。目下,学界流行说20世纪是"短促的世纪",发端于欧战的爆发,终止于冷战两极的解体,革命、战争、乌托邦式的社会重造,是贯穿始终的主题。依照闻一多的逻辑,"新诗"之"新",不在于白话的有无,也不限于文学感受力、想象力的刷新,而要看能否与20世纪之"短促"历史之内在节奏发生高频共振。后来的新诗人和批评家也爱说"现代",但往往流于经验的表象,诸如机械文明的喧嚣、都市生活的纷乱、震惊的感性片段等。相形之下,闻一多的眼光显得格外深透。

任何纪年方式,包括传统的年号纪年等,都不是机械的、空洞的时间标记,本身就是一种历史意识和自我意识展开的方式。从清末到"五四","20世纪"作为一个特定的词语,密集出现于仁人志士、知识分子的笔下。正如汪晖在一篇长文中所指出的,这代表了一种崭新的"世纪"意识,"它和过去一切时代的区分不是一般时间上的区分,而是对一个独特时势的把握。这个时势把他者的历史、把整个外部的历史变成自己的历史,同时也将自己的历史置于全部历史的内部予以解释和指认"①。在这个意义上，"20世纪"既意指时间维度上与19世纪旧的世界秩序的断裂，又意味空间意义上"全球共时性"的生成。这样一种时空关系的组织，也是《女神》内在的展开结构：

> 我们飞向西方，
> 西方同是一座屠场。
> 我们飞向东方，
> 东方同是一座囚牢。
> 我们飞向南方，
> 南方同是一座坟墓。
> 我们飞向北方，
> 北方同是一座地狱。

从惠特曼那里，郭沫若借来了这样一种澎湃的、向四方铺展的句式。《凤凰涅槃》书写的"在世界当中"的生存感受，就与四面八方的空间围困有关，而朝向未来的浴火"时势"，则蕴含在空间与时间、暗夜与黎明、死亡与重生的辩证转化中。闻一多勾画"20世纪的时代的精神"之第五张面孔时就写道："20世纪是黑暗的世界，但这黑暗是先导黎明的黑暗。20世纪是死的世界，但这死是预言更生的死。"②而"时代精神"的第四张面孔——"科学的发达使交通的器械将全世界人类的相互关系捆得更紧了。因而有史以来世界之大同的色彩，没有像今日这样鲜明的"③，则直接彰显了将外部历史、他者的历史内在化的空间维度。

---

① 汪晖：《世纪的诞生——20世纪中国的历史位置（之一）》，《开放时代》2017年第4期。

② 闻一多：《〈女神〉之时代精神》，见《唐诗杂论 诗与批评》，生活·读书·新知三联书店1999年版，第128页。

③ 闻一多：《〈女神〉之时代精神》，见《唐诗杂论 诗与批评》，生活·读书·新知三联书店1999年版，第127页。

表现世界之大同，吞吐全球四大洲之地名，《女神》中此类作品数量并不少，如《巨炮之教训》《匪徒颂》《我是个偶像崇拜者》《电火光中》《三个泛神论者》等。闻一多慧眼如炬，单挑出《晨安》一首作为"这种cosmopolitanism 的证据"：

晨安！梳人灵魂的晨风呀！
晨风呀！你请把我的声音传到四方去吧！

这首诗采用雪莱《西风颂》中的"呼语"方式，在恍惚的旭光和动荡不息的海面上，让"我的声音"与"晨风"化为一体，向四方吹拂，向整个世界问好。全诗三十八行中有二十七行以"晨安"起句，完成了一次环绕全球的想象力旅行：

……问安首先从祖国开始，紧接着越过长城向北方的俄罗斯问安，……而后转向西南，越过帕米尔高原、喜马拉雅山，向印度、向泰戈尔问安，从而进入印度洋，并循印度洋、大西洋、太平洋向周边的非洲、西欧、美洲的诸多国家问安。诗人站在日本的海岸边向世界问安，最后又回到日本，期待日本人民的觉醒。①

表面看，诗人只是在日本九州对着大海"放号"，宣泄内心海量的激情，但他并非真的在"狂叫""乱写"，狂肆的诗行不乏谨严的构思。这首《晨安》翻越高原雪山、横跨大洋，由东向西的地域转移，严格遵循了现代地理学的空间认知。"快来享受这千载一时的晨光呀"，这所谓"千载一时"，也正是所谓"全球范围内的共时性关系"的生成之时。

可以参照的是，在"新旧二世纪之界线，东西两半球之中央"，梁启超的《二十世纪太平洋歌》也曾呈现如此阔大的寰球空间。此诗在人类文明演进史观中融入了"公羊三世"之说，宏阔的空间认知被时间的紧迫感、纵深感所贯穿、组织：

---

① 陈永志校释：《〈女神〉校释》，华东师范大学出版社2008年版，第82页。

太平洋，太平洋！君之面兮锦绣壤，君之背兮修罗场。海电兮既设，舰队兮愈张。西伯利亚兮，铁路卒业；巴拿马峡兮，运河通航。尔时太平洋中二十世纪之天地，悲剧喜剧壮剧惨剧齐鞈鞯。①

在梁启超笔下，由电力、铁路、航运带来的全球化并没有洋溢一种乌托邦式的乐观色彩，反而与一种列强争霸、"不兴则亡"的民族危亡意识有关："吁嗟乎！今日民族帝国主义正跋扈，俎肉者弱食者强。英狮俄鹫东西帝，两虎不斗群兽殃。"② 相比之下，《晨安》"同字起句"的呼喊，似乎只是一种地名与人名的罗列、铺展。但读得稍仔细一点，就会注意到诗人的问安，在依据地理顺序的同时，其实也有高度的选择性、象征性。其中，"我所畏敬的俄罗斯"代表了革命世纪的先导（"我所畏敬的Pioneer呀"），尼罗河畔的金字塔、泰戈尔等，代表了古老文明、东方文化创造力的再生等。这些是容易找出的部分，还有一些是较为含蓄的，例如：在访问巴黎万神殿前的"沉思者"之后，转而提及"半工半读团的学友们"，就暗中带入了"五四"前后工读互助、勤工俭学的社会思潮；在巡游不列颠群岛之时，诗人并没有造访英国，而是问安于投身民族独立斗争的"爱尔兰的诗人"，这显然凸显了弱小民族的独立、解放。环游地球一周之后，诗人的问安最后回到了太平洋上的扶桑之国："还在梦里裹着的扶桑呀！／醒呀！Mésamé呀！"按照陈永志先生的说法，郭沫若在此一时期完成的《日本之煤铁问题》等文章中，多次说到日本人"军国主义之梦犹未醒"，"要使日本人破醒军国主义资本主义的噩梦"等。③ 因而，诗人最后对扶桑的召唤，虚实相济，也具有了一定的隐喻性，他也寄希望于日本民族的觉醒，享受20世纪全人类的美好晨光。

因而，《晨安》呼唤"年轻的祖国"，也是站在"五四"的文化政治

---

① 任公：《诗界潮音集·二十世纪太平洋歌》，《新民丛报》1902年第1号。
② 任公：《诗界潮音集·二十世纪太平洋歌》，《新民丛报》1902年第1号。
③ 陈永志校释：《〈女神〉校释》，华东师范大学出版社2008年版，第83页。

视野中,呼唤一个年轻的"世纪",这个"世纪"正从19世纪暗夜中醒来,挣脱资本主义的、帝国主义的围困,在"一战"之后社会改造、民族解放的视野中想象自身。在诗的开头,这个思潮激荡的"想象界",被比喻为"常动不息的大海""明迷恍惚的旭光",诗歌的创造力、热情的思想力,也正和白云与丝雨一样在海天之间舒卷涌动。

二

"《女神》的诗人本是一位医学专家。《女神》里富有科学的成分也是无足怪的",这是闻一多所勾画的"20世纪的时代的精神"的第三张面孔,《女神》中的科学因素、科学想象,也是后来常被讨论的问题。粗略统计一下的话,《女神》涉及的知识门类,包括医学、解剖学、物理学、热力学、天文学、电磁学、地质学等。其中,给人印象最深的,大概正是闻一多指出的,"还有散见于集中的许多人体的名词如脑筋、脊髓、血液、呼吸",更完完全全是一个西洋的医生的口吻了。《天狗》中的这一节,可算是代表:

> 我飞跑,
> 我飞跑,
> 我飞跑,
> 我剥我的皮,
> 我食我的肉,
> 我嚼我的血,
> 我啮我的心肝,
> 我在我神经上飞跑,
> 我在我脊髓上飞跑,
> 我在我脑筋上飞跑。

不单《天狗》如此,战栗的神经、破裂的声带、裸露的脊椎、飞迸的脑筋,这些令人惊骇的身体意象遍布《女神》。郭沫若在新诗的起点上，就贡献了一个不断爆裂、分解而逾越内外界限的身体的形象。1923年，郭沫若、闻一多的"同时代人"曼德尔施塔姆写了《世纪》一诗，同样创造了一个肢体破碎的野兽形象：

> 我的世纪，我的野兽，谁能
> 看进你的眼瞳
> 并用他自己的血，黏合
> 两个世纪的脊骨？①

俄罗斯的红色革命，在血污之中建立新的政权，也开启了20世纪的巨大实验。这首诗正是写于革命之后艰难而兴奋的空气中。和《天狗》相仿，"我的世纪，我的野兽"——"20世纪的时代的精神"在诗中同样化身为一只野兽，它从旧世界的血泊里站出来，但不是在飞奔中享受自我破坏的激情，而是被自己不能连缀起来的脊骨压垮、被新的世纪粉碎。巴迪欧曾将这只脆弱的野兽，看作是世纪的一种历史隐喻、一种X光的投影："这些是在1923年描述的一个短暂的世纪开端的主体性。这些扭结在一起的骨骼，这些婴儿的软骨，以及碎裂的脊梁描绘了一个罪恶的、狂热的、令人扼腕的世纪。"②郭沫若的《天狗》，也有如是说："我是X光线底光，/我是全宇宙底Energy底总量！"这样读来，《天狗》也可看作是"20世纪中国"在开端处留下的一张X光片，虽然这张投影还缺乏曼德尔施塔姆诗中痛苦、矛盾的历史寓言性。③

回到闻一多的分析。所谓"西洋医生的口吻"，确实是理解郭沫若早期写作的一个重要线索。在《创造十年》中，郭沫若曾回忆1918年秋冬季上解剖课的感受："在头盖骨中清理出了一根纤细的神经出来的时候，

---

① 〔俄〕曼德尔施塔姆：《我的世纪，我的野兽——曼德尔施塔姆诗选》，王家新译，花城出版社2016年版，第87页。
② 〔法〕阿兰·巴迪欧：《世纪》，蓝江译，南京大学出版社2011年版，第22页。
③ 有关《天狗》与《世纪》的比较，参见姜涛：《从"蝴蝶""天狗"到当代诗的"笼子"》，《诗刊》2018年8月下半月刊。

那时的快乐真是难以形容的。"① 这样的描述如他自己所言，"好像很恶心"，而他也将自己文学的起点，明确与解剖室中的经验相连——"在这样奇怪的氛围气中，我最初的创作欲活动了起来"。② 这一"创作欲"发动的结果便是，虽然小说《骷髅》后来投稿未中而被付之一炬，但解剖学、神经学的眼光，似乎长久支配着郭沫若的写作和自我认知。比如《夜步十里松原》中惊人的一幕：

> 十里松原中无数的古松，
> 都高擎着他们的手儿沉默着在赞美天宇。
> 他们一枝枝的手儿在空中战栗，
> 我的一枝枝的神经纤维在身中战栗。

除了诗歌中的想象，在自述中，郭沫若常将创作的发动与特殊的生理状态相连，说自己"每每有诗的发作袭来就好像生了热病一样，使我作寒作冷，使我提起笔来战颤着有时候写不成字"③。而《凤凰涅槃》中"凤歌"与"凰歌"交替展开，直至最后的"凤凰和鸣"，不断复沓的诗节，模拟神鸟的翱翔、起舞，具有很强的巫术色彩和身体的动感。这种"诗语的定型反复"的句式也被他论断为："由精神病理学的立场上看来，那明白地是表现着一种神经性的发作。"④ 可以说，无论登山、观海、望星空，还是在树下醉歌，郭沫若似乎都能构造一个失控的、痉挛的身体形象。

从语言、形式的角度看，新诗之"新"自然与白话书写、自由表达的活力有关，而郭沫若在"起点"上赋予了新诗语言一种独特的身体紧张感、能动性。这是非常值得注意的一点。"物质文明的结果便是绝望与消极。

---

① 郭沫若：《创造十年》，见《学生时代》，人民文学出版社1979年版，第49页。
② 郭沫若：《创造十年》，见《学生时代》，人民文学出版社1979年版，第49页。
③ 郭沫若：《创造十年》，见《学生时代》，人民文学出版社1979年版，第59页。
④ 郭沫若：《我的作诗的经过》，见王训昭等编：《郭沫若研究资料》（上），中国社会科学出版社1986年版，第283页。

然而人类的灵魂究竟没有死，在这绝望与消极之中又时时忘不了一种挣扎抖擞的动作。"[1]当闻一多写下这段话的时候，他未尝不在表达《女神》带给他的身体感受。这"挣扎抖擞的动作"，这"悲哀与奋兴"的反复交替，恰如神经的痉挛，连通了动的精神、反抗的精神，说明"20世纪的时代的精神"，不仅生成于外部的历史，最终也会在新诗语言的内部形成震颤。

三

依照浪漫主义的想象，疾病的、不安的身体与文艺的创造性，本来就有一定的关联，但郭沫若不只是在一种修辞的、比喻的意义上来谈论这个问题，对他来说，"一枝枝的神经"战栗的身体是作为一个知识对象来被认识的，利用"近代医学"，"尤其生理学的知识"，"独自树立一个文艺论的基础"，也是他在20世纪20年代一个主动的追求。[2]这意味着，诗人的"身体"一方面狂躁不安，另一方面又吻合于"科学"的原理。两个看似矛盾的面向交织成"时代精神"面孔上的特殊表情。扩展来看，这一类"病的隐喻"在早期新诗观念的生成中并不鲜见，如周作人就曾将疾病之中身体的热动、思维感知的起灭，看作是现代诗之发生机制，那些"忽然而起，忽然而灭"的迫切情感，也被理解为现代人生存的内在真实，"足以代表我们这刹那的内生活的变迁"。其实，《女神》中也不乏此类的作品，如《蜜桑索罗普之夜歌》《新月与白云》《死的诱惑》等，都具有一种"内

---

[1] 闻一多：《〈女神〉之时代精神》，见《唐诗杂论 诗与批评》，生活·读书·新知三联书店1999年版，第128页。

[2] 郭沫若：《创造十年续编》，见《学生时代》，人民文学出版社1979年版，第202页。比如，著名的《论节奏》一文讨论有关"节奏"的多种假说，虽然他最认同的，是将节奏的起源移植到感情层面的假说，但也认为生理学的假说（节奏起源于心脏、肺脏的搏动）亦"狠能鞭擗进里"。所谓"节奏"，生成于外界刺激袭来时感情之紧张与弛缓的交替形成。身体亢奋与文艺行为之间的一致性，在这种科学的分析中获得了更完满的说明。参见郭沫若：《论节奏》，《创造月刊》1926年第1卷第1期。

面"的心理深度，也沾染了些许颓废的"近代的情调"①。但在闻一多看来，这一类作品并不一定具有代表性②，《女神》之中不安、失控的身体感性，并非内向沉溺，在"挣扎抖擞"中，具有一种外射性、生成性，动的、反抗的精神，会不断在物我之间形成"泛神论"式的同一性关联。

> 楼头的檐霤……
> 可不是我全身的血液？
> 我全身的血液点滴出律吕的幽音
> 同那海涛相和，松涛相和，雪涛相和。

1919年底，一个大风吹雪的早晨，郭沫若写下了《雪朝》一诗，按照他自己的讲法，这首具有"泛神论"色彩的诗，是"应着实感写的"，风雪一阵一阵卷来，其间有一个"差不多和死一样沉寂的间隔"，在间隔中还可听见"檐霤的滴落"，正是这"一起一伏的律吕"形成了这首诗。③

值得注意的，还有这首诗的副标题：《读Thomas Carlyle：The Hero as Poet 的时候》。卡莱尔（Carlyle），这位19世纪英国文坛巨擘的表述，如"Open-secret""Hero-poet"，也醒目地出现在诗中。在《摩罗诗力说》的开头，鲁迅也曾大段引用卡莱尔的著名演讲《诗人英雄——但丁、莎士比亚》中的表述，说明"摩罗诗人"也是在卡莱尔"诗人英雄"的意义上被召唤的。这里，不妨做一点比较。在鲁迅那里，诗人即为"撄人心者也"，

---

① 《死的诱惑》曾被当作中国新诗的标本翻译成日文，发表在大阪的报纸上，厨川白村读到后还曾感叹："中国的诗已经表现出了那种近代的情调，很是难得。"参见郑伯奇：《二十年代的一面——郭沫若先生与前期创造社》，见饶鸿兢等编：《创造社资料》，福建人民出版社1985年版，第749—750页；郭沫若：《创造十年》，见《学生时代》，人民文学出版社1979年版，第97页。

② 1922年，北社编的《新诗年选》收入《死的诱惑》作为《女神》的代表作之一。在《〈女神〉之时代精神》中，闻一多就对此颇不以为然，认为编者"非但不懂读诗，并且不会观人"，追问："《女神》的作者岂是那样软弱的消极者吗？"

③ 郭沫若：《创造十年》，见《学生时代》，人民文学出版社1979年版，第72页。

"诗人为之语,则握拨一弹,心弦立应,其声澈于灵府"①,这其中也包含对诗歌自发性及"共感力"的强调,他早期论文中使用的一些概念,如"神思""圣觉""心声""内曜""意力""自觉"等,也无不指向主体的发动与心力的飞腾。但这不简单是一个自发性的或唯意志性的行为,究其核心,一种强大的内在醒觉构成了其基础:"内曜者,破黮暗者也;心声者,离伪诈者也。"②而在郭沫若这里,卡莱尔被"泛神论"化了,"内曜"的醒觉不是重点,"诗人英雄"的形象奠基于敏感之身心向外的敞开、与自然的共振之上。《女神》所包蕴的文化政治仪式,也恰恰源于这样的身体能动性、外射性。

简言之,诗人体内战栗的神经、澎湃的血潮,不仅相和于大自然的"律吕",还可以呼应社会心理、集体情绪的起伏升沉。用郭沫若自己的话来说,"个人的苦闷,社会的苦闷,全人类的苦闷,都是血泪的源泉,三者可以说是一个直线的三个分段"③。在"五四"前后群体运动兴起的背景中,这种浪漫的"一元论"诗学,配合社会病理学的视角,显然内在勾连了一种自发性的社会革命的可能。"五四"之后,在最初兴起的"革命文学"讨论中,就有论者写道:

> 革命的文学云者,能将现代之黑暗及人间之苦痛曲曲表现出来,以激刺人之脑筋,膨胀人之血管,使其怒发冲冠,发狂大叫,而握拳抵掌,向奋斗之方面进行,视死如归,不顾一切之血的泪的悲壮的文学之谓也。④

---

① 鲁迅:《摩罗诗力说》,见《鲁迅全集》(第1卷),人民文学出版社1981年版,第68页。

② 鲁迅:《破恶声论》,见《鲁迅全集》(第8卷),人民文学出版社1981年版,第23页。

③ 郭沫若:《论国内的评坛及我对于创作上的态度》,见郭沫若著,黄淳浩校:《〈文艺论集〉汇校本》,湖南人民出版社1984年版,第144—145页。

④ 周长宪:《感情的生活与革命的文学》,《评论之评论》1921年第1卷第4号。

对脑筋、血管、肢体的夸张描述,与郭沫若对诗人身体的病理学呈现十分相似,那只声嘶力竭、渴望自我爆裂的"天狗",也可再向前一跃,引发群体性的革命。当然,这种革命势必要受到科学的"主义"的引导,才能纳入组织化的政治轨道。但需要指出的是,这只是《女神》之抒情政治的一个方面,更内在的能量,并非仅限于集体情感的引燃。因为无论"泛神论"式的物我合一,还是身体与自然的不断应和,都不完全是被动的反射,"挣扎抖擞"也是一个自我创造的动作、一个可能性涌现的时刻。

> 晨安!诗一样涌着的白云呀!
> 晨安!平匀明直的丝雨呀!诗语呀!
> ——《晨安》

> 鱼鳞斑斑的白云,
> 波荡在海青色的天里;
> 是首韵和音雅的,
> 灿烂的新诗。
> ——《白云》

在上面的诗节中,郭沫若似乎同样具有当代诗人偏爱的"元诗"想象力,将斑斑白云、缕缕雨丝想象为诗行、诗语的铺展,自然运行与写作行为之间的流转变幻,正是创造力生成的隐喻。在这个意义上,"快来享受这千载一时的晨光呀"中所谓"千载一时",也正是枢机转动之时,是在动荡不息的"时势"中联动四方、把握"时代精神"之时。

关于这种抒情主体的能动性与创造性,王璞在《抒情与翻译之间的"呼语"——重读早期郭沫若》一文中,曾有十分精彩的分析。他引用詹姆斯·钱德勒对雪莱《西风颂》的解读,探讨了浪漫主义的"风""琴"等隐喻与"时代精神"之间的关联:"'时代精神'总是以'风'的形式出现的,可以被感知,但却不可能被整体把握,它是缺席的在场,不可见的决定力;对'风'的感知、认同和召唤再落实为诗的修辞,诗人由此不仅成为抒情的主体,而且成为历史的主体。"在这样的解读中,"时代精神"不是固化的存在,而是如西风一样吹拂四方而不可把捉。由此,历史的决定性恰恰可以"转徙"为一种主体的能动性,诗人作为"历史的瑶琴"在"历史之风"中工作,感受并共鸣于变幻无形的"时代精神"。

在1928年的"革命文学"论争中,郭沫若曾向文艺青年们高声呼吁:"当一个留声机器——这是文艺青年们的最好的信条。"①王璞进而将这个有争议的"留声机器"与浪漫诗学之"历史的瑶琴"建立关联:前者似乎是后者的一种变貌、延伸,只不过"历史之风"已转变为大地深处的轰鸣,显现为"革命的历史观或总体性的革命政治"②。这样的解读串联了两个时期的郭沫若,也在从文学到革命的跃进、转轨中清理出一根内在线索。在这个意义上,"历史的瑶琴"也可以比喻为一个身体,而一根根在"历史之风"中振响的琴弦,不也正像在身中战栗的"一枝枝的神经纤维"。

四

在抒情政治与革命政治的内在连通中,诗人主体与"历史之风"、不安身体与自然节奏之间的呼应、扩张、灵活"转徙",的确"排演了革命文化和革命政治的能动性"。在"时代精神"风云聚会之时,能够迎风而动、血潮翻涌,而在不利的、消极的"时势"中,也能把握可以转化的"时机"③,倾听到"大地的最深处有极猛烈的雷鸣"。这种能动的、外向的文化政治,拒绝"内向沉溺",但反向而言,是否缺乏一种"内向辨识"、主体深耕培力的维度?这当然是可以质询的。还是以鲁迅为参照,同样

---

① 麦克昂:《英雄树》,《创造月刊》1928年第1卷第8期。

② 王璞:《抒情与翻译之间的"呼语"——重读早期郭沫若》,《新诗评论》2014年总第18辑。

③ 针对河上肇认为时机不成熟的革命会导致生产力倒退的观念,郭沫若在《社会革命的时机》(《洪水》1926年第1卷第10—11期)中提出了批评,强调"社会革命之成败并不专在乎时机之早迟而在乎企图的方策之完备与否"。有关该问题的讨论,参见李斌:《女神之光:郭沫若传》,作家出版社2018年版,第109—115页。

关注"20世纪",鲁迅在《文化偏至论》中将19世纪末的"新神思宗"认作是20世纪文化的始基,强调"掊物质而张灵明,任个人而排众数",认为应以此来纠正19世纪文明之"偏至"。这样一种"立人"的方案,或许代表了另一条关于"20世纪的时代的精神"的理解路径。而在1928年的"革命文学"论争中,所谓"当不当一个留声机器"的问题,也曾引发过一场争论。这意味着,对于投身革命的分子而言,除了在变动"时势"中保持高度政治认同,如何改造旧我,让新的阶级意识、革命意识根植于主体内部,更是一个需要思考的问题。① 这些争议的存在,当然不会消解《女神》的"起点"意义,只会让"起点"的意义更为复杂。作为"20世纪"的 X 光投影,"天狗"一类飞扬狂奔的形象,只有在革命文化政治内在的张力之中,方能得到更深入的辨析、勘察。

进一步说,"世纪"的眼光,不仅对重读《女神》有效,同样适用于理解早期新诗。与《女神》相比,同时期的白话新诗,可能显得过于素朴、直白,按照梁实秋20世纪30年代的说法,早期白话诗人好像只重视"白话",而不重视"诗"。但这种印象是不甚完整的,暂且不论早期新诗人在"诗"的方面也颇多用心,更重要的是,新诗的发生并非只是白话对文言的替代,也并非工具意义上的"诗体大解放",无论置身日本九州,还是活跃于北京、上海的现场,正如闻一多要阐发的,新诗之"新"生成于"五四"前后文化政治的"场域"之中,对另一个审美空间的追求,一开始就伴随了新人、新文化、新政治、新社会的构想。像当时流行的"说理诗",后来被看成是"非诗化"的典型而屡遭诟病,但即便缺乏所谓诗之"回味和余香","说理"也并不是全然"透明如玻璃球"。在社会改造与个体改造的思想、感知氛围中,诸如刘半农、陈独秀、傅斯年、沈玄庐、康白情、田汉的写作,不少都纵横开阖,有极强的伸缩性和包容性,聚焦于文化变革时期自我认知的扰动与重塑,内在参与了"20世纪"的精神赋形。

作为20世纪中国一项特殊的文化实践,新诗的历史展开已有百年。

---

① 这场争论发生于郭沫若与李初梨之间,参见程凯:《革命的张力——"大革命"前后新文学知识分子的历史处境与思想探求(1924—1930)》,北京大学出版社2014年版。

表面看,"百年"与"世纪",似乎是可以相互替换的概念,但如果稍作"过度阐释"的话,或许也可引申出两种不同的问题框架。"百年"可以理解为一种绵延的时间维度,对应于新诗史的线性展开。所谓传统与现代、格律与自由、诗体的解放与诗美的复归、先锋性与现代性等议题,也往往呈现在这一线性的维度中。相对而言,"世纪"可以更多理解为一种思想史、政治史视野,对应于"时代精神"的凝聚或消散,历史危机与转机的辩证转换。两种框架既有重叠,又有所不同。用"世纪"的眼光重新审视新诗的发生,梳理新诗与 20 世纪历史进程的复杂关联,以及在此过程新诗与现代中国人心灵的激荡,意义在于,能从传统与现代、格律与自由、保守与先锋的惯常争论中挣脱出来,并整合左翼革命诗歌、现代主义诗歌等不同脉络,如在山巅俯瞰一条大河的分岔、转向与曲折流向,构造出一种更具总体性的历史视野。当然,"温故"是为了"知新",在新诗百年之际,也是"新世纪"展开之际,构想"新诗"这一 20 世纪文化实践的前景,以及新诗向未来可能性"转徙"的时机,也就包含在既往视野的重构中。

本文发表于《中国文学批评》2019 年第 2 期

批评的现场和"纵深"

第三辑

有关胡子和他的诗的一些片段

一

回想起来,和胡子相识,大概是在 1994 年。那时我在隔壁的清华,隔三岔五来北大蹭课,搞一些文学小串联,一来二去,和五四文学社的他、冷霜、王来雨、周伟驰等朋友混熟了。那时大家好像还不太叫他"胡子",而是"小胡""小胡"地叫着,大概一来冷霜他们是师兄,二来他当时的体格确实也瘦小。这个瘦瘦的"小胡",早已是北大的风云人物,单薄的身体里似乎藏着无穷的能量,也像一个永不停歇的说话机器——任何话题到了他口里,都能说得活色生香、妙趣横生。

90 年代中期,以北大诗友为中心的《偏移》诗刊汇聚了北京、上海等地一批年龄相仿的写诗人,我也有幸参与。大家在写作上相互砥砺甚至竞技的那几年,意气风发又泥沙俱下,特别令人怀念。"小胡"自然是中心人物、灵魂人物。记得有一段,到了《偏移》要收稿的时候,会约定时间到他那里交稿。他拿到诗稿,会立刻阅读,边读边眉飞色舞地评点,读到好玩的地方,必会粗野地朗声大笑。大家都说胡子口才好,其实他的见识也好,异常敏锐,在各种玩笑和荤素段子之间,每每能一语中的,抓住问题的关键。2001 年,洪子诚老师在北大开设 90 年代诗歌的讨论课,一众诗友踊跃参加,事后又分头整理课堂录音,后来集成《在北大课堂读诗》一书出版。记得洪老师曾特别叮嘱,胡续冬的发言最重要,你们一定要认真对待、仔细整理。

为了反拨 80 年代高蹈、纯粹的诗风,90 年代的诗人一度以写"不纯"的诗为风尚,喜欢用"异质混成"的语言去搅拌现实。《偏移》同人受到感染，也有意推波助澜，纷纷进入写作的"加速期"。胡子的表现尤为突出，他身上一个街头"小混混"的反叛激情、一个超级"文青"博闻强识的能力，以及永远过剩的语言才华，得以在诗中尽情地化合。这是胡子个人风格强劲形成的时期，在有限的诗行中翻云覆雨，做大跨度的腾挪、转换，是他的拿手好戏。像《太太留客》《关关抓阄》等名作，吸纳方言、口语的活力，又充分施展戏谑模仿的手段，具有一种凶悍的社会写真性。至今读他早年的诗，似乎仍能一下子就回到90年代中国嘈杂热闹的现场：盗版光碟、缩水西装、污浊的录像厅、拥挤的中关村路口、尘土飞扬的城乡公路、四处出没的那些精光乍射的人物……当年大家秉持的写作观念、趣味是相近的，胡子才高气盛，文学性格无比挥洒，所以能将当代诗在某一方面的可能性推向极致。他的风格无人企及，今后也不太可能被复制。

后来胡子写自然、写旅行、写家庭，不少诗写得深情款款，但强劲的诗歌底色一直未变。2003 年，北大启动人事制度改革方案，推行鼓励竞争的末位淘汰。一时间，舆论滔滔，校内外争议不断。作为"青椒"的胡子一时奋起，出手写就《藏獒大学》一诗，用传说中"藏獒"的豢养方式，比拟学院晋升的体制：

> 把一百个讲师关进笼子里。
> 扔给他们臭袜子、住房公积金、被拐卖的
> 失足论文的脏器，让他们吼叫着，
> 互相撕咬。最后剩下的那个
> 将被从笼子里放出来，成为副教授。

这首诗写得大开大阖，异常泼辣，比拟虽过夸张，也很不雅正，却比当时很多文人学者的质疑和讨论都更具战斗精神。后来，北大的人事改革无果而终，胡子的这首诗却留了下来，也流传开来，似乎成为一则寓言，活灵活现写出十几年后学院更趋"内卷"的现实。

二

1999年，我到北大中文系读博士，和胡子是同一级，从同学到后来的同事，楼上楼下地住着，做了好几年的邻居。北大博士生的宿舍面积不大，仅供两人容身。胡子的宿舍像一个"黑窝点"，每日里都高朋满座，什么时候推门进去，都会看到床上地下坐满各路朋友，或懵懂的学弟学妹，在胡子主持下，天南地北地聊天，策划什么最新的文学活动。有时，还会围着他购买的二手586电脑，聚众看一些重口味的欧洲文艺片。和他做邻居的那几年，我常去串门，也多了不少让人"上头"的集体生活经验。

2000年春，胡子编定了他的第一本诗集《水边书》，因为物理空间上离我最近，就兴冲冲跑上楼来，托我给他写个序言一类的东西。结果，那一夜他在二楼酣睡，我在三楼熬夜写一篇读后感，试着用"癖性的发明"这个说法，来描述我在他近作中读到的新变。对于这个说法，胡子应该是认可的，后来他也谈过"自我的发明"问题，说自己早年的抱负就是通过写诗来发明更多的自我，葡语诗人佩索阿是榜样。他还用了一个比喻，来说明多重自我集于一身的神秘状态："就像孙悟空和无数个由他的毫毛变出来的孙悟空在想象力的云端集合一样。"这是一个典型的胡子式的比喻，叠床架屋，豪气冲天。他讲的是诗歌中的自我分身，其实，诗歌也只不过他身上一根毫毛而已。大致也是在2000年之后，这个孙悟空拔下更多毫毛，开始剧烈地分身，朋友口中的"小胡"变成了网络上的"胡子"。他先是开创北大在线新青年网站，后面又是开专栏，写随笔，在电视台做主持，身影翻跃于各种各样的云端，这也包括2003年远赴巴西讲学，日后在世界各地驻访、游历，逐渐拉开一个传奇的胡子时代。

好友冷霜在接受记者访问时，说到胡子身上"有这么多丰富的面向，其实是和我们一路走过来的这三十年有关系的"。我非常同意：胡子90年代初上北大，那时市场经济开始启动，社会开始有了大规模的流动，一切加速转型，雅俗土洋交错，让人兴奋不已、困惑不已，这都大大刺激了年轻诗人的写作胃口；2000年之后，互联网兴起，新的传媒产业、文化产业蒸蒸日上，像众多妖魔鬼怪从地下弹出，社会内部积蓄的能量有了更多释放的渠道。世纪初的中关村一带是最热闹的，各种IT精英、商务精英不得不和卖假证的、卖盗版光碟的走在同一条马路上、同一架天桥上。这都是胡子诗中的经典场景。他主持的新青年网站，办公地点在太平洋大厦的高层，也像悬在半空的聚义厅，广招着天下心怀梦想、意识活跃的青年豪杰。那是一个机会多多的时代，可以乱拔毫毛、不断分身的时代。胡子在巴西写过一首题为《写给那些在写诗的道路上消失的朋友》的诗，其中"闪电上金兰结义"一句被广为引用。他在诗中说想念因诗歌结义的兄弟们，大家如今散落人间，有的当官，有的从商，有的在为传媒业"苦苦地润滑"，有的"手持广告的钢鞭将财富抽插"。这首诗写得荒暴、感伤又豪迈，换个角度读，从政、从商、进传媒、做广告，当年文艺青年可以有这么多出路，足以让今天"躺平"的一代羡慕。

三

前面说到胡子诗歌的新变。伴随着不断的"分身"，他的诗风更为多样，过于旺盛的语言能力不再一味四处奔突，经适当的节制、转换，也开出了不同的路径，顽劣的、调皮的、抒情的、冥想的，一应俱全。有的诗十分神秘邈远，充溢了润泽的感性。他写过不少赠友人的诗，也有一首给我的《风之乳》，写三个男生起床后站到宿舍楼的风口，各自迎风的感受。这首诗就很神秘，包含了某种对照的结构，但我始终搞不清，到底和我有啥关系，难道我是那三个男生中的一个？我也曾当面问过，他嘿嘿一笑，并不作答。

可能和异域的漫游和另类的知识视野有关，他调动的语言资源也更丰富了。在方言、口语之外，时不时引入一种古文节奏，造成语风上的奇崛和跌宕；还故意使用一些偏僻的史地知识和典故，如自己也坦白过的，像大航海时代香料传播路径、内陆亚洲草原帝国的兴亡，乃至民国时代川军混战的史料。这些驳杂知识真真假假，会在诗中打开"感受力和认知力上的黑洞"。在这方面，《白猫脱脱迷失》就是一个代表。胡子爱猫，带着女儿喂养北大的流浪猫，最近几年成了他每日必修的课业。作为资深"猫奴"，他也写过不少与猫有关的诗。《白猫脱脱迷失》是其中最好的一首，起笔就不凡，写"公元568年，一个粟特人"在伊犁河畔，见到一只夜色中的白猫，看见"白猫身上有好几个世界/在安静地旋转"，一下子顿悟，"放弃了他的摩尼教信仰"。而"一千四百三十九年之后"，"我和妻子"在夜归途中也见到了一只白猫，也像一个前朝的世子穿越到了北大蔚秀园的池塘边，兀自"嗅着好几个世界的气息"，又"流水一样弃我们而去"。这首诗写得很阔大、很神奇，穿插了"萨珊王朝""西突厥""呼罗珊商队""怛逻斯的雪"等与中亚历史相关的词汇。不知道粟特人与白猫相遇的故事出自何种典籍，是否有其本事，或者根本就是胡子的杜撰。总之，夜色中游荡的白猫像一个转世的智者，让当下的北大校园与多重时空交叠在一起。诗的结尾尤为精彩：

> 我们认定它去了公元1382年
> 的白帐汗国，我们管它叫
> 脱脱迷失，它要连夜赶过去
> 征服钦察汗、治理俄罗斯。

这一段形式整饬，音节凝重，写得魔幻又有历史纵深感：白猫在时空中穿行，连接了欧亚大陆。"脱脱迷失"这个名字也起得好，让走失的白猫与一位蒙古大汗的形象合体。这首猫诗，堪称胡子一个时期的杰作。

四

2002年，我与胡子同时留校任教，他在外院世界文学研究所，我在中文系。胡子是天生的好老师，他爱热闹、重感情，不仅在课堂上传道授业，也在生活中真的与学生打成一片。我想这倒不是出于什么抽象的为师之道，更多是天性使然。胡子心目没有什么高低贵贱的等级之分，与不同人的碰撞、交流，乃至玩笑，是他生命乐趣的一个源泉。他的课堂也是北大校园文化的一道风景，他的诗歌课和电影课滋养过一代又一代爱好文艺的北大学子。

我虽没有亲身感受这些课堂的火爆，也有两三次请他到我这里客串。印象最深的是2006年冬，我主持"现代诗歌与文化"课程，每次请一位诗人或批评家来主讲。胡子讲的是北大诗歌，一开始就把气氛搞得热烈，哄堂大笑不断。讲到诗人马雁的时候，他读了一首马雁怀念马骅的诗（马骅2003年消失于澜沧江边），大概是《冬天的信》这一首：

> …………
> "明月出天山，苍茫云海间"，
> 这让人安详，有力气对着虚空
> 伸开手臂，你、我之间隔着
> 空漠漫长的冬天。我不在时，
> 你就劈柴、浇菜地，整理
> 一个月前的日记。你不在时，
> 我一遍一遍读纪德，指尖冰凉，
> 对着蒙了灰尘的书桌发呆。
> 那些陡峭的山在寒冷干燥的空气里
> 也像我们这样，平静而不痛苦吗？

读着读着，他突然哽咽，失声哭泣。（今天刘寅提醒，当时胡子是在朗诵饭饭的《我想念你的多种方式》时哭的，上面的回忆有误。不过，马雁的这首他好像也读了，也就将错就错了。）胡子就是这样，平日嬉皮笑脸不正经，不经意间又会突然动情，露出挚情的一面。8月26日在八宝山为胡子送行，见到了许多人，其中有多年未见的北大著名青年杨大过。如果看过胡子2011年演唱《国际歌》的视频，会注意到他身边有一个抱吉他的光头青年，那就是杨大过。如今，光头青年满面胡须，已是两个孩子的父亲。他说起第一次见到胡子，就是在2006年那次课上，胡子的落泪让他震惊又感动。2010年底，马雁在上海去世。如今，我们在这里为胡子送行，十几年中好像有个闭环在暗暗合拢。

五

最近这些年，因为住得远了，平时工作也忙，和胡子见面的机会不太多。但每年五六月间，必会参加胡子研究生的毕业答辩，十余年来，从未间断。自外院的新楼启用后，答辩都安排在巴西文化研究中心，也就是他最后倒下的那间办公室。这间长条状的屋子，有一点像个小型博物馆，墙上挂了很多巴西的照片和饰物。胡子每次必有好茶，甚至好烟款待，答辩师生围坐在桌边，说说笑笑，有点像亲朋好友的聚会。在指导学生论文方面，胡子非常用心，从选题，到材料和方法，再到应有的学术格局，特别强调作品的分析一定要结合重大的历史进程和现场感。参加胡子学生论文的答辩，也是每年我在外国文学、世界诗歌方面最"涨知识"的时刻。

在同辈人中，胡子是学术能力极高、眼光极好的一个，他后期不怎么愿意花精力炮制学院文章，但他的学术趣味、他的一些研究构想包含在指导过的一篇篇优秀的毕业论文中。吴飞在《胡续冬和我们的九十年代》中说，作为北大老师的胡子，"根本不像很多人那样，关心发表，关心职称，关心收入，关心房子。他心中想的，总是学生，是诗歌，是纯粹的北大生活"。这段话引起了很多人的共鸣，也包括为论文、职称和房子焦虑的同侪们的共鸣。借悼念胡子，他也说出了大家对该有的学院生活的共同期待。

六

最后一次见到胡子，是今年的8月10日。为了给来京小住的诗人杜绿绿饯行，西渡召集一班朋友在他家门口一聚，还有冷霜、文东、桃洲、伽蓝、西渡的公子陈一杭，格非老师也来了。胡子本来没有说要来，开宴时却不期而至，说和几个邻居组织了带娃"互助组"，今晚轮到他值班，不仅要带自己的娃，还有邻家的娃，责任重大，坐一小会儿就得走。后来绿绿感叹，胡子特意赶来，好像冥冥中就是为了和大家见上这最后一面。那天，他大概坐了十几分钟就离开了，神色有些倦怠，谈起南美疫情的恶化，还能感觉到他的忧虑。其实大家都是忧虑的，面对不确定的当下和更加不确定的将来，谁又不是呢？

胡子离开这一周多来，也说不上有多难过，更多是处在一种"蒙"的状态，不知该做些什么，也不知能做些什么。看到朋友陆续写了回忆或悼念的诗文，阅读这些文字，回想过往的点滴，能起到一点平复作用，人稍稍缓过神儿来，开始接受这个生命力最活跃、最健旺的人已不在人世的事实。大家说，胡子代表了北大曾经的一段历史、曾有的一种精神气息，他的离去意味开放多元社会期待一角的坍塌。确实是这样，胡子是当代诗歌的骄子，是北大诗歌文化、校园文化的一个标志，他云端翻飞的身影也凝聚了90年代以来中国社会的活力。他的离去，让同龄的朋友悲痛，同时也感到某些共同经历的东西已在浑然不觉中逝去，需要去回望，需要去整理。冯至先生在诗中不止一次写到，生命的猝然终止，会让某种精神形式、某种屹然不动的形体显现。当然，这不急的，还不急，要让逝去的过往凝定下来，结晶为可以检视的造型，也还需要一点时间，需要更深长一些的准备。

本文发表于2021年9月8日《中华读书报》

自我压缩之后再腾挪
——重读胡子诗歌的一个线索

胡子离开的这段时间,一直断断续续重读他的几本诗集。这些诗当然都是熟悉的,在不同的阶段,有的还曾反复研读过,但这次放在一起重新读过,还是有了一些新的感知,也包括对他的诗和他的人之间关系的理解。泉子兄嘱我写一篇短文,为了《诗建设》冬季的"胡子开卷",我就来整理一下这些新感知、新理解吧,从我们共同经历的"90年代"说起。在回忆过往的时候,我们都会有这样的时刻:较为切近的事,模糊一片,不知如何措手;那些更为久远的,或许因在视野中已被推远,反而更容易看清脉络和轮廓。

我和胡子相熟于90年代中期,那时大家在写诗这件事上都已经有过一段摸索的经验,也大致同步到了要自觉"转轨"的时候,这与90年代诗坛风向变动的刺激有相当大的关系。说起"90年代诗歌",这似乎已是一件油腻腻的往事,容易勾连起一系列有争议的联想,像过多的叙事、过度的反讽、过分的经验主义而导致细节肥大症等。但在我看来,90年代也许仍是当代诗颇具野心和活力,心境也相当蓬勃的一个时期。在胡子走后不久写的一篇悼念文章中,我约略谈了当时诗界风尚以及社会转型对年轻诗人感受力的影响,不妨自我引用一下:

> 90年代的诗人一度以写"不纯"的诗为风尚,喜欢用"异质混成"的语言去搅拌现实。《偏移》同人受到感染,也有意推波助澜,纷纷进入写作的"加速期"。胡子的表现尤为突出,他

> 身上一个街头"小混混"的反叛激情、一个超级"文青"博闻强识的能力,以及永远过剩的语言才华,得以在诗中尽情地化合。这是胡子个人风格强劲形成的时期,在有限的诗行中翻云覆雨,做大跨度的腾挪、转换,是他的拿手好戏。……至今读他早年的诗,似乎仍能一下子就回到90年代中国嘈杂热闹的现场:盗版光碟、缩水西装、污浊的录像厅、拥挤的中关村路口、尘土飞扬的城乡公路、四处出没的那些精光乍射的人物……

这里提到的《偏移》,是胡子及周边友人创办的诗刊,从90年代中期到21世纪初,聚集了北京、上海等地一批年龄相仿的作者。胡子带头鼓吹的"偏移"诗学,简单说,就是不再想学着前辈的模样,总惦记如何另立旗号、另起炉灶,稀里糊涂闹革命,而希望通过扎扎实实的写作,不断与当代诗"传统"建立起一种"修正"关系。回想起来,这一伙年轻人的心气儿很高,但大体上说,抢占诗坛"小板凳"的意识,或面向未来文学史的自我幻觉,并不是很强烈,"偏移"之说更多是基于对当时诗歌走向的信任,也借此表达想有所突破、更上一层的兴奋。

大家都知道,正如孙悟空可以拔下毫毛变出来许多分身,胡子是一个有多方面才能和兴趣的人。他灵活灿烂的舌头、活泼放肆的脑筋,及身体里无穷分泌的荷尔蒙和想象力,本可以让他从事很多不同凡响的事业——当然他后来果然也做了很多事——但在90年代初,这个书包里装着板砖、钢筋条、"大重九"香烟和外国小说的叛逆少年,为何选择诗歌这一"便携"文体,这其中必有原因。除了受北大诗歌传统的感召外,我想一定程度上也是因为90年代诗歌对于语言的开放性理解,极大满足了他与更多不规则繁杂事物、更多喧嚣人类打交道的欲望。那些故意写的不洁、不纯的诗歌,就像一根根油污的管道,可以让叛逆少年的躁动身心与周遭时代生活的轰鸣相接通。而且,对于胡子来说,这条管道的上游淤积了太多的能量、太多的好奇心和对世界的想象,有了这样的势能,管道的另一端才泥沙俱下,有如此强劲的喷射。

在一篇"代跋"中,胡子曾谈到自己的写作抱负,就是"通过书写互不通约的诗歌发明出无限多的自我,以使被特定的时空所束缚的自我获得诡谲的复数性"。这个说法可能太过少年气,他后面又改为相对低调的"自我的腾挪",并认真交代了自己的"腾挪术":不同经验类型之间的短路、方言和古文节奏的调配,以及另类的知识视野的打开等。"自我的腾挪"这个说法,估计以后会广为流布,乃至成为胡子诗歌的一个标签。然而,胡子还有另一种自我阐述。在2011年发表的《我与世界文学:从街头到案头》中,他讲述自己从一个街头"小混混"、一个低端文艺青年成长为一位诗人的历史,并交代了写诗和小说阅读的关系:

> 我此前吸收的那些现代主义/先锋派的小说阅读经验都能以压缩、挪置、漂移、变形的方式转换到现代诗歌所要求的"意识最大化"之中,对我个人而言,当我写了将近十年的诗之后,我越来越觉得,我完全可以用一首二十行左右的诗处理一篇小说所要裹挟的经验和形式强度,因为小说的视角、章法、叙事快感某种程度上已经内置在我的诗歌语言中了。

我觉得在这段话中,胡子亮出了写诗的底牌:"腾挪"的前提是一种"压缩",即将上游淤积的能量,将自己多方面的才能,也是将一篇小说才有的"经验和形式强度"压缩、转置于有限的诗行之中。这次重读,我注意到在他早期的诗作常会聚焦于某一特定场景(如《宿舍一角》《在臧棣的课上》《校园故事》《中关村》),或某一特定的人物(如《为一个河南民工而作的忏悔书》《晓春》《一个初中同学的死》《柱子到北大刷广告》)。在这些诗中,"叙事"冲动确实碾压了抒情及其他。比如,写场景时,胡子会从不同的角度出发,调动各种感官,将所有角落或事件的全过程填满,而且始终兴致勃勃,毫不懈怠;写人物时,他也会抓取典型的神态、怪癖和口吻,惟妙惟肖地刻画,读这些诗,仿佛在读用一部部诗体的"异人传"。

说胡子以"叙事"见长,和说他以"方言写作"见长、以"语言的狂欢"见长一样,都是一种简化,甚至是一种贬低。特别是,"叙事性"代表的繁琐美学,已成为90年代诗歌的"陋习"之一,为当下的年轻诗人所避之不及。事实上,这种印象并不一定准确,至少并不完整,在最有活力的时刻,"叙事性"的引入更类似一种打开,让叙述、抒情、歌唱、思辨,包括插科打诨等不同的频道,可以在一首诗中混响共鸣。具体到胡子这里,他是一个说故事、讲笑话的天才,任何一件事到了他的口里,都会添油加醋,说得活色生香。他早期的诗也是这样,与其说在"叙事",不如说是在"说书"。当代诗中的"叙事性"写作,往往暗含了一种旁观者、反思者的位置,后来某一类"叙事"渐渐沉闷,成了套路,也和这一旁观位置的固化有关。胡子这个"说书人"却从不置身事外,他始终在局中,眉飞色舞、口若悬河做现场直播。不过瘾时,还会亲自模仿、扮演不同的角色。胡子人格中有表演的成分,模仿形形色色的人物是他诗中"叙事快感"的一个源泉。他的名作《太太留客》,除了用四川土白写出,还采用了"戏剧独白"这一诗体。闻一多、徐志摩等新月诗人,为了突破"抒情"的限制,早就尝试过这一诗体,以求从特定人物的视角去构造经验。在上面提到的"异人传"系列中,胡子塑造人物的方式之一就是自我分身,干脆在语言中变成那个人:

> 蒋浩的大胡子颤巍巍地伸过来。
> "写诗了没得?"——一只老耗子
> 钻进了大象鼻孔一样的羞。
> "锤子。你写了没得?"
> ——《诗歌的债》

颤巍巍的四川口音,憨笑又挠头的模样,熟悉诗人蒋浩(浩子/耗子)的朋友,读到这一段,肯定都会感觉活灵活现。有年轻诗人在分析同代人写作时曾说:"他的诗全都是展示(showing)而几乎没有讲述(telling)。"这是一种很有意思的说法。借用一下,胡子给出的可能是"全活儿",除了 showing、telling,更有 performing 或 playing(表演)。他和世界的关系绝不是旁观的、反思的、疏离的,而是你中有我、我中有你,充满了表演性、可交际性。我觉得,这是他提供的一种极为特殊的诗歌方式。由此,诗人不是与人群相离、相异的那一个,而是能时刻与众人同欢,与万物共情。

"偏移"时代的写作,塑造了胡子诗歌的强劲底色,由于"严重剥削了普遍诗意",这种风格也可能会招来一些争议。朋友们都注意到,大概 2000 年之后,胡子进入了自我"偏移"的时代。西渡比较重视 2002 年的《蜗牛》,认为胡子的另一种天才在诗中得以展现,我则认为 2000 年的《水边书》已预示了变化。简言之,他的写作似乎主动卸下烦冗累赘的社会写实,复归一些更为基本的文学主题,如自然、幻想、人对世界丰富的感性关照,这反倒带来了风格的灵活多样。他后来写旅行、写家庭、写恋情、写各种小动物,都在这一变化的延长线上。相应地,他也会删削一些修辞的枝蔓,甚至有意约束想象力的腾挪,让诗风在依旧饱满的同时,也能更舒展、从容。像《水边书》一首就写得曼妙清朗,意象虽然一如既往地繁密,但已如山溪一样奔流,某种生命或记忆的能量由此"夺目而出",汩汩涌现。在技艺更成熟的时期,相对于在一个句子中埋下多个"爆点",他更多借助一种内在的结构力量,拉长阅读的期待,先让叙事的能量不断聚集,而后突然反转,或敞开更大的视野,或揭示更深的情感。比如,我自己非常偏爱的《回乡偶书》,以一个回乡客的口吻,活用方言,密匝匝写出重庆的市井风情:

  ……坡坡坎坎多得
  让我的洗脚杆也伟岸了起来,
  新盖的高楼完全是本地哥特,
  像玉皇大帝在乌云里包的二奶
  把穿着丝袜的玉腿从天上
  伸到了地下。……

  洗头的妹儿多含一口鸭儿,就为
  乡下的娃儿多挣了一口饭。

前一段,方言和普通话的穿插,对应了土洋杂合、浮嚣妖冶的地方风格;下一段,川音泛起的儿化涟漪,颇具喜感,又夹杂伤痛。这首诗的结尾最值得称道,胡子写到自己搭了一辆摩托在江北奔驰,江水凶猛"拍打着我的身世","另一个我的一生"不经意出现:

>……如果当年
>我老汉没有当兵离开这里,
>我肯定会是一个摩托仔儿,
>叼着老山城,决着交警,每天都
>活在火爆而辛酸的公路片里。

好像一辆摩托突然刹住,时光定格为一帧公路片的画面,某种更为整体、更为宏阔的时代感受在这一刻仿佛持续回荡开来(就是俗称"绕梁三日"吧),读者也仿佛被带到那条公路上,与那个回乡客一道,蓦然呆立,甚至可以闻到公路上腾起的烟尘。

用胡子形容臧棣的话,2000 年之后的他也从 90 年代诗歌"意识最大化"的风尚中"金蝉脱壳"了。然而,"压缩/腾挪"的手段,或者说将"小说的视角、章法、叙事快感"压缩在"二十行内"的抱负,其实一直延续下来。这表现在,他的写作上天入地,常在不同经验、语体之间做大跨度跳跃。但他从不乱来,想象力展开会依托于叙事的线索,飞旋又缜密,即便是写一首空灵的诗,也很少留白,很少跳脱,诗行内部被经验填满。我想,这种密实的美学源于感受力的充沛,同时,也是一个写作者的自信和笃定的表现。

另外,胡子还有两个看家本领,屡试不爽:其一,前面谈到,他与世界的关系具有一种表演性,其实还有很强的身体性、爱欲感。在他笔下,那些"胸毛横生的诗句"始终在怒放着,在勃起着,一会儿袭胸,一会儿摸臀,不断冲击身体与社会、自然的界限。像写夏天的"光棍们",他会说一个闷雷劈下来,会有"一地的胸毛和喉结/从光棍汉们透明的身体里滚落出来/毛茸茸、硬邦邦,羞得母蚊子们的/消化系统迅速红肿"(《光棍汉的夏天》);写巴西的大妈,他会这样形容:"胸前两团巴西、臀后一片南美、满肚子的啤酒/像大西洋一样汹涌的安娜·保拉大妈也写诗。"(《安娜·保拉大妈也写诗》)即便是"小清新"的主题,写早晨的降雪,也还是无限性感:"就算是一片雪/也长得有清新的鸡鸡/无数雪片的晨勃/顶起了一个白嫩的晨曦。"(《雪朝》)这样的写法,似乎很是色情、

"黄暴"，实际上天真烂漫。胡子似乎觉得只有用身体去想象万物、去和万物搅拌，才能表达热烈的感官和爱欲。

进一步引申的话，这样的"身体"写作暗中勾连了一种具有泛神论色彩的写作观念，即：一首诗不仅可以容纳，同时也可以让万物绽开，进入一种至高的狂喜。

其二，胡子喜欢和人打交道，不同的圈层、不同的行当都遍布了他的朋友，他像一个"结点"那样，也让很多不相识的人连接在一起。读他的诗，你也会感觉很热闹，感觉有很多人在诗中出没、聚会、弹唱、说笑。在胡子的字典里，恐怕永远不会有"社恐"两个字，把他放在任何陌生的环境中，他都能很快适应，而且很快就呼朋引伴，成为人堆里最引人瞩目的那一个。我读他在巴西写的一系列诗，觉得很有趣，刚开始的一两首，还不免有"独在异乡为异客"的落寞，感叹"巴西也不是巴蜀以西"。可不多久，这些诗就热闹了起来，人声鼎沸了起来，不断出现了他的室友、邻居，出现了形象色色的"异人"：同居室友的鲁文、卡洛斯，隔壁的保罗，傻子达吉尼奥，店主佛朗西斯卡，安娜·保拉大妈……显然，胡子喜欢将他生活的场域、他的"朋友圈"搬迁到诗中。"诗可以群"这个古老的功能，在他这里不仅复活了，还成了他写作的内在驱力。

当然，胡子也会写孤独，特别是后期写异域生活和旅行经验的诗中，常会出现一个孤独男人的形象：这个男人看云，看鸟，看海……这样的感觉，不小心就会落入现代文艺"看风景"的格式。然而，胡子不会，因为云朵、海鸟、海浪都不会是静观的对象，胡子会把它们看作另一重自我或一群哥们儿，不仅要观察它们，还会进行积极社交，和它们打成一片，甚至和这些新哥们儿开玩笑，给它们起外号。2014年参加鹿特丹诗歌节后所作的《里的凯尔特》，写"我"作为一个背包客，因错过了一班船，在一处"孤零零的小码头／万般坐不住"，有朵云也刚好飘来，看到了岸边荒草中的"我"。注意，这里不仅我在看"云"，云也在看"我"：

> 我们互相打了个招呼，
> 它的云语言元音聚合不定
> 很难沟通。它伸出

> 飘忽的云手，试图递给我
> 一根云烟，我表示婉拒
> 因为我只抽黄鹤楼。

这大概是胡子才会有的写法。"云"和"我"都是异乡的旅人，偶然相遇，虽然递来的"云烟"被"婉拒"，但这恰恰是一种交流，包含了烟友或老炮儿之间才有的默契。随后，"云"和"我"各自登程，"云"随风去了鹿特丹，"我则去了相反的方向"：

> 一个风车排列成行、
> 像我女儿一样水灵的村庄。

这首诗开阔、洒脱而温厚，虽然是在写"孤独"，这孤独却有了一种可能性、一种生产性，让人能更好地敞开自我，去拥抱与世界存在多种关系之可能。

在当代诗的自我想象中，佩索阿说过的"多重自我"似乎经常被人引述，以表达一种自觉的变化意识、一种凸显差异的先锋意识。可问题是，在时代感受日趋"内卷"、板结的状况中，"多重自我"说说容易，实际带来的恰恰可能是自我的模糊、涣散、缠绕，乃至平庸。在当代诗的写作中，乏味的"多重自我"并不鲜见。胡子也谈"自我的腾挪"，前提是他有一个极为充沛、热烈和多层次的自我，这个"自我"与广大的世界和人群相关，对万物充满了爱欲和热情，由此才能因"自我压缩"而"腾挪"，而在云端深情邈远、变化无穷。这就像孙悟空的毫毛和万千分身还是基于那个石头里蹦出的强大本尊，在各种后现代文艺观念被随意妄说的年代，这个前提尤其不能忽略。

本文发表于《诗建设》2022 年第 1 卷

"漂浮"与"锚定"
——凌越诗集阅读小记

诗集《漂浮的地址》的封底印有诗人宋琳、陈东东的推介语。其中，陈东东一条是这么写的："戏剧化直截了当的抒情力量，推演面具假想至面容的真切，造就了凌越这部诗集的不同凡响、感撼人心。"这段话写得恰切，我觉着"直截了当"四个字用得最好，即使前面的"戏剧化"才是评价的重点。我和凌越年龄差不多，这一代人的写作，大多开始于20世纪90年代的氛围中，采用大跨度的经验腾挪，在重叠的修辞褶皱中掩藏自我，或者构造不确定、暧昧的反讽性自我，是当时常见的写作风尚。换句话说，"戏剧化"或许是一种常态，"直截了当的抒情"反而稀见。在周遭一片的"弯弯绕"中，凌越以一个"大嗓门"形象露面，"直截了当"声称自己：

> 我生来就是大嗓门，
> 我叫嚷着从母腹里冲出，
> 我大大咧咧地来到这个世界，
> 既不骄傲，也不羞愧。
> 我有健壮的四肢、脚踝、锁骨和膝盖，
> 因此，我也有清醒的头脑，明净的前额
>   和洪亮的声音。
>
>   ——《我生来就是大嗓门》

上面这首诗,应该是凌越早期的代表作,提供了一幅诗人的自画像:大嗓门、大脚趾、大身量,身体灌满暴风雨和荷尔蒙,在大地上横冲直撞,可以吞吐城市和垃圾,也可以与万物共鸣。在新文化塑形的"黎明期",或社会剧变的革命年代,常会出现类似大号"直男"式的抒情者,用大开大阖的预言或魔咒,唤出风雨中涌动的"时代精神"。凌越的大嗓门、大音量,就是从惠特曼、马雅科夫斯基等诗歌巨人那里借来的。可问题是,倘若缺乏巨人的思想力作为支撑,或者面对"末世的颓靡和伦理的残局",所谓"时代精神"本身很贫瘠,呼号也容易流于一种放任,在语言和伦理秩序中横冲直撞、自我夸饰一番之后,并不能真的留下什么。凌越的独特性可能就在这儿。他声称自己是莽撞的、大大咧咧的,可不要忽略自画像的另一面:"我也有清醒的头脑,明净的前额。"这个大号的抒情"直男",其实同时也是一个高度自控的理性主体,头脑清醒,面目清朗,甚至风度优雅。两种不同气质、力量的结合,造就了凌越的轮廓。这也是我当年初次阅读,感觉讶异又有些好奇的地方。

体现在修辞上,凌越的笔锋饱蘸激情,时而还会采用铺排、澎湃的句式,但从不失控以至流泻,大都写得扎扎实实,激情的文字被套上"辔头",而且还能时刻给出态度:

> 脖颈里的针刺痛你——多有力!
> 暴力簇拥你——多亲热!
> ——《我被梦魇推下枕头》

能给出态度的诗歌,是敢于判断的诗歌。在这个意义上,说凌越的诗"直截了当",并不是说他的表达毫无遮拦,而是说,他的写作包含了一种心智上的明朗、决断。比如,用第一行诗做全诗的标题,是凌越一贯的做法,如《我终日躺在弹簧外露的旧沙发上》《大海,我的避难所》《钢轨在月光下闪闪发光》。这样一来,他的多数诗可以说是"无题"的,而这恰恰意味着写者的一种自信:无须事先声明,可以直接出牌。这次重读他的诗,我还注意到凌越多用整句,即:一行诗就是一个句子,或至少是一次完整的表达,很少用现代诗中多见的跨行、断句方式。后者能带来一种在粘连、延宕中不断转折的效果,在所谓智性写作中十分常见。凌越好像不喜欢这样,不能容忍"诗句的拖沓",他喜欢在一行之内就把活儿干完,让句子和句子衔接,像在拉拽一条缆绳。

2015年秋,凌越和其他几位广东诗人一同造访北大。午餐后,我和他一起在校园里走路,还记得他当时背着双肩包,步履稳健的样子。不知何故,在黄叶纷飞的北大校园里,感觉他比周围的事物都高出了半头,而这并不完全因为身材的高大。在接下来进行的研讨中,我负责谈他的诗,拉杂说到凌越在广州的生活,他长年执教的课堂,也包括他拥有的不止一处的住房。说着说着,竟脱口而出:凌越的诗,是一个典型的有房产者的诗。回想起来,这个说法很是突兀,上下文的语境也记不清了,但肯定不是要进行什么流俗的文学社会分析,应该是取"有恒产者有恒心"之意。前面的讨论中,好像有评论者提到另外一位诗人,写作中伴随了一种离家在外、居无定所的不确定感。凌越的诗中没有这样的不确定感,也没有太多先锋文艺的波希米亚习气,即便横冲直撞,也有某种稳健的思想骨骼和价值立场,嵌在某种现代城市文化应该有的理性结构中,"有房产"只是一种位置的隐喻。我想,凌越肯定不会接受这个半开玩笑的说法,新诗集的标题"漂浮的地址"不就是反驳?然而,"抽掉日常生活连贯的脊骨"之后,还有"天空降落变成岩石"。读凌越的诗,就是这样,一方面能感到"漂浮"带来的对日常生活的抽离,另一方面,"漂浮"又不导致游离,而是时刻伴随了一种沉降感,甚至是朝向某一位置的锚定努力:"事物之锚向最沉静的心沉淀。"(《写下一行字》)

在一些宏大紧张的作品中,"锚定"的感觉是垂直性的,表现为对至高他者的吁求、呼告,以及反向的临渊俯瞰,像《我在寻找那唯一的听者》《巨大的不对称的激情虏获我》。垂直、不对称的巨大紧张,能"赋予我的声音形状、热度和情感",让微不足道的生命有了"大嚼窝窝头的激情"。这也包括更为晚近的《大地千疮百孔》,声称"我不是城市之神,/我只是亿万普通市民中的一员",其实是"不打自招"!这首轰鸣的微型城市史诗,就是采用"城市之神"的视角,只不过将凌空的俯瞰转化为对城市街巷和各色人物的俯就、变身。当然,在更多的时候,位置的"锚定"发生在写作、艺术与外部世界的关系中:

> 当我"创作",画笔朝向虚空,
> 而身体仍旧滞留在笨重的"生活"里。
>
> 如何获得一种结实的轻盈,
> 以便在这偶然造访的皖南村落里
> 将过去串联成完整的人生?
> ——《我的画架》

在诗中,一位"年轻的艺术家"在皖南村落支起了他的画架,这个"画架"无疑也内置于诗人的写作中。辨析艺术和生活、"词"与"物"的关系,是凌越常会写到的话题。因而,他的一些诗也会沾染所谓"元诗"的色彩。

老实说,平日读当代诗,读到"元诗"一类段落,总会有些担心。大概和张枣的影响有关,这样的写法在年轻作者中已泛滥很久,甚至"内卷"。另外,从"词"的本体立场出发,不小心还会落入艺术与现实、经验与超验的对峙中。这样的二元结构如果总是强调、重申,难免流于感伤,很多犀利、美妙的诗歌感觉都曾这么被回收了进去。好在,凌越的写作即便隐含了二元论,但正如"漂浮"并非游离,"锚定"也并非"安定",并不是指向某一舒适、可以自我合理化的位置。即便沉浸在语言的本体感觉中,总还有一部分身体"滞留"、挣扎在生活"笨重"的阴影里。他的写法也总是吃着劲儿的,不恍惚,有力道,如:"勒紧文字的缰绳""时光的驭手,握紧闪电的句法""写字的笔正被套上呼喊的辔头""当你在说,在写,/词语的缆绳将你脱离深水区""我奋力甩掷语言的抓钩"……还有写得更精准、更微妙的:

> 我走进去——黑暗中——
> 词语的纤维断裂,毕剥作响。
> ——《我不熟悉黑夜》

当代诗人的语言本体意识的一种表现，是倾向于"解纽"词与物的关系，用"词"来吞噬、扬弃"物"的实在性。由此生成的技艺，以自由腾挪、自由延宕为理想，向罗兰·巴特式的"文之悦"不断致敬。凌越的语言观，依照《我的诗行如何寻获明亮的方向》中的表述，似乎偏向"契约型"："仍然信任一只语言的鸽子"，前提是"它不会违背和大地的约定"。有了语言鸽子和大地实存之间的"契约"，就不难理解，他对语言和写作的想象，总是联系了一种手的力量、一种工具的实感、一种建立关联的信念，如"缰绳""缆绳""三角尺""锤头""卡槽"一类。词与物、词与我、我与物之间，都是"硬碰硬、实打实"的驾驭、校正、嵌入、辩驳、均势……这也意味着，从"词"的漂浮出发，是要松动现实的庸常逻辑，但另一种生活的实在性、自我的确定性仍是不可让渡，恰恰需要通过"写"来重新辨认、重新争取。

这一点在《你真是个怪物》《冗长的独白已近尾声》这两首"近作"中，表达得格外鲜明。这两首诗都有"推演面具假想至面容的真切"的特点，化身为文学史中的作家来说话。前一首的原型，大概是福楼拜：

> 而对于我，美就是道德——
> 我想为每个词找到唯一的卡槽，通向实存。

"美就是道德"="美即善"还是"美即真"？关键是第二行中基于电脑主板的视觉想象，"词"要插入、卡入"实存"之中。后一首布置了莎士比亚式的戏剧场景，两位诗友（或是自我的分身）拾级而上，登上城堡的顶楼，其中一个已经疲倦：

> 那就前往我们的朋友惠特曼的山间小屋，
> 在他的呼噜声里休憩。
> 剩下的让我来——以坦率的话语锻造筋骨。

最后这句，我读着颇有感触，由"以坦率的话语锻造筋骨"联想到20世纪20年代闻一多、饶孟侃等《诗镌》同人的实践。在后来的文学史上，他们被归为"格律"一派，努力于新诗形式的创制。事实上，闻一多等关注"格律"，针对的不只是白话诗形式的散漫，更是针对文艺青年的感伤习气，针对写作者涣散、软弱、流于一般俗套的主体状态。有年轻学者在最近的解读中，就将闻一多等人的"格律"与中国传统文论中"气骨""骨骼""气节"等概念进行对读，提出诗之格律不仅仅是音节、韵律层面的问题，也包含了对一种充实、强劲文化人格的期待。如果联系闻一多所说"(诗)应该有点骨格，这骨格便是人类生活的经验，便是作者所谓'境遇'"，或许可以说，无论形式之"格律"还是历史之"境遇"，对于闻一多来说，都可以构成写作主体得以锤炼、扩充的场域，也是突破平庸进行"创格"的关键。闻一多本人的写作，就是将内心的火气凝聚于整饬的诗行，"格律"由此成为一种压缩和分配激情的方式。这不正是凌越在诗中写到的状态？

> 你知道，激情都是催命鬼，
> 像搓一根麻绳，将它搓细，
> 然后分散在每个字句的掂量中。

抱歉，本是福楼拜，却说到闻一多，有点扯远了。"以坦率的话语锻造筋骨"一句，在我读来，仿佛某种历史的回响：诗人在"词语"中工作，要卡住"实存"，扼住它的咽喉，这一过程也在反向锻造、锚定着他的气骨、人格。比如，下面这两行诗就很有"筋骨"：

> 我鞭笞奴役者的残暴，
> 我也唾弃火的单调的正义。
> ——《天空深处没有波澜》

两行"坦率的话语"，写得"直截了当"，却又内含层次，有一种反转的力度：要"鞭笞"残暴，也要唾弃"单调的正义"，或者说"单调的正义"只是一种现成的正义、不能反观自身的正义，它甚至会和残暴同构。正义的理解，需要更复杂、更超拔的洞察。

当然，上面谈的只是凌越写作的一个面向，他的风格很是多样，"大嗓门"之外，也有不少音势较低、平视生活、感受绵长的作品。像以双行或三行为一节的诗体，就如一个更为灵活、小巧的"画架"，能自由转出"一种结实的轻盈"。读到《漂浮的地址》的后半部分，我还感觉到，一种怀旧的情绪在逐渐弥散。这很正常，"大嗓门"少年已步入略感时艰的中年，自然会常常回顾，更多感知生活滞重也慈悲的一面：

> 从墨黑的苏州河边的小餐厅出来：
> 记忆胡乱挑中的瞬间的亮斑。
> ——《梦的投石器砸中的人》

如印象派画家的点彩技法，凌越也用"墨黑""胡乱""瞬间""亮斑"等词汇的调配，写出了凌乱感觉中的记忆焦点。尤其是"瞬间的亮斑"，与诗末"夏日愈发繁茂的法国梧桐激起了怜悯"一行，形成呼应：繁密枝叶透出的光亮，似乎就是对于过往岁月一次瞬间的宽容、领悟。

由怀旧带来的画面、细节和层次感，也渗透在一些旅行诗、纪游诗中。2019年前后，凌越好像到英国走了一遭，《百老汇塔》《肃穆的教堂尖顶掌管天空》《去罗素故居》《佩恩斯威克》等一批诗作，记录参访当地名胜、文人故居的观感。读后的感觉是，诗人游历的好像不是当下的英伦，而是一个逝去了的世界，一个曾经热烈而今静卧在草丛和废园中的世界。比如《去罗素故居》这一首，就在安静的中产街区和历史联想中穿插，动静的交替带来一种时间的深邃：

> 粗大的橡树朽木被百年前的闪电击中，
> 躺在草丛中，从没挪窝。

我喜欢"从没挪窝"这个表达，包括最后的感叹："我们都是中年得子／孩子将我们的视线拉向地面。"诗人对着虚空里的罗素说话，也是对着中年的自己说话，甚至有了点"他乡遇故知"的喜剧感。在拉低的视线中，前面写到孩子的嬉戏、草地的休憩、情侣的争吵，都像恒常大地上循环的烟尘，卑微又真切。诗集中最后一首《题一帧照片》作于2020年，并非旅行之作，却也有着同样的效果：几个青年男女在哈德逊河沿上相聚，这一日是二十多年前的9月11日。九月的蓝天深邃，作为照片的背景，对岸金融区的楼宇升起一股浓烟，这打断了青年的交流：

> 当飞机撞向塔楼时，
> 五位青年也曾站起，手搭凉棚
> 朝曼哈顿方向张望。
> 现在他们安静下来，继续刚才有趣的话题。

将一切放在时间中去感知，当作一种废弃物去审视，这或许是凌越支起的又一"画架"：日常散漫的生活景象，虽然置于画幅的中央、前景，但当巨大的变故被拉远为一种背景，这样的构图衬出历史的纵深、迫切与不可名状。

最后，要谈谈"面具化"了。宋琳和陈东东两位的推介语，都提到这一点，像宋琳所说，为了避开自我的"魔障"，"他不时更换着词语面具"，"以便成为更多事物的替身"。化身为历史或文学中的人物，去书写不同的情感和经验世界，这是凌越极其重要、引人瞩目的一种诗歌方式，像《大海，我的避难所》《你真是个怪物》《我终日躺在弹簧外露的旧沙发上》《我是音乐沙龙里正襟危坐的贵妇》《铁轨在月光下闪着寒光》等，都是这个写法。这批诗作有一种小说才有的照亮细节的强度，特别能体现将激情"搓细"，"分散在每个字句的掂量中"的匠心。我在微信中也向凌越求证，得知"面具化"写法在《尘世之歌》中早已开始，且来源众多，文学人物和市井人物驳杂，读者是否能辨认"原型"并不紧要。写诗之外，凌越还是资深的书评人、文化评论家，阅读视野原本开阔，对作家生活的体悟尤其深切，用阅读经验来扩张感知的疆域，自然可以成为写作的强大引擎。因为截稿时间已到，这个本来重要的脉络，留待以后有机会再谈吧。对于宋琳所说的"避开自我的'魔障'"，倒是可以再做一点延伸。

有关"非个性化""多重自我"的讨论，是现代诗学的经典议题，也已辗转流布为套话。显然，避开自我的"魔障"并非要消灭了"自我"，而是自我的觉醒和进一步壮大。借"漂浮的地址"扩展经验，又用词语的抓钩嵌入历史的风暴，重新去强力想象、"锚定"自我，由此抵拒"诗句的拖沓"（也就是生活的拖沓和精神的涣散），我觉得，这是凌越诗中不可多得的一种品质。

本文发表于《诗收获》2022年"春之卷"

"羞耻"之后又该如何"实务"

——读余旸《还乡》及近作

一

多年前就计划着为余旸的诗写一点什么,但这个想法一直没能兑现,个人忙乱的托词之外,一个原因或许是,自己始终没有想好该采用怎样的言说方式。表面看,余旸用强力写作,诗行野草一样恣肆疯长,但其内部的"管线布置"实际相当缜密:既有火疖子一样瘙痒的个人隐疾作为情感主线,还有不断扩张且"内卷"的社会视野,形成构图之总略。依了当代批评的惯性,贸然去读解,担心误会了他的创造力和雄心。

为甩脱20世纪的历史沉疴,当代诗的主流观念倾向于信赖轻逸语风之中的偶然性。借用钟鸣对张枣的评价,为了在母语的"笼子"里不致僵毙,写作者不得不"病态地跳来跳去",分衍、折射、变形,寄希望于奥尔弗斯式的神话,以求"我们的突围便是无尽的转化"。这种颓废的即兴美学,诗人和读者大多喜闻乐见,顺带助长了人格上普遍的随性、不稳健。余旸写过长文辨析钟鸣的张枣论,清楚其中的困境。他自己写诗作文,走的则是一条相反的路,一开始就与各类"妙悟""奇境"诗学无涉。诗集《还乡》用了近十年时间写出,用思过深,用力过猛,在任何轻巧的环节上,似乎都不得其法,也因"选址明确"而兀立于渴望成为"同时代人"的同代人之间。

"选址明确"意味着他要自觉进入一个"狭窄的有限领域"。在诗集后记里,余旸也声称要掐灭所有缠绕的电线,不理睬头上的"诗歌鸟儿",全力对付自己身体里无法排除的乡村毒素:

考上大学后的生活是一个主动或被动遗忘的过程，可无论是后来与之撕扯不断的生活，还是为我的自我感受寻找切实的判断基石的，仍然是那个脏兮兮的、又小又破的村庄。所以它还是来了。其实一直就在我的身边，生活里或梦中闪烁。

一旦它来了，它就以其血淋淋、轰隆隆的声音开进了我的眼睛、耳朵、皮肤里；它也在翻搅我的肠胃，拉拽我的神经；它迫使我去看、去想，某些时候为之失眠，在我力图割断与它的脐带尽力融进城市节奏，诗歌的写作也试图朝向高贵的时候。但它的血淋淋、轰隆隆，其实是以溃散的面目出现的，有些嘈杂、混乱、喧闹，又不失荒诞、野蛮，甚至滑稽，掺杂着人体内野兽的咆哮，而孩子长长的啼哭与猪抢食的声音也不时突出来。有时候那一片板结郁积的旷野也以骇人的沉默堵在眼前。而我的生活、感情也与那片混杂的土地越来越血肉相连、筋骨拉扯。

——《还乡·后记》

我自己没有乡村生活的经验，没资格评价他书写的现实，但出于关联的兴趣，也胡乱读过一些乡土变迁之类的报告和学术，知道"三农"学术以及"三农"文学早已汹涌成潮，包括近两年春节过后，总会有好事的作者在拉杂回乡记中穿插乡愁与批判，凑合出一代新市民阅读的热点。余旸的写作其来有自，却从未刻意，与潮流无关。对于当代隆隆作响的乡村学说，他下过功夫，对资本下乡、土地流转、阶层分利与分化、组织溃败与身心枯窘等等，都有自己的认识骨干。只不过，借引述当代学人的论述，他向往过古人"成己成物"的境界，知道以自我为媒介，才能打通人我、历史、世界之间生机贯通的命脉。因而，他语言中执拗的不平之气、求真意志，不仅针对了"飞来飞去"的诗歌神话，对于宏观构架却不能体贴入微，悲情满溢却抽空实感，在导师、同侪与弟子之间循环扩张的当代论说，也保持了基本愤慨——"多恐怖啊，峨冠导师们彻夜敲打键盘、争吵、规划"。结果，读过的学术没能治愈城乡撕扯形成的创伤，反而强化了他的怨怒，他选择的方式是，干脆如怨鬼般纠缠，将身体当作基础的"作业面"。

在最近二十年的文化"场域"中,涉及身体书写的议题,总会牵扯到若干流俗的文化政治,给人以不三不四又"嘎巴嘎巴"作响之感。余旸并没有回避的打算,他专门写了长诗《身体》,将头脚的烧灼、肿痛、各类炎症,将裤裆里的污秽和激动,当作严肃的社会性领域,诉说一个乡村少年的成长史,以及父老兄妹"共同的窘境"。这首诗标明"献给德·索托,秘鲁的经济学家",但往复的咏叹节奏,如"田野、河流抚摩着我们""座座陈旧的村庄控制着我们的身体,诉说着暴政的甜蜜""而岁月啊让我们温暖",却回荡着诗人穆旦40年代的口吻。1948年,穆旦写过《我歌颂肉体》,将肉体看作"不肯定中肯定"的岩石,看作抵抗现代知识规划、精神暴政的唯一阵地,甚至是从黑暗里刹那间站出的上帝。余旸没有这样的神秘主义,但身体对他而言,也是一个无法让渡的"作业面",他的语言就盘曲在这个"作业面"上,流着油汗,时时瘙痒又疼痛。"痒""痛""热""烧"……对这一系列生理感受的执着,本身就包含了一种抵拒,以感受的迫切性,抵拒那些自圆其说的专业话语、公共话语的闭锁。这样一来,乡村无法被抽象、被知识化,更无法被消费、被热议,只能留在自己身上,乃至"溃烂不已、结疤不已、昂扬不已"。

为了强化这一点,他选取的风格是自然主义的,不惜使用一种笨拙的修辞,在句子中塞满乡村破败的物象,包括不加节制地堆叠形容词、名词,随便拎出一首《疾病》来看:"瘪歪""黏涎""轰叫""骨突""断茬""脓汁""喉洞""鳝鱼""苍蝇""黑鸟屎""恐龙挖掘机""红肿器官"……这些词汇像铁蒺藜一样簇生,目的还在于迫使读者去观看、去嗅闻、去置身:"一旦它来了,它就以其血淋淋、轰隆隆的声音开进了我的眼睛、耳朵、皮肤里;它也在翻搅我的肠胃,拉拽我的神经。"这些词与词的撕扯、鏖战,配合了野狗漫游、苍蝇飞舞、幢幢黑楼只剩骨架的风景,读者由是被困在了尘土飞扬的乡村公路上,"还乡"成为某种反复启动的自虐性仪式,一点也不上下半身。

当然,身体这个"作业面"不是封闭的,《还乡》贯穿性的主题之一就是尽可能将其敞开,让更多的父老、乡亲、姊妹,更多的"你们",带着汗馊味和鼓胀的情欲，从四面八方包围过来，吐着舌头，挤压在"我们"脸上——"我陷入你们，成为你们"，"你们迫使我观看"。这种"观看"带有一种强迫性，首先还是诉诸身体的挤压、冲撞，肢体形象和气味的渲染。比如，他不止一次写到发廊小隔间里的媾和，写出身乡村的腼腆自我消费本阶级女孩的初次震撼：

> 她终于倦得睡着。
> 这时，我们似乎才是劳作累后的青壮农民
> 单人床上，也像仰躺在
> 翻开的泥土上，粗大毛孔散发汗水的愉悦。
> ——《跟随者》

> 你迅猛扒掉了肉体与精神
> 的双层衣服。我们出于防御攫住你
> 又温声探问家乡、父母兄弟
> 带着怒火，你极不耐烦
>
> 我们像来调研的，而温情能够减免
> 欲望的羞耻……
> ——《女孩》

"同是天涯沦落人"是文学史上一个流徙的母题，也最容易写成滥调。余旸不避其嫌，愣是赋予其更粗重的身体实感以及更纤细的层次性。在前一个例子中，发廊里的白日梦或许曾寄托了一个乡村少年摩登的城市幻想，但口喷烟圈的"范冰冰"仍是土里土气的"邻居的女孩"，虚妄的城市泡泡破了，仿佛又一次落回田间地头，身体的欢愉露出粗野、劳作的本相。后一个例子中，余旸的句子难得幽默了起来——"我们像来调研的"。在这里，我们能读出临场的局促、嗫嚅的温情，像为了掩饰小男生的不熟练。重要的是，我们也读出了一丝自我检视的痛楚感。

上面这一节诗还写到了"羞耻"，这可能是余旸贡献于当代诗的一种

特殊情感，包含了多种复杂的面向：羞耻于继承来的"黑皮肤、铁裤裆"，羞耻于"好学历没有带来好回报"，羞耻于一次次落入老套的启蒙困境（"丢在黑井里，暂时承受鲁迅的尴尬"），包括羞耻于"羞耻"本身。在小长诗《徒步送朋友所托衣物给其父母感怀》中，不出意外又一次出现了回乡者形象，在通村公路上，燥热的阳光下，"我"顶着头皮里爆裂的痱子行走：

我羞耻于厚重的沾灰深度眼镜。
我羞耻于自己的羞辱与不适。

这两行诗像两片石磨，转动出了"羞耻"的不同层次。余旸自己解释，在自己和一般乡人印象中，知识分子应该文质彬彬，戴着金丝边眼镜，衣着干净，但这个归乡之"我"，厚眼镜片上沾着灰尘，而且徒步负重于通村的公路上，暴露在路边闲散"看客"的目光里，这是第一重的"羞耻"——被看的"羞耻"。这无疑是一种虚荣，但在乡村半熟人的社会里，靠"面子"维持关系的人情网络中，这又是一种极其真切的感受。作为一个知识者、自省者，"我"又觉悟于"虚荣"的虚无，痛恨内心的软弱，无法遵从书中圣训做到"宠辱不惊"，这就有了第二重的"羞耻"——无法挣脱社会惯习从容自处的羞耻。如果说在"陷入你们、成为你们"的过程中，身体成为一个敞开的"作业面"，那么"羞耻"则让这个身体进一步卷入个我、他人与乡村世界更为错综的情感和认知纠葛中。在惶恐、怨愤、懊恼、自责之间，正是"羞耻"给出了一个内部卷入的位置。

就这样，在鸟儿乱飞、专业分化、各路写作雄健有力却彼此隔绝的状况下，《还乡》贡献了一个羞愤难当的身体，这个身体卡在了那里，卡在了城乡之间流转迁徙的人群中，卡在了诗歌与学术的自动链条上，卡在怨愤、思辨与自我检视之间，不露底，不抽象，不升华，也不轻易滑出，像他在诗中写到的痉挛时刻——"我们的阴茎与阴道互相穿透又彼此包（宽）容"，反驳各方同时又意外地关联了各方。

二

当然，即使动员了全部身体的羞耻，"你们迫使我观看"，还是隐含了旁观的视角，拖着拉杆箱走在还乡公路上，"我"也早已是这里的局外人。在《还乡》的序言中，前辈诗人已指出类似书写的共同难题，"老家不是家。在老家，你顶多有义务而无实务"。在最近掀起的一波"返乡"之反思中，如何突破固有的城乡二元"带入政治—经济—情感的结构性分析"，以寻求"批判性思考与建设性实践的契机"，似乎也是较易达成的新共识。对此，余旸并非没有觉悟。他自己的工作领域，除了当代诗的研究与批评，在乡村建设的历史与实践方面，也有系统的阅读和思考。如何将这个部分的思考转化成诗歌语言，如何不将乡村作为一个抽象整体，而能在具体状况中体贴、把握，如何从"义务"渐入"实务"，关涉如何在身体的"作业面"之上，构筑一种分析性的视野。这方面尝试在当代诗中并非没有，但数量稀少，且尚无法被近三十年来先锋美学"规训"出来的当代批评所有效辨识、接纳。往来邮件中，余旸谈到了以往写作的限度，包括蓄积的能量有可能被耗尽，本能的直观也可能落入一种循环，他说"单纯的观看，已不敷写作的复杂情感，需要合适的议论才能呈现农村的纹理"。

何谓"合适的议论"？在我理解中，"议论"指向了乡村实务的内在把握，而"合适"则暗示了某种更为灵活，也更具整体感的形式安排。他在邮件中提到的《建筑工》就体现了这方面的努力。这首诗聚焦于城市天际线上忙碌的一群人，他们并非笼统的农民工兄弟，而是其中的精英分子：身手敏捷，能在脚手架上猴子一般出没，又能"扎煞膀子……快活地小赌"；当他们返回家乡，带回了阔气和新时尚，让妻儿肥壮蛮横，也败坏了乡村风俗的肌体。余旸自言，这首诗关注"农民工中不同工种的等级差异造成的冲突"，他意图将分析性的眼光带入"观看"之中。除了四面涌来的"老农民、蠢女孩、大嗓门农妇……"，可以注意的是落户城市的新移民，在余旸的笔下，也逐渐成为一个有意缔造的社群。在《建筑工》以及《新梦》《青年一代》中，我们能持续读到这一代"拉斯蒂涅"及"于连"们的窘况，虽然城市休闲、网络云端，以及各种按揭和指数填充了中产阶级的白日梦,但他们还是卡在了社会进阶的中途,不得不"青壮累赘,神经冒烟,全世界颠沛地撞换低贱工作"。如果"乡村"是一种隐疾,那这种"隐疾"也就持续发作在双向的迁徙之中,发作在世代更替的负担与烦忧之间。余旸不仅要"迫使"我们观看,他还要引导读者更内在、整体地"观看",观看城乡庞大人口流动之中新的阶层划分,看这种流动如何造就内外"共同的窘境"。"还乡"与"进城"早已相互贯穿,成为同一条不归的道路。

事实上,随着毕业后赴重庆任教,继而置业、生育,余旸个人的"义务"或"实务"也逐渐从村庄蔓延到了城市。身为人子、人夫、人父,他也不得不同时面对乡村和城市两个生活世界的难题,面对更多的尴尬与不情愿。依靠本能的身体直观,显然不能应对情感与认知的复杂,"合适的议论"也就一再显现为视野的腾挪、拓展。《还乡》之后的近作中,《闲聊》是风格上反差较大的一首,余旸少有地使用了戏剧独白和对话的技巧,语风紧凑,还押了讥诮的尾韵:

> 你上海工作,却不打算定居
> "上海是个活地狱,只适合掘金"
> 找不到生活:本地美女
> 个个精致,携带不满足的玲珑心

以第二人称"你"为主线,"我"作为一个冷静的评述者构成一条辅线。双线的并置与"轻体诗"的口吻,当代诗的读者早已熟稔,但对余旸个人而言,却属于新风,火气渐消,甚至多了一点油滑的反讽,暴露中产阶级悠闲视野中的"盲视"("你似乎忽略了刚路过的繁忙的京东配送站")。借助懒洋洋的插话——"哪里安放我们的家",余旸这一次要指点江山:中产阶级从北上广撤出,却焦灼于无处选址,以享受安全、环保与闲暇。从上海,到省会、县城,再到乡镇,跨越不同的层级,一个风景、产业、社会危机及环境污染联动的中国视野像卷轴一样被展开。

显然,余旸试图在一种动态的、充满差异的联动视野中"观看","观看"本身也成为一种"议论",这为他的写作带来一种新的缜密和结构性。上面提到的《徒步送朋友所托衣物给其父母感怀》,这首"小长诗"同样起兴于公路上的见闻及羞耻，余旸好像也铁了心，要带我们整体地"看"，不仅扫描沿途的"自闭的钢铁、水泥疙瘩"、歪扭的房屋、垃圾与少年，也依循年龄和阶层，兜揽奇形怪状的乡村情态。在全诗的后半部，顺着山路渐入密林，"看"的视角突然轻扬，被一阵松涛推向了"浩渺的峰顶"，"求真"的意志务必超现实了：

  天空钢蓝、涡旋，像幽邃的天堂
  光焰被柔风吹得混茫
  我头晕，突然幻视，
  腾身太空像戴墨镜，下看：
  攀抓在星球上，渺小的人类蚂蚁手忙脚乱地手术
  这里：机器锓子轰鸣着切开荒坟、良田的皮肤
  丘陵裸出岩芯骨头尖吟
  那里：野草绷带覆盖场院小径野猪野鸡卷土重来像地理大迁移

采用一个飞行员的高空视角，俯瞰山川、家国、人事的纵横脉络，是现代诗经典技术之一种，在40年代曾被"九叶"诗人们热烈鼓吹、实践过。这首"回乡"之作后半程突然拔擢而起的视角，突破了自闭的循环，在幻视的总体性之外，更具有一种航拍的精确性：从"这里"到"那里"，"我"眨巴着眼睛，渐次俯瞰田园、河道、水库、竹林，被荒野侵占，被弃置在病中，一切葳蕤狰狞、怨气冲天。画框之中，还出现了另一个飞行者的形象："而白鹤，长长腿子，废涸的河面上啄饮，婉转回旋，又落回。"

  这里出现的"白鹤"，应该是乡村写实的一部分。它不是"乱入"画框的，肯定还暗含一种对话性。因为在当代诗的语境中，由于张枣的书写，"鹤"已经取得了一个超级意象的位置：

  鹤之眼：里面储有了多少张有待冲洗的底片啊！

在张枣的《大地之歌》中，"鹤之眼"也是一个高空航拍的镜头，能够伸缩其焦距，巨细靡遗，包容事物的多个面向及透明之"内心"。作为中国

传统精神之化身,或如里尔克笔下的"天使"形象,这只"鹤"经过众人解说,已成为某种诗人世界观的象征。它凌空高悬,代表了一种可以抽离俗世、无限转化的契机。但在这里,同样是高空航拍,余旸却故意将"鹤"纳入俯瞰之下,祛除了其魔力,"鹤"并不代表无穷转机,它的飞行被还原为大地困局的一部分:"长长腿子",却只能旋起又落回,反衬河流之枯竭、土地之上生机的匮乏。在"鹤"之上,那个更高的航拍视角,有了宇宙的宏阔苍莽,却并非要在浩渺处提供穿插、转化,依然固守了地理分布的次序和社会剖析的原则。不言而喻,在似是而非的"鹤"之上,余旸认为还有一种总体性、认知性的位置尚待争取。

三

从公路起兴,到依序铺陈,再到被松涛推送,凌空总揽全体,这一首的"观看"起承转合,是否太刻意了,苛求的读者或许有这样的疑问。好在,余旸构架视角的努力并不单一,高空的"巡航"也可降入低空,落入乡邻的居室、院落之中,换作"鹰隼一般"的滑翔、游弋。《乡村记事》就是这样相对别致的一首,句子意外短小、通透起来,好像抖落周身的铁蒺藜、土坷垃,不再塞入那么多的物象和形容词:

> 如果我退返农村
> 静悄悄地挟书如厕
> 蚊虫总还是过来亲热巴掌。
> 读书则像偷来的喘息——

这一次不出意外,仍是"还乡"的主题,但这一次的"还乡"是假定性的,改用一种旁敲侧击、试探性的口吻——"如果""静悄悄""偷来的喘息""哦,我所以为的……"。"观看"也不一定就是直面,也可选择一个如厕的角度,轻手轻脚,来往于院落的内外、明暗之间:

> ……我踏进屋子

就滚落进地洞：
阴湿的堂屋里
黑白屏幕的侠匪对打出热闹。

"我像鹰隼翔巡空中"，这一组乡村片段的记录，也仿佛伸展"轻体诗"的旋翼，嗡嗡来往，随处悬停，偶然撞见，为的是"厮磨四周无边的空洞"，移步换形地探察本地的心情。譬如，"几年前冒领了成功人士的荣耀"，我"懵懂为乡下人好客的本分"，但也能感知人情冷暖，如今"掩饰不住的淡漠，想想也非势利"。农人生活艰难，寄希望于"成功人士"可能的协助，也属于常情，即便知道这种希望大概会落空，还是维持表面的热情，客套之中也流露着无奈又淳朴的乡村本性。"冒领成功"的回乡者，能感知这一切，关键是不要忽略的"欲求的悲哀之眼"。这里，不再有那么多"强迫的观看"、本能的羞耻，句子在"几年前""当年"之间转换，"我"有了一种通透之感，闲笔枯墨，反倒能勾勒乡村原本淡淡的而又复杂的精神剪影。

上述风格、语体的变化，在余旸的写作中意味着什么，我没有明确的想法，但隐隐感觉，利用视角的腾挪、语气的商兑此类更"轻逸"一些的方式，勾连"合适的议论"，更能辅助一种社会感觉和历史意识的生成。所谓"轻体诗"之"轻"，依照奥登的解释，不单表现于诗体风格的层面，还与一种社区生活的经验相关。在社区之中，诗人和读者分享实有性的亲密，不盲目追求抽象的匿名性，因而也能不悖常识，轻松又正面地交谈。在余旸这里，"轻逸"的效果还多了一份迫切的认知性，它恰恰是在争取总体性认知的过程中形成的一种灵活的形式感、一种体贴的洞察性。在这个向度上，他的写作已有看似隐约实则重要的突破。

比如，我注意到，对于前人或同代人诗体的模拟，是余旸一直以来的作风，但他的模拟不采取当代常见的"致敬"或"反讽"两种主流方式，以求诗歌形象上的认同或反差，而是真心诚意于特定的诗体、结构，作为撬动个我及群体经验的一种应手工具。仿写的对象包括言明的，如庞德、拉金、卞之琳、萧开愚，也有未言明的，但我们能读出潜在的气息，如穆旦。在他的近作中，我比较偏爱《变化迭出的一年》这一首，仿写的是拉金名作《奇迹迭出的一年》：

> 私人轿车疾驶在坑洼的小马路上
> 始于 2001 年。
> 在年轻人南下进厂
> 与心连心超市进驻小镇之间。
> …………
> 所以生活变化永远不会比
> 2001 年快
> （我至今依然不知所措）
> 在年轻人纷纷南下进厂
> 与心连心超市进驻小镇之间。

依旧是对急遽社会变迁的敏感，这一首却极其轻快，毫无滞涩之感，首尾两端的复沓节奏带来一种饶舌的，甚至有点低级的画风，如"论钱至少以万为单位""一律换上耐克球鞋／忙着低头滑手机"，这一系列时代印象被文字音节的跃动所组织、贯穿。从 2001 年到 2016 年，某种历史内在的琴弦被无意碰响，让我们得以在人心变幻与世风转移间，感受某种回环共振的幽默与艰辛。

当我们不甚严肃谈论事物的时候，事物的严肃性反而可能会出现。在这首戏仿之作中，我们能感到在"年轻人纷纷南下进厂"与"心连心超市进驻小镇"之间，依靠韵脚之间轻快的呼应，确实产生了一种历史穿透性，乃至传奇性。在这个意义上，诗体感觉的仿造，语气、节奏的调动，本身或可带来某种"建模"的可能，即：通过唤醒既往的文学经验，在感受和认知层面，给纷纭的当下以更为纵深的塑形。余旸频频将这一技巧引入诗中，以"仿写"来"建模"，无意中成就了一种特定的方法论。在《乡村记事》的结尾部分，他的尝试更为大胆，干脆甩脱当代诗的美学羁绊，直接进入实务的议题，而"合适的议论"又一次采取了"仿写"的方式。

刚才提到，相较以往，这组诗采用更为灵活的口吻和视角，但基本顺延了余旸的三段式逻辑：起兴与进入，铺展与呈现，以至总体关照，写实或写意,把握乡村危机与困乏的全貌。这组诗分成五个部分,在第四首的末尾,他却一反消极表现的常态,在一片荒芜中贸然奋起,以当代诗中久违的肯定性作结:

> 是建设的时候了,是组织的时候了。
> 我渴望着,从空洞中砥砺积极的信心。

针对乡村社会"空心"与"涣散",怎样重建乡村的社会组织、文化网络,虽是一般乡村论述的常见口径,第一次出现在当代诗中还是有点冒险。如果"肯定"只为了情绪上的抑扬,"建设"与"组织"尚是一种构想,则"从空洞中砥砺积极的信心"也难免空洞。但余旸并没有停步于此,肯定性的呼吁只是一种转折,随即倾泻而出的第五首《清远乡改革记》,才构成全诗真正的收束。这是余旸近作中最值得关注的一首,它开头引用了卞之琳当年《慰劳信集》中的两句:"把庄稼个别的姿容／排入田畴的图案。"

四

说《清远乡改革记》最值得关注,首先因为这一次不止于乡村"病象"的诊断,而进一步在如何救治方面有所主张了。"清远乡改革"指广东清远的农村综合改革实践。他的具体社会关注,我没有进一步打探,只在网上搜索过相关的报道,约略知道改革内容包括零碎土地的连片经营、村民自治中形成的基层治理,以及公共服务与社会保障等系统工程的铺开等,无不回应了"建设""组织"的议题。当代诗长于幻想、反讽、怨怒,如何应对正面谈论实务又不流于空洞表态,一直缺乏相应的资源。将实践中的改革方案纳入诗中,进行"合适的议论",必然涉及诗体形式的拿捏和构造。余旸有这方面的思考,他谈过"颂歌"的当下可能性问题。对于一个深思熟虑的作者而言,诗体选择本身就是一种态度,涉及与书写对象之关系的考量。这首《改革记》不能称为"颂歌",但从头至尾却也洋溢一种乐观、昂扬的调子,而这调子不是来自被污名化的政治抒情诗传统,而是来自战争年代的卞之琳。

依照当代诗的原则，用诗来处理具体的社会出路和走向，有点违背作为"一种特殊知识"的行规，相较之下，探讨疏离之中的自我虚无或凝定，更像是诗人分内的作业。然而，这个"行规"有其当代的特殊起源，从所谓"百年新诗"的传统来看，正面谈论"实务"原本正当，且积累了相当多的正反经验。在20世纪30年代末的《慰劳信集》中，卞之琳就参考奥登的十四行体式，杂采战地采访的鲜活见闻，书写战争时期的军民联动、社会重建的理念，并发展出一种独特的"轻体诗"语调：糅合文言的紧凑、口语的活泼，以及来自翻译的思辨感，由此贡献了一种体贴经验又近于构造、"不及其余"却可"辉耀其余"的弹性语风。这样的诗风在当时不一定讨喜，穆旦专门写过一篇书评，批评卞诗人写得过于机智，仅仅停留在"脑神经的运用"范围内，缺乏"血液的激荡"，提供的只是战时中国的"部分的、侧面的拍照"。当时的穆旦正提倡一种"新的抒情"，强调"诗与这时代成为一个感情的大谐和"，"新的抒情"应该能"有理性地鼓舞着人们去争取那个光明"，而艾青是他心目中的典范。

抛开双方趣味的差异不谈，卞之琳、穆旦面对的问题，与余旸面对的问题，其实未尝没有几分相似。所谓"新的抒情"与旧的抒情之区分，除了"牧歌情绪""自然风景"等题材风格的扬弃，更重要的是，"新的抒情"要体现一种正面的建构可能，建构个体与群体、时代、国家之间的关系。这又是新诗中似乎较具"艺术性"的现代主义一脉根本缺乏的面向。穆旦以艾青为榜样，选取的是一种整体性的象征方式，让个体苦难的身影融入宏阔的家国风景中。这样的方式基于情感和经验的抽象化、整体化，无法容纳战时尖锐迫切的生存感受。结果"新的抒情"并没有充分展开，穆旦很快落回现代主义的轨辙，通过引入宗教与自然的维度，进一步强化了现代主义诗歌中原有的"纯洁无辜之个人"与"丑恶糟糕之社会"的循环对峙。

相形之下，卞之琳的《慰劳信集》却显示出一种体贴入微、宏观建构的可能。这组诗不简单"慰劳"战地的将士和百姓，也不局限于"局部的、侧面的拍照"，借局部与整体、当下反应与长远效果、个体岗位与时代方向的不断勾连，卞之琳要提供一种战时社会动态进程的理解，将不同的个人、群体、党派纳入共同旋进的历史想象之中,却可能以动态的、体贴的方式达成另一种建构,并"捧出意义和情感",未尝不包含"新的抒情"之可能。余旸引用的两行"把庄稼个别的姿容/排入田畴的图案",出自其中的《给西北的青年开荒者》,用"姿容"来形容庄稼,秧苗仿佛一列列站立的士兵,带来一种特别的妩媚与庄重;当"个别"排入"图案",风景写实又成为一种新的象征,传递了个我与时代的组织性构造。

余旸从卞之琳书中接过的,或许就是这样一种俏皮、亲切又严肃的抒情语风,以及某种经过考虑的、被象征主义过滤了的乐观精神——他的仿写也果真传神,整饬的诗行也如块块田畴,容纳了乡村跃动的新貌:

　　回避包村眼镜抱着胳膊乱点戳
　　也排除混混或富人把持
　　终于将政权下放到了自然村
　　白胡子抖擞地翘起来

　　机耕道绳索曾勒卡着脖子
　　细碎地块像械斗的战马僵持、喷鼻
　　任凭野草鬃毛疯长,覆盖川坡
　　而今大片田地平整如畴

几节诗写政权下放、土地整合、新文化建设、人心回归,试图"泥手指点,激扬村庄"。佯装的文绉绉口吻、精准的形象捕捉,与反诘、否定的语气结合,造成一种从容又专注的语风,非常便于"合适的议论",在"现实"与"模型"之间,也形成一种相互吸附又制约的关系:"村庄"可以成为象征"图案",但"指点"从不脱离"泥手"。这样一来,语言法度也就是社会关系的深浅投影,斟酌用词也就是现实审度的过程。诗最后一节原来是:

　　姑娘们尝试着评头论足
　　小伙子们即便出门,不再驰心向外

自救的力量，渊生于本土
宗族再次焕发了治理的魅力。

结尾满满都是正能量的期待，但感觉上有些轻飘，不够沉稳，"乡村治理"依托宗族势力的再兴，这个方案是不是过于明快？宗族、祠堂、乡绅网络，在形成基层社会纽带方面，是不是被寄予了太高的期望？余旸重视词语肌理中的社会判断，后来将最后一句改为："宗族被迫激发了组织的魅力。"将"再次"改为"被迫"，一个词的更换，带来的不单是修辞的节制，还有认识本身的深化。这首诗好像有了一个更稳定的基座，奠基于治理的复杂与艰巨。

无论20世纪90年代推崇的"历史个人化"，还是21世纪以来对公共议题的持续关注，当代诗从不缺乏言说当下的兴趣。但由于没能觉悟进入实有性关系的必要，相关努力或限于碎片化的反讽呈现，或采用内在超越的方式，一次次回收于固化的情感与认识框架，以反复印证奥登所说"诗不会让任何事发生"的原理。余旸比一般作者心境单纯，思考深广，他从不仅仅在社会议题层面看待乡村问题，而是选择扎根基础，立足城乡撕裂又贯通的身心状态，还要更进一步在诗中探讨乡村治理的"实务"。在20世纪左翼到社会主义文学的实践中，通过改造写作者的位置和身份，使文学本身成为一种内在于历史进程的"实务"，早已积累下相当丰富的经验，也包括相当多的教训。但这种"传统"也因激进政治文化的整体挫败而早已退场，其在当代的再生尚在一种历史回溯和观念的提倡中。在专业分化的社会前提尚未动摇之际，怎么于既有的文学制度中、依旧强劲的现代主义风格中，创造出一个"实务"的位置，其实是最难的一种路径，也因违背现代诗的若干信条而注定引发争议。正因如此，这个向度上的任何突破，我们才更有理由期待。借用卞之琳的表述，"不及其余"恰可以"辉耀其余"，怨愤辗转之中，个人困境往往隐含了总体困境，冲撞自我也就冲撞了时代的底线。有的时候，阶段性成果已足够令人惊喜，比如，在穆旦的身上意外复活一个卞之琳。

本文发表于《文艺争鸣》2019年第11期

从催眠的世界中不断醒来

马雁写诗开始很早。2009年珠江诗歌节获奖感言中,她开头就说:"自从我写诗,至今已经有二十余年。"对于一个"青年诗人奖"的获得者而言,这样的开头方式其实有点磅礴气概。

二十余年间,当代诗的风尚几经转换,经由摹习而渐入发明,故弄新变而参与进程,似乎是年轻作者必修的功课。而在马雁这里,类似的过程不十分明显。她的写作尚未成熟,但她或许是一个早熟的诗人。成熟,意味着实现自身的诸多可能性;早熟,则意味着从一开始就确立了自身的原则,或自己的难题。还是在那个感言中,马雁紧接着又说:"这二十余年的生活给我留下最深刻的印象就是诗歌与生活之间的交错与互动。"这似乎是一种原则,阅读她的诗集,读者也会强烈地感受到,如何在一种内心颖悟的氛围内对抗现实生活乏味的"整饬",一直是诗人着力的重点。然而,马雁的独特之处好像还不在这里。

从生活与诗歌的紧张中渔利,大概是一般抒情诗作者的本分,做得太有板有眼,有时反倒会露出文艺青年一点轮廓性的骄躁。"诗歌与生活之间的交错与互动",在马雁看来,可能意味更多的东西。首先,它应该是一种严肃的、不容妥协的态度,用她自己的话来说,就是你必须明确表态:"你要对你的世界做出解释,从而做出自己的幻想。"换言之,诗歌的语言不是一种独自娱乐的力量,而根本上是一种认识的、担当责任的力量,不仅涉及溢出生活的幻象,同样涉及生活内部的干涉:"你我 / 曾经是英雄的小姐妹,但现在是 / 灰暗的中国大地上堕落的一对。"(《亲爱的,我正死去》)这两句中无意形成的"腰脚韵"("妹"与"对"),让"姐妹"关系紧凑而高亢,我喜欢这种效果,它洋溢了一种天真的战斗性。

"琐碎"与"笼统",是马雁对当代某种诗歌风气的判断。表面看,这两个毛病源于修辞分寸的失衡,是所谓技艺范畴内的问题,但骨子里,其实是缺乏决断的表现。读马雁的诗,曾让我有一个奇怪的感想,即:一个诗人的造型能力,可能与一种进取心相关,和一种"我应该而且能够过上美好的、真实的生活"的信念相关。相形之下,厌世的作者往往老于世故,精神涣散,无法保持注意力的持久,主体虚弱的同时,也缺乏造型的耐心。马雁显然是一个"进取"的诗人,她的写作在细节上非常微妙、灵动,但较少沉溺"轻巧的愉悦感"。她似乎更喜欢精确性,在语言和生活的交错中也不忽视二者的信用关系,不撒娇,不放纵,"吭哧吭哧"刨地,"不把'随意'当标签"。所以她的诗感性,浓郁,奔放,但格致求真,总能将意志的线索清晰勾勒,时刻拿捏了节奏和主动权,就像她在一首诗中所言,"你的尾巴攥在我手中"。2001年的《灌水》,可以说将这一过程演绎得最为彻底。全诗仅仅依靠一个动词、一个动机,依靠一个"不是"的姿态,步步惊心,层层展开。对一切通行感受和定义的拒绝,最终使一个颤抖的内在世界如细流涓涓涌现。从某个角度看,这是一首"决断"的诗,甚至是一首"专断"的诗,但你不能不被"专断"中的道德热忱所感染。与之相关的,你在她的诗中,总能读出要把什么东西从世界的整饬、人群的芜杂中分离出来的努力,把这个东西叫"自我意识"的话,可能又太通俗了点。在《玩笑、讽刺、嘲弄和更深刻的意义》这首诗中,马雁给出了一个惊人的形象:"分开腿,抓住儿子的头,把他拖出来,把他拉扯大。"

当然,在"决断"或"专断"之外,马雁的风格无疑十分多样,特别在最初离开北京的一段时间,她写出了一批让人印象深刻的作品,如《六味地黄丸》《樱桃》《冬天的信》等。这些诗与日常经验之外的"奇境"无关,总是先用疏散的叙事,铺垫出一个个具体、平淡的生活场景,然后在回忆、转换中,升腾出一个更空阔的视角,让平淡的世界显出绵延的、痛楚的纹理。平淡的世界如此广大,又有那么多的迂回和曲折,我们也读到了诗人主体脆弱的时刻,"我"不多说话,但知道自己关心的枢纽所在,死亡、爱、沟通、沉沦,这些基本的文学母题,因为专注而能够被铭刻。但主体的脆弱不等于主体的放弃,在这一类型的诗中,马雁往往会在结尾安排一些"出神"或"走神"的刹那,像《乡村女教师》的最后两行:"她经常在课堂上走神,经常造一些离奇的句子。/有时候,她在教室间走动,像个丢东西的人。"马雁自己可能有些偏爱这首诗,失魂落魄的女教师形象,在一定程度上,也是一个女诗人的自画像。平淡的世界忙忙碌碌,也被塞得满满,大家如被催眠了一般,无意中交出了自己,像丢了什么并不重要的东西。当然,这不再是"决断"的时刻,但对于不安事物、对于可能的死亡和分离的感知,却能一下子中止催眠世界的蔓延,让一个人在人堆里发出哪怕再黯淡不过的光芒。因而,"走神"的瞬间就是觉醒的瞬间,也就是伦理担当的瞬间。

有意味的是,催眠的世界如此广大,不仅包括平淡生活的"整饬",也包括冒犯"整饬"后的得意、快感。装神弄鬼的诗人自以为神通广大,能跳出佛掌,其实每每仍会落入掌心。在有的时候,马雁也会技痒,从出神的世界里回来,去刻意搞一些实验。2004年的《厌》,是《十二街》《乡村女教师》外,她主动谈论过的另一首作品。这首诗利用汉字的可能性,在有限的逻辑中玩弄情绪、意志、伦理、权力。作者也曾兴致勃勃地解说其中小小的紊乱的系统,但说着说着,似乎还是厌倦了,又一次地醒来——"但最后我发现这种实验没有什么大的意义"。我同意她的厌倦。

在现代诗歌中,书写内心生活当然是最为绵长的一种传统,它奠基于反思的和实践的两种行为的暂时分离,奠基于满大街行色匆匆、心事重重的怨女与痴汉。久而久之,这种传统在相当程度上也构成了一种限制性"装置",风格化的真挚内省,并不总是那么有趣,甚至会妨碍诗歌自我的进一步壮大、成长。马雁的写作无疑也属于这种广义的传统,同样也面对了怎样挣脱其限制的难题。但在我看来,她至少找到了两种方式去中和这一传统。

其一,所谓"内心生活"离不开一种亲密对话的情境。马雁的诗,有相当一部分是写给友人的,有的明确标明了对象,有的没有。不管怎样,与一个实有的或虚设的"你"的对话,是她写作内部一种非常重要的展开机制。通过不断回忆、设想各种各样的情境,极端的、温暖的、偏执的、调皮的、无奈的,这些诗试图远离世俗的圈套与客套,但在内部渴望着亲密的关系,对话的机制由此成为一种分享的机制,由你及我,及他人,及世界和自然。其中，没有什么铭心刻骨的突兀，但诸如体温、手的触摸、一场火锅或麻将、一点共在的时间，这些细枝末节构成了亲密关系的基础。特别是"两地相思"作为一种结构，显示"出神"也会是一种默契，"亲密关系"的背后，藏了一个小小的醒觉的"共同体"。

其二，马雁一直在思考"磅礴"的问题。"磅礴"这个词，或这个概念，在她的诗与文中多次出现，李白的"明月出天山，苍茫云海间"则是她测量的标尺。在诗学随笔《无力的成就》中，她对此进行了相当较真的讨论，什么"对世界有着冷酷见解""一个人在人群中的寂寞""千军万马地从远古来""一幕幕电影，也是一场场对决"等。这些讨论暂且放一边，我个人最喜欢的《秋天打柿子》一首，确实已接近某种磅礴感：

> 眺望云雾里远处的那些山，正在雾气中
> 磅礴。我的身躯无限壮大，蓬勃而出，
> 向潮湿的寒冷伸出臂膀，正在升起，
> 我无限的躯体，照耀金红的果实。

在秋天纵深的视野里，群山的磅礴只是一种参照，关键是"我的身体"扩张成为一件空旷、洗练的容器，从世界的庭院里探出的身躯，其实就是世界本身。随后出现的十七个人的胳膊和竹竿，这些细瘦的矢量使这件容器更为广大、磊落、无渣滓。当然，"打柿子"毕竟不是古人的"登高"，"冷酷的见解"超越不了身体的边际，这只是一种"小的磅礴"而已。但在自我清空之后，"冷酷的见解"、"出神"的时刻、自我的决断，构成了可以辨认的"觉醒"的谱系。

为了追求"磅礴"之境，马雁欣赏"冷酷的见解"，但这里似乎存在某种困局，因为挣脱内心生活的限制，仍然要依赖内心生活的能力，这怎么可能？这就如同十七根竹竿撑起了空旷、广大的身体，但空旷的身体也可能是空洞的身体，这个身体需要内在填充，血肉、水泥的填充，哪怕是稻草和败絮。即便如此，马雁的表述仍在向我们传递着正面的、进取的能量，因为如何从磨磨叽叽的"小立场"中站起身来，在自怨自艾的辩护美学、人云亦云的人道关怀之外，获取一种清晰、壮大的主体形象，已是当代诗不得不思考的瓶颈问题。这件事，没有捷径可走，必须付出"吭哧吭哧"的努力，况且捷径就是陷阱，捷径之上，早已熙来攘往。在这件事上，马雁没有敷衍了事，而是非常具体地、严肃地进行着写作内部空间的装修、改造，在不稳定的个人生活状况中，一直在勤奋读书、写作、思考、旅行、交谈，投身于"新的秩序与关系正在形成"的挑战中，这实在令人敬佩。

　　2010年，马雁再次回到北京，此前此后作品的变化，周遭的朋友大多注意到了。具体说来，它们不再那么紧张地关注于自身：小部分"逢场作戏"地出入文史，自如联动了阅读与交往中浮现的政治视野；更大一部分书写"万物平权"，像一个外来者那样，在偶然的艺术馆、偶然的村镇、偶然的城市，保持机警"出神"的刹那，让好奇心和洞察力四处攀缘。不起眼的小山、平凡的草木和菜蔬、无关的路人甲乙，这些对象不一定是内心生活热烈的助燃剂，却包含了卑微的创造和尊严。这个新的写作阶段刚刚开始就猝然中止了，我们无从猜想它的展开。但我不认为马雁会走上叙事性的老路，追求有限诗行中视听资讯的丰满，她大概也不会去走"老谋深算"的一路。

　　2010年底的《我们乘坐过山车飞向未来》，是一首无可争议的令人瞩目的诗，它依然从"冷酷的见解"出发，去想象人生极限的总体情境，只是"冷酷的见解"其实已变成"热烈的见解"。她不仅在纸面上搭起了一架呼啸的文字的过山车，觉醒的、空旷的身体内部也布满纵横盘旋的钢轨。除了这首，我还看重稍早的《盛事》，其实这首更加肆无忌惮，完全不在乎当代诗常见的"极小的立场"，在油腻腻的当下场景中又一次进行了自我"决断"：

　　　　不，我不喜欢这些东西，不喜欢，请拿走。
　　　　我说了，是的，请拿走，我正在自我循环，
　　　　一升水是奢侈，更何况一升油，请拿走吧。

　　在这里，我们又一次读到《灌水》中不妥协的道德热忱，但这一次，自我循环的内部能量已将身体炸成了一个宇宙，这个宇宙不再空旷、寥落，而是被密匝匝的天体和星群填满。其中，还是有一个不肯被催眠的自我，化身为一颗"脱队"的"小行星"，在几万只触手的包围中翻着跟头艰苦迷航。诗中"冷酷的见解"并不复杂，但让人屏住呼吸的，是那种全力以赴对自我无穷可能性以及终局失败的想象。

当代诗歌对"多重"自我的推崇，已经到了随便说起就要表情凝重的地步。其实，就文本的呈现而言，多重的"我"其实很雷同，因为如果任一个"我"都随意生成，不和我们认知的苦恼发生关联，其实也不太需要认真对待。作为一个自觉变化的诗人，马雁则一如既往，不故作高深地玩弄自我的面具，而是奋力地将"自我"揪出来，把她拉扯大，追索她的方向，培育她磅礴的未来。在她猝然中止的地方，在尚显空旷但已然开朗的视野中，我们阅读这些诗歌，在感佩诗人的才华、激情的同时，也不能不继续构想诗歌作为一种宽广文化的可能。因为在马雁雄辩的逻辑中，诗歌做不了什么但试图做什么，这说明，它的局限正是它的宽广。

本文发表于《今天》2012年冬季号

在"虚无"与"开花"的辩证张力中

　　收到骆英(黄怒波)的新著《虚无与开花：中国当代诗歌现代性重构》之前，刚好在捧读他的长篇小说《珠峰海螺》。这是全然不同的两本书，一为研究，一为创作，但并置于眼前，还是能读出某种内在的关联：如果说《珠峰海螺》将巅峰之上的生死考验与山下的商场鏖战并置一处，提供了一个俯瞰总体的制高点，让读者能强烈感受当代中国不同场域、空间中的挣扎与昏眩；那么《虚无与开花》似乎也要做同样的事，即带我们到一个高处去，在当代中国的总体视野中，去俯瞰当代诗的纵深沟壑与高低峰峦。

　　从某个角度看，当代诗歌特别是当代先锋诗歌，自"崛起"之时起，由于承受的内外压力，由于文化与美学上的重重争议，其展开一直伴随了自我辩护的热情。因而，当代诗的有效评说多取"为诗一辩"的姿态，以"局内人"的视角，着力在当代诗潮的内部去探讨观念、技艺的演进，褒奖各路诗人的突进。这带来了一种可贵的自主性，诗歌研究和批评一直以来都在为诗人的写作保驾护航。久而久之，"戏台里的叫好"难免会有"自说自话"的封闭、"内卷"之感，限制了当代诗自我反思的空间，也降低了诗歌研究与当代学术思潮积极对话的意愿。针对这种状况，也有研究者提出要走出"小诗学"，走向"大诗学"，希望围绕"诗"的讨论，向更广阔的"思""史"敞开。当然，要真的打开视野，做到"诗""思""史"的交融互动，这并不容易，特别考验研究者的识见、眼界和魄力。从这个角度看，《虚无与开花》以作者的博士论文为底本，虽然也按部就班，遵循了学院论文的体式，可自构思之始起，就没有"小诗学"的包袱，而有"大诗学"的抱负。作者的意图，是要在现代性的问题视域以及"改开"

以来当代中国的社会和精神脉络中，去叩问当代诗的活力和危机，也强力去构想可能的未来。

在挑剔的读者看来，这样的论述框架或许太宏阔了一些，有点溢出当代诗自身的疆界，但正因为站得高、想得远，才能把握问题的枢纽："中国当代诗歌的生成过程与中国的现代化进程同步同向。"为了呈现这一"与时代总体性的关联"，正如作者的小说叙述转换于雪峰绝境与商战现场，这篇大论文也大开大阖，腾挪、穿越于不同的学科视野和社会"场域"：一方面花大力气爬梳了诸多现代性的批判理论，另一方面不断引入"改开"以来的思想、市场、经济论说作参照。我个人感觉，在具体的观点、判断之外，这种联动的总体视野其实是全书最独特、最应瞩目的地方。尤其是有关当代中国企业家精神和当代诗歌精神之关联的讨论，所用笔墨不多，却格外意味深长。作为社会转型中的"新人"，企业家群体自然处于社会生活的前沿和中心，是中国社会现代化的主要推动者。相对而言，并不参与实体创造的诗人只是大时代的边缘者，不仅从"立法者"（即使"未被承认"）变成了"阐释者"，甚至更进一步自我虚化为"词语造成的亡灵"。可换个角度看，"中心"与"边缘"、"实"与"虚"的差别，并不妨碍时代精神的贯穿流注、某种主体感觉的普遍分享。按照熊彼特等的说法，企业家精神以"破坏性创造"为核心，指向一种不断打破限制、创造可能性的动能。当代诗人"我不相信"与"相信未来"交织而成的精神结构，包含了同样的"现代英雄"的气概：同样要在火中取栗、孤注一掷，同样要在动态的危机中寻找转机。在这样的情境中，人的精神能动性、对于有限生命乃至命运的领悟力才会被极大地激发出来。书中不止一次讨论到欧阳江河的长诗《凤凰》，在不断拆除又重建的当代现场，这首长诗的确具有"症候"意义。诗人以超现实的想象力，充分表现了当代中国资本与艺术、垃圾与人心、物质与精神的"混搭"现实，诗中特意写到几个地产大亨的神秘形象：

  地产商站在星空深处，把星星
  像烟头一样掐灭。他们用吸星大法
  把地火点燃的烟花盛世

吸进肺腑，然后，优雅地吐出印花税。

站在社会结构看不见的顶端，用资本和金融的"吸星大法"吸进大地上的烟火和血汗，这样的形象呈现多少包含了批判性。对此，作者是有些不满的，认为中国现代化进程的推进者被诗人如此负面化地表现，"是有悖公平、公正的"。事实上，诗中的左派批判立场大概只是某一"矫情"姿态，真正让诗人的语言器官兴奋起来的，是资本和语言使万物解体又让万物起飞的盛世幻境。诗人的形象和他调侃的地产商何其相似，他也是站在词语的脚手架上，站在某个垂直的峰顶，机敏又强悍的语言技巧如同复杂的金融交易，通过不断的交换、转换来获取更大的快感——"词根被银根攥紧，又禅宗般松开"。写作也不过另一种"吸星大法"，吸进大地上复杂多方的经验，"优雅地吐出一行又一行"。这首"浑身都是施工"的长诗，也提醒我们可以从多个方面去感受时代的总体性关联。或许考虑到了这一点，作者还是决定在书中"放他一马"，对这首长诗称赞有加。

那么，虚无主义呢？如浮士德身边的摩菲斯特，虚无主义与现代性如影随形，既是现代性的普遍症候，又是现代性所面对的难题。当代诗歌也就生成于这样的精神张力中。食指所称"相信未来"与北岛所谓"我不相信"，恰好构成反题中的合题：正因为"不相信"现有的秩序和给定的语言，也才有了对"未来"的持续想象，即如全书导言中所称：当代诗歌"一方面表现着虚无主义的存在，一方面又以'相信未来'和'开花'的态度与世俗社会保持距离，对现代性怀有抵抗情绪"。依据这样的精神张力，作者纵身投入当代先锋诗歌的激流、漩涡中，对当代诗坛上的旧雨新知、不同代际的代表诗人，进行细致解读、热情评说。在宏大叙事消解之后，当代诗在"个人化"的方向上独自深远，越来越重视语言的本体地位，越来越偏向于日常生活的审美发现。对于以上种种，作者是充分认可的，也不吝惜溢美的语言。但看得出，他并不满足于此，不满足于写一篇又一篇表扬的小作文。对于黏着于日常现实的繁复美学，对于玩世和犬儒主义的态度，他也有自己的判断，一直在当代诗的层层累积中勘察对抗虚无的可能，试图在语言和经验的稠密中开辟出一条路。书中重点讨论的作品，因而也具有了某种指示方向、路径的坐标意义。欧阳江河在《凤凰》的结尾写道：由工业垃圾组装的凤凰把自己吊了起来，"去留悬而未决，像一个天问。……将落未落时，突然被什么给镇住了，/在天空中/凝结成一个全体"。这个"将落未落"、突然凝定的"全体"，是一个聚合又耗散的总体象征（可瞬间"凝结"，也可瞬间解体），充分写出盛世幻象可能转瞬即逝的虚无；作为参照，西川的《开花》则是一则咄咄逼人的出路寓言："要开花就按照我的节奏来"，"开花是冒险的游戏"，可以俗里俗气、随心所欲地开，成千上万在大千世界里开，"开花"就是千方百计去换个"活法"，就是要开出一个绚烂的乌托邦远景。

由此，问题也来了。无论开出的是"恶之花"，还是"荒原之花""纯诗之花""人性之花"，全书以此作结，将"开花"代表的新浪漫主义看作回应虚无主义文化危机的途径，似乎允诺了"一个线性的向上向未来的积极生成过程"。倘若接受这一允诺，按理说，本书的标题改为"从虚无到开花"好像更合适一些。书中最大的一个修辞"诡计"，在我看来，是标题仍采用了并列词组："虚无与开花。"这两者感觉大不一样，"虚无与开花"而非"从虚无到开花"，似乎动摇了乐观的、线性的历史期待，更能传达对不会轻易化解的结构性张力的体知。谈及现代性"虚无"生成的原因，一般会提到工具理性对世界的"祛魅"、"灵韵"的消失、价值立场的相对化和犬儒化、物质主义与消费主义的影响，等等。还有一个面向不容忽略，即文化领域对主体性的张扬，经济领域对"破坏性创造力"的信赖，也包括审美现代性所试图抓住的"瞬间"，都在不断抽空既有传统的支撑以及人与人之间的稳定社会纽带，同样"让一切坚固的东西都烟消云散了"。"我不相信"和"相信未来"的衔接，勾勒出一个批判的又多少有点任性的现代自我。这个多思敏感的自我一次次拒绝当下，一次次在语言中"透支"（"相信"）未来，其实也是一次次无所依傍、赤条条裸露于线性的时间中。在这个意义上，如果将"开花"的意志理解为自由主体不断展开的意志，那么"开花"和"虚无"实际是现代性的两面，甚至可以说，"虚无"本身就是"开花"的一个可能后果。用"开花"来克服"虚无"，也意味着现代性问题要在现代性的逻辑内部来解决，这本身就是一个悖论，也是其挑战性所在。

诗人号召大家去汪洋恣肆地"开花"，去千方百计地"换个活法"，这是一个现代性自我做主、自己提供价值的姿态。暂且放开现代性的理论话语，在中国自身的历史脉络中看，近代以来，冲决社会与文化的重重网罗，依靠"心之力"来唤醒大众，去"换个活法"乃至"敢叫日月换新天"，不正是现代中国一次次改良与革命的核心动力？这正如西川在诗中所说：

> 开花就是解放开花就是革命
> 一个宇宙的诞生不始于一次爆炸而始于一次花开

这段"开花"的宣言中，分明可以听得出一个世纪前咆哮的回响。郭沫若在《天狗》中写道："我是一切星球的光，/我是 X 光线的光，/我是全宇宙的 Energy 的总量！……我便是我呀！/我的我要爆了。"郭沫若以自我为肉弹，炸开宇宙的总能量，西川的"开花"也是一次爆炸，我们显然能读出其中的连续性、对话性。浪漫的空气和主体性政治塑造了感伤、激进的文学，也推动了历史的巨轮。当然，也留下了诸多的问题，比如 20 世纪的革命更多在大历史、大叙述中构想远方，却不太关注如何在日常生活安顿不安的现代自我，如何在个体和社会之间建构层层递进、生机盎然的关联，这造就了 20 世纪中国浪漫文化的特征：高歌猛进又不免粗枝大叶，习惯诉诸根本的"行动"，缺少丰富的文化层次和伦理耐心。在革命顿挫之后，虚无主义的蔓延不仅和市场时代消费主义的冲击有关，也部分源于集体主义、理想主义文化掏空内涵之后形成的历史背反情绪。

当代先锋诗歌看似要从这样的"大历史"中逃逸出来，事实上又在精神气质上难免与之深深勾连，只不过革命的"远方"被不断置换为语言中的"远方"罢了。回到"与时代总体性的关联"，诗人对"开花"的召唤，对"开花"过程、形态的尽情展现，作为一种象征性的语言仪式，其有效性、召唤性要依托于特定的历史和精神"时势"，如五四时代对新文化、新社会、新人格的构想，如"改开"以来社会内外洋溢的创造活力和精神意志。然而，如果"时势"已经转移，整个社会需要"脱虚向实"，"破坏性创造"不得不考虑"建设性创造"，怎么看待"开花"或"换个活法"的语言仪式，也便成了一个问题。包括诗人对"开花"的召唤，千朵万朵，泥沙俱下，依靠了一股强大的语言气流推展。我们读着这首诗，特别是听着诗人的朗诵，被这股气流冲刷，实在是过瘾！可转念一想，又感觉好像只是被诗人带领着，集体过了把"嘴瘾"。在多数人不得不"内卷"，甚至不得不"躺平"的时代，能过过"嘴瘾"已很好了，诗歌能服务社会的地方不多，但我们也许还会进一步思考："换个活法"的热忱会不会只是一次次残梦中勉强奋起，只是语言剩余能量一次次挥霍，或用作者的话来讲，不过是"对现实世界的彼岸期待和乌托邦式的虚无主义宣泄"？怎样使"新浪漫主义"的开展，不致开成绚烂空幻的"虚无之花"，重新被现代性深渊所回收、所吞噬？我隐约觉得，这部实际完成于2015年的著作，已提前触及这些当下我们迫切感受到的问题。

在"结语"部分，作者引用阿格妮丝·赫勒的名著《日常生活》中关于"有意义的生活"讨论，为全书画上了句号。在作者所引述的现代性理论中，法兰克福学派的审美性批判理论是非常重要的资源。作为卢卡奇的学生，赫勒当然也重视审美对日常生活的改造和提升，但她更多接续理性主义的传统，选取了与阿多诺、马尔库塞不同的路径。她更重视在日常生活内部的反思、改造与建设，认为"审美的生活"有其限度，可以将日常转变为"为他的存在"，却不具备感受他人需求的能力。相对而言，"有意义的生活"诉诸"实践理性"，寻求在变化中自我完善、敞开，并且能扩展至他人，将日常生活转变为"为我们的存在"：

> 有意义的生活是一个以通过持续的新挑战和冲突的发展前景为特征的开放世界中日常生活的"为我们的存在"，以便这一世界和我们自身能持续地得到更新，我是在过着有意义的生活。

这段论述，似乎得到了作者很大的认同。他最后提出的"新浪漫主义"建构，并非一个确定的蓝图，更多是一种开放的、可能性的远景，但已显出某种"有意义的生活"的朦胧轮廓：

> 因为这种新浪漫主义的建构途径之一，就是从法国大革命之后人的自由、平等所承诺兑现需求的浪漫主义，过渡到当下的日常生活世界的对"个人"的"自在的"存在上升到"为我们存在"

的结局：也就是主体性的再召唤。

将理论话语转化为诗人的修辞，或许可以这样说：要挣脱"虚无"的深渊，挣脱"相信未来"与"我不相信"构成的不断反复的循环，"开花"就不应单纯依赖任性的自由意志，依赖一次次乌托邦式的宣泄，一次次在语言中透支未来。"开花"的前提，或许不只是如何冲决网罗、自我炸裂、一飞冲天、气吞宇宙等等，而是要考虑如何落地、扎根，如何培育精神和文化的深厚土壤，如何建设有反思能力和丰富社会关联感的健全主体。这部有心"开花"的大著，最后"无心插柳"，这样的结尾余韵不绝，也预留了可以继续思考的更大空间。

本文发表于《中国图书评论》2022年第10期

批评的现场和"纵深"

第四辑

历史反复中"真的知识阶级"之难

——《鲁迅与当代中国》读后

一

按照钱理群老师自己的统计,他有关鲁迅的专著、论文集已有十本之多。这新增加的一部,意在沟通"鲁迅"与"当代中国",相对以往的著述,聚焦于特定的议题,无疑包含了某种更为总体的构想。我个人认为,有关这一构想,2010年3月在宝钢的演讲中,钱老师说得最为明白:"说实话,我之所以到处讲鲁迅,不屈不挠地讲鲁迅,原因也是出于对中国社会和历史发展有一个大的判断。这就是说……首先需要有一个大的全局视野。看看今天的中国人和中国社会已经发展到什么阶段,遇到了什么问题需要我们去解决?"从这个角度看,《鲁迅与当代中国》收录的各类演讲、发言及书序,话题不同,层次各异,面向了学者、教师、学生、工人、青年志愿者等相当多元的群体,视野也扩展至韩国乃至东亚,确实充分体现了"到处讲""不屈不挠地讲"的精神。这种"倾注了几乎是全部心血"的反复讲述,自然出于对鲁迅原创性、源泉性价值的体认。作为"20世纪历史经验"的一种凝聚,鲁迅以"立人"为核心的思想,可以构成国民精神建设的根本,钱老师的这个判断立意甚高,但他同时还强调:"首先需要有一个大的全局视野。"换言之,只有在特定的问题视野下,鲁迅之于当代中国的意义、其"活在当下"的意义才能得以彰显,这也为全书带来内在贯通性。

这样一个"大的全局视野",在钱老师这里,首先表现为对"中国到何处去""我们怎么办"等总体性问题的关注。在2012年题为《活在当下中国的鲁迅》的演讲中，钱老师曾就中国的基本国情、中国问题的症结、不同的改革方案、爱国主义与民族主义的评价等，进行过较为全面的梳理、审视。在不同的场合，他还多次引述鲁迅在《文化偏至论》中"二患交伐"的判断，来表达对近现代中国基本历史困局的理解："往者为本体自发之偏枯，今则获以交通传来之新疫，二患交伐，而中国之沉沦遂以益速矣。"在批判东方专制主义、引入西方工业文明的同时，又对西方的"文明病"以及新的奴役关系之产生，保持充分的觉悟，这是鲁迅一代面对的"两难"。扩展来看，这种"两难"不是只与东西方文化冲突的惯常议题相关，而可能伴随于任何试图一劳永逸变革中国的合理化方案，无论全盘西化，还是文化守成，无论自由主义、民族主义，还是马克思主义，如果不伴随内在反省及与复杂现实状况的调试，都有可能引致"二患交伐"的发生。在这个意义上，鲁迅以"立人"为主旨的思想，由于包含了对中西、新旧各类奴役关系的抗辩，由于其内在的超越性、批判性，构成一种相当独特的、具有乌托邦气质的现代化方案。

依照钱老师的分析，当代中国并不外在的"二患交伐"之困境，特别是90年代以来有关中国走向何方、改革具体走向的不同判断与构想，在知识界引发了激烈的论争，不同思想派别试图提出各自解决问题的方案，又不免各执一端，形成左右对峙之结构："客观地说，所有这些不同思想派别的分歧和论争，都是鲁迅那一代先驱者面临的两难选择的延续，我们甚至可以说，这是一切发展中的国家的知识分子在寻找现代发展道路时，所面临的困惑。"（《活在当下中国的鲁迅》）21世纪以来，世界范围内爆发的经济与社会危机又使这种"两难"具有了某种全球化色彩，换言之，任何以往历史提供的"现成"的政治经济模式似乎都"暴露了自身的矛盾、弊端"，当下中国的思想界也处在一种湍流飞溅、更为复杂的格局之中。其中，钱老师尤其密切关注的是在"中国模式""中国道路"等话语表述中，激进思想与国家主义、民族主义的合流，以及左翼知识分子与国家权力之间关系的重构，他甚至颇为激烈地指出：当代知识界的主要危险，就是"或者被体制收编，或者被某种思想体系收编，然后反过来想收编别人"，而"鲁迅的当下意义，就在于帮助我们'拒绝收编'"（《在台湾讲鲁迅》）。全书提出的几个重要命题，像"真的知识阶级"，"鲁迅左翼"与"党的左翼","鲁迅不是导师、不是主将、不是方向"等，都潜在围绕着这一现实关切展开，聚焦于复杂思想与政治环境中知识分子批判位置的选择。其中，对"真的知识阶级"这一命题的阐发，在钱老师"不屈不挠"的讲述中，或许具有统摄性的意义。

"真的知识阶级"一语，出自鲁迅1927年在上海劳动大学的演讲《关于知识阶级》，在钱老师的笔下，这个概念接近于某种批判知识分子的"理想型"。2009年在"台社论坛"发表的主旨演讲中，对"真的知识阶级"的第一个特点（另一个特点为"永远站在平民这一边"），有如下的阐述：

> 鲁迅认为，真的知识阶级是"永远不满足现状"的，因而是"永远的批判者"，并因此永远处在边缘位置。这里说得很清楚：处在体制边缘或体制外的位置，因此保持了党派外、体制外的独立性和主体性，这大概就是真的知识阶级，也即我们说的"鲁迅左翼"的第一个，也是最重要，最基本的，本质性的特点。

从这个"最基本的，本质性的特点"出发，"真的知识阶级"拒绝为权力帮忙、帮闲，也不会轻易成为大众帮忙、帮闲。这种永远处于边缘、处于体制之外、保持独立性的形象，与萨义德笔下的流亡知识分子多少有点类似。参加李零老师《丧家狗》一书研讨会时，钱老师对书中用萨义德的方式来理解孔子的身份就表示过认同，并进一步将孔子与鲁迅进行了比较。当然，这个"理想型"是否可以作为一种"现成"的形象就这样接受下来，是可以讨论的。因为无论在鲁迅时代，还是在当代中国，要理解知识分子自我确立的难题，都有必要深入更为具体的历史脉络当中，在变动的思想与政治情境中，才能理解"真的知识阶级"的特定张力及意涵。在我的阅读印象中，钱老师在这部书中引述较多的是鲁迅20世纪20年代中期以后的言论，尤其集中于所谓"最后的十年"。这个阶段鲁迅一代知识分子面对的时代问题及其社会感知，可能需要特别的分析。

二

依照一般的历史叙述,五四新文化运动的兴起要部分归因于知识分子群体对"民初"政治的普遍失望、厌弃,才有了从文化、伦理的角度塑造新的政治基础的整体方案。这一方案带来的"态度同一性",造就了五四时期蓬勃、活跃的思想局面,不管是致力于"纸上"的思想启蒙,还是目光向下,倡导"到民间去",寄希望于"自下而上"的社会改造,新知识分子对自身的启蒙位置相对自信,自我的时代感受也相对明朗、饱满。然而,"五四"落潮之后,诸多缓不济急的社会改造方案遭遇了瓶颈,时代氛围也日趋激进,这为新型政党政治的兴起提供了条件。与此同步的是,随着自身的散播、扩散,新文化运动在20世纪20年代初也逐渐与出版、学院、都市文化等因素结合,进入一种常态化时期,落实为新文学、新学术、新教育等诸多分化的领域。某种意义上,这种常态化也包含了一种体制化的倾向。1925年3月,鲁迅在致《猛进》主编徐旭生的信件中,就指出了这一点:"前三四年有一派思潮,毁了事情颇不少。学者多劝人踱进研究室,文人说最好是搬入艺术之宫,直到现在都还不大出来,不知道他们在那里面情形怎样。"①在这个著名的段落中,鲁迅将"艺术之宫"与"研究室"并提,在批评新文学囿于自身的同时,也将笔锋指向"整理国故"一类新学术,提醒无论是"空"的文艺,还是"实"的学术,新文化运动如果脱离社会批判、文明批判的视野,在专业化、合理化的向度上发展,不仅可能会自我封闭,消耗青年的活力,也可能形成某种新的权势关系,导致精神的内在屈从。

对于鲁迅来说,这或许是一个需要辨析的新状况,一种新的感知也由此生成。钱老师多次引用的《导师》一文,就写于这个时期,对"导师"形象的拆解,也意味着对以"指导""公理""方向"等为代表的"现成"方案的批判,意味着对知识与权力结合造成的新型"伪士"的揭露,这与同时期他对"社会批评、文明批评"的重申,构成了一种相互联动的战略性关系。待到革命的、左翼的文化运动兴起,在一系列论争当中,如钱老

---

① 鲁迅:《通讯》,见《鲁迅全集》(第3卷),人民文学出版社1981年版,第25页。

师反复提到的革命阵营中"奴隶总管""革命工头""革命小贩"等现象的存在,又让鲁迅发现了新的奴役关系在生成,这与对新文化运动自身体制化的批判,其实是发生在同一个逻辑的延长线上。在1930年著名的《"硬译"与"文学的阶级性"》中,鲁迅这样写道:

> 就拿文艺批评界来比方罢,假如在"人性"的"艺术之宫"(这须从成仿吾先生处租来暂用)里,向南面摆两把虎皮交椅,请梁实秋、钱杏邨两位先生并排坐下,一个右执"新月",一个左执"太阳",那情形可真是"劳资"媲美了。①

在这段文字中,鲁迅同样发挥了一种空间的想象力,将看似对峙的立场、姿态,放置在同一种空间构造中去理解。这里向南摆开的"两把虎皮交椅",与1925年提出的"艺术之宫"与"研究室"的并置,或许有异曲同工之妙,虽然一左一右,却相互配合在同一个构造中。当新文艺、新思潮过快变成了确定的、需要把守的立场,现实感及批判活力的丧失之外,鲁迅感受到的,还有某种固化体制的不断再生。

可以说,对于新兴文化运动、社会运动内部异化、体制化的警惕,构成了鲁迅20世纪20年代中期以后一个重要的思想线索,也是"真的知识阶级"提出的。然而,这只是问题的一个方面,同样不能忽略的是,"五四"落潮之后,以文化重造政治基础的方案已暴露出了历史的局限,在国民革命的开展及挫败中,不只社会氛围空前政治化,一系列活跃的政治实践也开始强力重新塑造文化运动的走向及内涵。对于五四一代知识分子来说,这更是一个全新的时代状况,其自我位置、实践方式的考量与抉择,也必须发生在这一全新的文化政治乃至党派政治的空间中。包括鲁迅在内的知识分子则选择"向左转",选择与进步力量结合,投身无产阶级文化运动,这是一个众所周知的故事。作为一种参照,以胡适为代表的一批自由主义的专家、学者,在20世纪30年代国难加剧、国内冲突不断的

---

① 鲁迅:《"硬译"与"文学的阶级性"》,见《鲁迅全集》(第4卷),人民文学出版社1981年版,第208页。

背景下，也逐渐改变了对"蒋政权"批评的态度，转而选择与其合作，希望能打造某种"社会重心"，在结束"内乱"之后强力推进"现代化"的进程。观察20世纪30年代知识分子不同的道路选择时，左右两方的某种趋同性，似乎是可以注意到的一点。

这或许是鲁迅在"最后的十年"所面对的情境，相较于五四时期相对明朗的启蒙姿态，20世纪20年代中后期以后，新知识分子无疑卷入了更为错综矛盾的社会、文化、政治网络中。选择与进步力量结合的同时也意识到新的异化产生的可能，保持思想批判的活力又深知自身的限度，这样的冲突、纠结，激发了鲁迅一系列新的思考，也构成了"真的知识阶级"这一命题的内在张力。在《关于知识阶级》的演讲中，有这样一段文字似乎较少被后人引述：

> 知识阶级对于别人的行动，往往以为这样也不好，那样也不好。先前俄国皇帝杀革命党，他们反对皇帝；后来革命党杀皇族，他们也起来反对。问他怎么才好呢？他们也没办法。所以在皇帝时代他们吃苦，在革命时代他们也吃苦，这实在是他们本身的缺点。
>
> 所以我想，知识阶级能否存在还是个问题。知识和强有力是冲突的，不能并立的；强有力不许人民有自由思想，因为这能使能力分散……
>
> 总之，思想一自由，能力要减少，民族就站不住，他的自身也站不住了！现在思想自由和生存还有冲突，这是知识阶级本身的缺点。①

知识与强力、文艺与政治的二元关系，是鲁迅此一时期常常提及的话题，二者永远冲突，"不能并立"。但此处，鲁迅并未完全站在"知识"的立场上，反而有一种超越性的总体视野，从民族生存的角度，反省"知识阶级"的局限，这与"真的知识阶"之"永远不满足现状"的立场，已

---

① 鲁迅：《关于知识阶级》，见《鲁迅全集》（第8卷），人民文学出版社1981年版，第189—190页。

在暗中有所龃龉。

鲁迅表述中的不同层次,钱老师也注意到了。在2011年10月致严家炎老师的一封信中,钱老师提到在与王得后先生的一次聊天中,王先生谈到"对鲁迅的有些说法,还有不太理解的地方",其中就包括上面"知识和强有力是冲突的"这段话。而应该怎么看待知识与强力、思想自由与生存斗争之间的关系,钱老师说,自己在研究鲁迅时,同样也感到了这种困惑:"'个人自由'与'集体(国家,民族)的统一与强大'之间的关系,是极为复杂的。而且是中国革命和现代化发展中所遇到的理论与实践问题。用过去的'左'的观念来看待这些问题固然不可,而简单地用自由主义的理念来作判断,恐怕也不行。"左右为难之间,钱老师在信的最后写道:"究竟如何看,我也没有想清楚,不知严老师有何见教?"在这里,有关"真的知识阶级"的论述变得复杂了,思想中悬而未决的状态被呈现出来。这封信与另外一封书信,构成了全书第一个部分"我们为什么需要鲁迅"的最后收束,这种编排方式由此也显得耐人寻味。

三

柄谷行人曾谈到,历史往往存在反复,包括"人们做一件新事的时候,回想起过去的人和事而对其进行反复",以及"尽管否定而且忘记了过去的事例,可是仍然会反复。这种强迫性的反复就是'被压抑者的复归'"。[1] 钱老师认为当下不同思想派别的纷争,可以看作鲁迅一代"两难"选择的延续。这里的"延续",可否理解为一种"反复"?按照柄谷的说法,在历史中反复的并非"事件"(内容),而更多是"结构"(形式)。它发生在政治、经济的层面,在社会意识、情感模式,乃至理解社会及自我关系等领域,同样可能会显现出来。在鲁迅"最后的十年"与当代中国的思想情境之间,是否存在"反复性的结构",这个问题大概也会让人联想不断。简言之,在"中国向何处去"的全局视野中,无论80年代高调的新启蒙姿态,还是90年代初对学术专业性、自主性的强调,都无法构

---

[1] 柄谷行人:《历史与反复》,王成译,中央编译出版社2011年版,第29页。

成自明性的支撑,思想活动与政治实践,知识分子与国家、政党、权力、群众之间的关系,又一次面临了需要辨析、调整、重建的复杂状况。与此相关,围绕"改革"方向、"中国崛起"道路展开的争论,也使得不同的思想方案在竞争中伴随着自我合理化、固化的危险,或如钱老师所忧心的,被有形或无形的权力秩序所收编,再生出新的依附与屈从。如果历史的"反复"是结构性的,那么结构也可能以"难题"的形式出现。置身于如此错综的"难题"情境之中,引入"真的知识阶级"的立场,也就内在包含了一种焦灼、一种重新辨认自身位置的努力。因而,仅仅重申知识与强力、文艺与政治的二元,是远远不够的。相反,要担负起"不断揭示现实社会、现存思想文化的矛盾、问题、困境"的使命,恰恰需要破除常识化的二元构造,在具体的时代状况和政治结构内部,寻找一种辩证的认识契机。换言之,"真的知识阶级"并非一个抽象立场,可以作为原理脱离历史存在,即如"鲁迅左翼"与"党的左翼"的区分,也有必要在动态的历史进程中进一步辨析。①

所谓"鲁迅左翼"与"党的左翼"的区分,在钱老师的讲述中,是一个相当重要、经常提及的话题。这一区分不是钱老师的个人发明,王得后先生曾有文章专门探讨鲁迅文学与左翼文学的异同。钱老师将其转换为两种"左翼"的比较,并直呼后者为"党的左翼",关注的问题也似乎超越文学的范畴,具有对20世纪革命实践反省的意味。在钱老师的讲述中,在反对国民党的统治、"和革命的劳苦大众同战斗、同命运"方面,"鲁迅左翼"与"党的左翼"的深刻联系首先得到了阐发。在这一大前提下,钱老师也着重分析了二者的分歧,分歧之一就表现为高度组织化的"党性原则"与独立思想追求的冲突。这种组织性原则,如钱老师提到的,源于"布尔什维克党"的政党模式。"五四"之后各种思潮的竞争中,正是这一新

---

① 论及王得后、钱理群二位老师对"鲁迅左翼"与20世纪30年代左翼文学的区分,台湾学者徐秀慧曾提出商榷的意见:"仅仅因为中国无产阶级革命道路走得崎岖不平(而鲁迅也早就预见革命成功后未必就是'黄金世界'),因而将鲁迅左翼与中国无产阶级革命的道路分化,这一研究框架在诠释上却有'去历史化'的可能,无法使我们深入理解1930年代左翼文学思想的复杂性。"参见徐秀慧:《试论鲁迅与瞿秋白左翼文学观之异同》,《鲁迅研究月刊》2011年12期。

型的政党模式,让激进知识分子找到一条变革社会的途径,也正是高度组织化的方式,保证了其在严酷的环境中保存下来并得以壮大,最终完成了中国社会的重造。

的确,由反抗、斗争,再至获得政权。"高度划一"的政党模式,离不开权力的实施和巩固。结合自身的历史经验,钱老师一代学者对其中压迫性、教条性的一面,感受相当深切,而组织的"硬化""异化",某种意义上也正是革命过程的崎岖与艰难所在。但即便强调高度划一的组织性,"党的左翼"本身却不是"高度划一"的抽象整体,而是生成于高度流变的现实状况中,包含了相当复杂乃至相互冲突的层次。况且,光有强大的组织性是不够的,革命之所以能百折不挠地曲折展开,也要归因于"党的左翼"能在有利与不利的条件下,灵活地调整革命的方向、策略,把握住翻转历史的重大契机。大革命之后,在外部的压力之外,中共内部路线斗争频繁,高层领导不断更换,如何在内外困境之中生存下来并打开局面,如何面对瞬息万变的国内外局势,在"现成"的革命方案、原理之外,获得对中国社会现实的内在把握,如何利用"统一战线"调动各方面有利的因素,都构成相当严峻的挑战。作为某种意义上革命的"同路人",鲁迅对于"党的左翼"内部复杂的政策变动不一定完全了解,"两个口号"之争的发生,在一定程度上也与对现实状况的不同判断相关,但鲁迅的态度其实也相当地辩证。即使对左联领导的作风、习气十分不满,在具体的人事上颇为"执滞",十分警惕革命人自身的劣质化,但对于无产阶级革命及文化的实现,鲁迅依然抱有热切的期待,在党派、群体的评价上,主要着眼于大的方向上,看相关的努力"于中国有益与否"。对于身边接触到的革命者,即那些"对庄严工作努力的人们,为了整个未来的光明,连自己的生命也置之度外"的个体,鲁迅也"尽其力所能及"给予支持。① 而这样的个体,也正是"组织"中的个体,他们绝非被动的政策执行者,其中不乏"埋头苦干""拼命硬干""为民请命"的人。"组织"的活力与可能性,也正是源自这些能动的、创造性个体艰苦卓绝、持续不断的努力。

---

① 许广平:《鲁迅和青年们》,见《十年携手共艰危——许广平忆鲁迅》,河北教育出版社2000年版,第47页。

做上述补充，不是要加入对 20 世纪革命聚讼纷纭的历史评价，而是说"鲁迅左翼"与"党的左翼"都不是本质性、整体性的存在，二者的关系应放在一种动态的历史框架中考察。在革命政治及文化的进程中来看，为了破除革命本身的硬化与体制化，"鲁迅左翼"也可内化为"党的左翼"的一个有机的部分、一种内在的修正与激活的力量。这同时也意味着，要回应中国现实问题的复杂，不仅需要打破"左右"之分的僵硬框架，对于"体制"与"反体制"一类立场的构造性也应有清醒的觉悟。因为，左翼的批判立场一旦落实为"实体性的价值"、一种"现成"的立场，很可能也会阻碍知识分子深入变动的当代状况，在历史交错的脉络中认识现实的意愿和能力，进而弱化承担实践责任的耐心和勇气。从某个角度看，"真的知识阶级"不是一劳永逸的立场，"真的知识阶级"同样需要不断自我辨认、重构视野，需要体贴现实的种种曲折和层次，在认识与实践的责任伦理中经受锤炼。或者可以说，"真的知识阶级"也有必要进一步成长为"新的知识阶级"。

在《"真的知识阶级"：鲁迅的历史选择》中，钱老师将鲁迅最后十年的"思想、文学与社会活动"的基本线索，概括为两条："'真的知识阶级'的认定与追求，以及思想运动与实际的社会运动的结合。"这后一条线索，就不完全能在知识分子与政党、文学与政治的二元构造中理解，因为"结合"也体现了"真的知识阶级"对自身局限的突破，体现了创造一种新位置的方向。可以参照的是，20 世纪的政治实践早已创造出了一批全新的知识分子，他们不仅是精于理论思辨的思想家，也是政治运动的参与者、领导者，甚至是运筹帷幄的革命领袖，如列宁、托洛茨基、卢卡奇、葛兰西，鲁迅身边的友人陈独秀、瞿秋白、冯雪峰等也都以政治实践及文化批判的方式，扩充了中国革命的内涵，或撑开了其内在张力。同样不能忽略的，还有那些投身革命的中小知识分子，在一系列革命与改造的实践中，也突破了知识分子固有的圈子和体制，突破了居高临下的启蒙姿态，重建自我与民众的关系，逐渐获得了对中国社会肌理和民众情感的内在感知，由此也重塑了自己，成长为可以担当历史责任的实际工作者、革命人。

四

　　事实上，钱老师有关鲁迅与"真的知识阶级"的讲述，也一直在调整、变动与深化之中。在《"30后"看"70后"》一文中，钱老师梳理过自己的鲁迅研究轨迹，从20世纪80年代对"个人的鲁迅""世界的、人类的鲁迅"的发现，到90年代对包含"社会的鲁迅""民族的鲁迅"等更为复杂面向的展示，再到21世纪对"左翼鲁迅"的研究。仅就"真的知识阶级"这个命题而言，钱老师的讲述也一直在扩充，反思的内容也持续加入。2001年《"真的知识阶级"：鲁迅的历史选择》对于"真的知识阶级"做了两点界定："他将站在平民一边。""做永远的批判者。"而后来的讲述，又相继补充了实践的面向、"韧"的精神、扎根现实的"泥土意识"等。2009年在台湾"陈映真：思想与文学"学术会议上，钱老师将陈映真继承与发扬的"鲁迅左翼"传统概括为四个特点：其一，永远的批判、创造精神；其二，坚持弱者的、平民的立场；其三，"立意在反抗、指归在动作"的实践取向；其四，自我批判与反省的精神。相较于21世纪初的界定，这一论述已经有了显著的推进。钱老师后来又为这篇发言稿补写了一则附记，则特别谈及自己听了会上的发言及讨论，对陈映真的"复杂性与丰富性，就有了更深切的体认"，意识到"陈映真的独立知识分子的批判立场，还是可以成立的"，但同时"我对陈映真的政治行动性有些估计不足，在这一点上，他显然比鲁迅要更为积极和主动，因而对陈映真和政党政治、国家政治关系的复杂性也估计不足"。在我看来，这则附记可能相当重要，说明借助陈映真这样的个案，钱老师对"真的知识阶级"的思考、对其当代可能性的认识，也逐渐展开了新的面向。

　　沿了这条线索，读者能感觉到，钱老师讲鲁迅也往往分成两个步骤：第一步，讲在体制之外，拒绝收编，站在平民一边，坚守"永远的批判者"的立场；第二步，则眼光向下，关注基层社会的活力和组织，讲思想变成实际运动的路径，讲鲁迅的"泥土精神"，向青年发出"想大问题，做小事情"的呼吁。不少评论者都注意到，这其实也是钱老师自己的实践路径，通过投身中小学教育与乡土文化建设、关注青年志愿者运动，以及走进工厂、学校，向社会各界"不屈不挠"地讲鲁迅，钱老师也在探索一条批判性知识分子"下沉"现实的路径。在"真的知识阶级"艰苦的跃进中,他本人就是一个极富症候意义的个案。①

首先,钱老师提醒读者不要只关注社会的上层,包括官员、主流媒体和知识分子,更要"自己去看地底下",他自己选择的方式也是深入第一线的中小学教师和大学生志愿者组织中,讲述鲁迅的同时,也不断从这些群体中吸取"思想、智慧与力量"。相对于钱老师提到的当代思想派别对"重建国家意识形态和国家软实力"的参与,他选择的显然是一条现实体制之外的道路,不去做"幕僚、智囊团",试图在保持学术思考之独立的同时,也从社会基层的组织、运动中,寻求"静悄悄的变革"的希望,致力于"第二种学术""第二种教育""第二种政治"。这种自发性的、点滴渐进的社会联合、重建理想,似乎与五四时代的社会改造思潮相距不远,其在当下中国的可能性、有效性,尚需进一步观察,但无疑体现了一种实践位置的选择、一种主动的历史"占位"。

再有,钱老师面向社会各界"不屈不挠"地讲鲁迅,这种讲述不是单向度的,如他自己所言,更多显现为"双向的需要与支援"。比如他非常注重收集、整理不同社会群体对鲁迅的接受,一些重要的序言、讲稿本身就由学生课堂作业及发言的大量摘抄、点评构成。这些回应出自中学生、大学生、大陆青年、台湾青年,有的讨论鲁迅作品的文学魅力与精神感召力,有的结合自身的成长及家庭问题,还有的回应当下的现实处境。某种意义上,它们都是由钱老师的讲述所引发,但又沿着各自的脉络展开,不断形成新的论述面向和层次。鲁迅由此成为一个媒介,讲鲁迅、读鲁迅成了一个开放的"场域",能够帮助置身其中的个体(也包括钱老师自己)突破社会感知的封闭性,不断修正原有的社会认识,并从思想内部构建起一种广泛的联动性,形成一个不断扩张的精神空间。钱老师也说到,正是

---

① 2014年12月,在三联书店召开的"钱理群作品精编系列"出版座谈会上,孙歌老师曾提出钱老师的努力,可以放在现代知识分子自我确立的大背景中去理解:在传统社会解体之后,士大夫群体在政治、道德、社会之间相对完整有机的形象也随之不在,新文化知识分子所面对的困境,"恰恰是如何在一个新的、尚未定型的历史格局当中重新确立曾经由传统士大夫承担的三重责任"。无论鲁迅作为历史"中间物"的挣扎,还是钱老师充满人格魅力的实践,都回应了这样一个共同的、至今仍在展开的历史课题。

在与各种人群的联系中，人我之间形成了一种精神与智慧上的互动，从而能"在相濡以沫中寻求生命的意义和快乐"。

这种以鲁迅为媒介建立起的共同体感受，大概也潜在勾连了"好人联合起来做好事"的构想。与此相关，钱老师面对青年的讲述很少指示具体的实践方式，包括讨论鲁迅"最后的十年"也并不着力从事实的层面细致梳理鲁迅与"党的左翼"的复杂纠葛。他更多是在某种实践的态度层面，构建一种"鲁迅精神"，如"泥土精神""韧的精神"，给青年以主体的感召，这多少也会让人联想起鲁迅的方式。在20世纪20年代中期，虽然鲁迅一直拒绝扮演"导师"，但他自己也曾坦言，在实际行动中，"倒是一向就注意新的青年战士底养成的"[1]，在青年群体之中，也实际发挥了"导师"的作用。譬如《导师》一文发表在《莽原》上，一位青年读者读到后，就致信鲁迅："尤其使我百读不厌的，是第一段关于'青年与导师'的话。……我切急要对先生说的，是我正在找个导师呵！我所谓导师，不是说天天把书讲给我听，把道德……等指示给我的，乃是正在找一个能给我一些真实的人生观的师傅！"[2] 在这种反差中，一种独特的召唤青年的逻辑也显露出来：以胡适为代表的一批知识精英们希望通过"指导"或"教训"，使青年跻入"正路"，也进一步强化某种常态的现代文化体制；而在鲁迅那里，并不存在所谓"正路""捷径"，他更关注青年群体这个尚未被知识、权力异化的群体的精神可能性。从这种立场出发，他暗中扭转了"导师"与"青年"之间的权威结构，将纵向的"指导"变成一种共同担当的意识、一种站在"歧路"之上朝向不可知未来的勇气。

然而，在复杂的现实状况中，一种伦理性的主体感召如果缺乏具体的策略性，并外于在社会的、政治的特定结构，能否"畅快"地转化为现实行动，这是一个可以质询的问题。最近，刚好读到一位研究生提交的课程报告，讨论的正是钱老师与青年的关系，报告中也谈及"认识脚下的土

---

[1] 鲁迅：《对于左翼作家联盟的意见》，见《鲁迅全集》（第4卷），人民文学出版社1981年版，第236页。

[2] 鲁迅：《"田园思想"·备考》，见《鲁迅全集》（第7卷），人民文学出版社1981年版，第89页。

地""想大问题做小事情"等命题：

> 这些命题无一例外地指向行动，亦与当代青年被压抑已久的行动情结相通。但问题在于，怀揣启蒙主义与理想主义的青年很容易产生精神洁癖，而在做事时又不可避免地要与权力和资本打交道，这就会让他们感到诸多的不适应和痛苦。这时，相对清醒的青年就会发现，权力和资本的力量是巨大的，"打交道"的"博弈"过程并非双方的相互妥协，而只能是单方面的让步，一退再退之后，发现最终被改变的是自己，而非集团和社会。①

这位同学谈出了自己的困惑，这种困惑也许相当普遍。将"权力与资本"看作无法抗衡的庞然大物，将社会看作一个"酱缸""染缸"，在当代"相对清醒的青年"中，应该也是一种常见的认识"装置"。但，钱老师提出的若干命题，也包括"硬骨头精神""韧的精神""泥土精神"等，与其说"无一例外地指向行动"，毋宁说指向了行动中的主体状态，指向了一种扎根现实、与复杂现实状况缠斗的态度和能力，其中恰恰包含了对"启蒙主义与理想主义"之局限的修正。在这个意义上，将外部作为一个糟糕现实加以整体拒绝，或认可，这种"畅快"的认识装置，本身正是需要警惕的。无论"真的知识阶级"，还是"理想主义的青年"，要突破自身的限制，使批判精神和行动意志植根于"在地"的现实感，并进一步成长为"新的知识阶级"，锤炼一种坚韧深厚之人格本身就是不可或缺的维度。鲁迅所指出的"特殊知识阶级""革命工头""奴隶总管"群体的出现，以及新的"奴役关系"的不断再生，与思想及政治主体本身内在的匮乏在根本上密切相关。对于历史进程中主体状况的关注，则是他审视特定人物、党派的一贯视角："那切切实实，足踏在地上，为着现在中国人的生存而

---

① 李超宇：《钱理群与青年》，北京大学中文系2017年研究生课程"现代文学研究专题"课程报告。

流血奋斗者，我得引为同志，是自以为光荣的。"①

鲁迅说"其首在立人，人立而后凡事举"。在这里，"立人"不单指独立自主之精神的确立，同时也意味了意识、情感、认识、实践能力的深度培植。如果不根植于深厚的主体构造，失却了对复杂多样现实的缠斗与突进的勇气、革命的激情与理念，抑或知识分子的批判立场，都可能会过于"爽快"地依附于"现成"原理，或因无法抵达现实而丧失针对性和实践可能。这样的结果，往往也会呈现为一种反复，在糟糕的现实状况中，如鲁迅所说"一时特别愤激，事后却又悠悠然"②，或随世风摆动，沦入不断再生的"主奴结构"之中。的确，这样的"结构性的反复"，已相当乏味。

本文发表于《文艺争鸣》2017年第10期

---

① 鲁迅（冯雪峰代笔）：《答托洛茨基派的信》，见《鲁迅全集》（第6卷），人民文学出版社1981年版，第589页。

② 鲁迅：《350624 致曹靖华》，见《鲁迅全集》（第13卷），人民文学出版社1981年版，第155页。

检讨"真诚"之迷思：作为原理性的思考

读洪子诚老师《材料与注释》的同时，我一边也在读钱理群老师的《岁月沧桑》，两本书讨论的对象刚好有所重叠，在视角、方法和问题意识上，也构成了一种参照。钱老师的书写得酣畅从容，有很强的自我投射和代入感，读的时候很容易被他强大的论述卷进去。洪老师的方式，似乎要更多抑制主观的参与，着重呈现历史现场中不同的姿态，但材料与注释的穿插有时却能带来一种蒙太奇式的戏剧性。像 1957 年夏衍在作协党组扩大会议上爆炸性发言那一段，当不同当事人的叙述猝然对照在一起，读来就有惊心动魄之感。

另外，钱老师延续的是他关于 20 世纪知识分子精神史、心灵史的探讨，在他的文字中总能读出一个个真诚的、不断求索、独立思考的思想个体与大历史的对峙。虽然这些思想个体遭遇的挫折、内心的矛盾和挣扎也得到深入讨论，但总体上说，他们的主体形象还是比较饱满、清晰、内在贯通的。这与洪老师对文艺官员、知识分子状态的把握，刚好有所区别，洪老师似乎更关注主体形象中那些不连贯、不确定、不明晰的部分，非常注意不同的立场、表述背后特定的人格状态、道德状态。当然，《材料与注释》背后隐含了总体性的问题构架，涉及怎样理解 50—70 年代文艺政策的展开机制，以及"周扬集团"的兴起及其在激进文艺政治潮流中的命运。这无疑是当代文学乃至当代史研究的重大议题，但在宏大的问题构架之下，洪老师还是特别着眼于"知识人的道德状况"，这也带来了某种内在的紧张：一方面，全书贯穿了对"道德化"批评、对于与权力结合产生的道德至上主义的反省；另一方面，涉及具体情境中的个人选择，又保持了迫切的追问。有时，仅是只言片语，但春秋笔法，留给人的印象更深。比如，谈及周扬与冯雪峰晚年的和解，洪老师就认为以"彼此都有过失"的说法，将曾经的历史一笔带过，"也有点轻描淡写"。说到张光年的"周密、有弹性"的文风，将其概括为"在左顾右盼中表达这种政策转移的理论和现实依据"，也显然隐含了一种评价。

这种微观的，乃至是最低限度的道德关注，是否包蕴了一些原理性的思考，一些对于反思20世纪中国革命的历史经验看似隐微实则关键的思考，其实是可以提出的一个问题。在这一点上，洪老师与他评价过的丸山昇先生其实有几分相似。在《从萧乾看中国知识分子的选择》这篇文章中，丸山昇曾谈及文学史研究中"大状况"与"小状况"的关系，相对于"动辄就把作家在大状况下所做的选择密封在'历史的必然'中"的惯习，包括日常生活在内的"无数小状况"，在他看来，其实"具有从某方面来决定大状况的选择的力量"，而"小状况"的累积有助于文学史研究"呈现出立体的构造"。在这里，强调"无数小状况"的价值，并不是要为了要用"小"的丰富性、多变性，来消解"大"之真实性、必然性，而是说"小大"之间的交错、收放，能带来一种错综而内在的洞察、一种特别的历史透视感。从这个角度看，在梳理"大状况"方面，比如文坛内部冲突与错综的国内国际状况的关系，《材料与注释》可能尚有展开空间，但在"小状况"的辨析和评价中，洪老师特定的问题意识却能不断被提炼出来。有关"真诚"之迷思的讨论，在我读来，就是特别有意味的一个环节。

刚才提到，钱老师笔下的知识分子往往是一个个真诚而又矛盾的形象。从新文学的传统看，真诚也是其核心的价值之一，周作人在1919年的《平民的文学》中提出，所谓"平民的文学"就是一种"普遍而真挚"的文学。20年代初，郭沫若在给田汉的书信中，也称"我最爱的是真挚的人。我深信'一诚可以救万恶'这句话"。在现代中国的文化逻辑中，"真诚"或"真挚"不仅是一种文学风格、道德姿态，同时也是一种社会批判与改造的力量、一种文化创造力及革命能动性的源泉，包含了丰沛的文化政治潜能。对于"真诚"，洪老师却有一种距离感，在《"当代"批评家的道德问题》这篇总结性的文章中，专门讨论了"'真诚'上的迷思"，引述的资源之一是特里林的诺顿演讲集《诚与真》——洪老师曾多次引用其中的论述。

在《诚与真》中，特里林认为"真诚"作为一个问题产生在16、17世纪之交，是欧洲道德生活中一个新的要素，"真诚"所要求的"公开表示的感情和实际的感情之间的一致性"，是一种个人面对大众的自我展现装置，与"社会"的出现、个人的社会流动性增强、个体"内空间意识"的生成及"自我"（self）的形成有关。在文章中，洪老师介绍了特里林的观点，还特别引述了他对《少年维特之烦恼》的评说："最终甚至到他失败的时候，维特仍坚定不移地保持一个真实的、单一的自我形象。毁灭他的恰恰是这种固执。他是一个分裂的意识，却固执地执着于单纯的、诚实的灵魂。"这段话出自《诚与真》的第二章《诚实的灵魂与分裂的意识》，这一章从黑格尔有关狄德罗《拉摩的侄儿》的评价入手，探讨了所谓"高贵意识"与"卑贱意识"、"诚实的灵魂"与"分裂的意识"的区分。在黑格尔看来，"高贵意识"体现为个体意识对外部权力的内在顺从，但自我要走向自为的存在，精神与外部社会权力的同一状态必须瓦解，依照精神现象学的逻辑，个体意识走向"卑贱意识"，这恰恰是一种"进步"。《拉摩的侄儿》中"狄德罗/我"的"诚实"，"存在于他自身的完整性之中，存在于他与他物关系的直接一贯中，存在于他对传统道德的屈服之中"，而那个侄儿——"那个小丑，阿谀奉承的寄生虫，不由自主的模仿者"，则代表了一种"分裂的意识"，"正是这个形象，代表了精神它下一个发展阶段的运动"。

不难看出，对"真诚"的讨论包含了极强的认识论内涵——"人们不正是通过正视自己内在的矛盾分裂，通过激化或协调'自我'与环境之间的龃龉，在'抵抗'中取得情感上和认知上的深化吗？"这段话似乎呼应了特里林的逻辑，但需要注意的是，在这里，获得深化的不仅有"认识"，还有"情感"。这意味着自我与环境的"龃龉"不单带来意识的觉醒，同时也伴随了对事物复杂性与矛盾性的细腻体知和承担，伴随了艰苦的自我辨析和身心调整。因而，对"真诚"迷思的讨论，就并非一种简单的自我的"祛魅"，更指向了内在主体的深度开掘、涵育与培植。

如果说在泛政治化的语境中，"真诚"或对一个连贯的、完整自我形象的要求，会成为"分辨真伪"之道德化批判的口实；那么"真诚"的另一个表现，或许表现为对一个时期正确观念、立场、知识的皈依及由此带来的自我满足感,就像书中另一篇文章提到的,"获得一种述说'真理'的正义感和崇高感"、一种"展示自身拥有'权威'的那种权力满足"。同样,当历史转换到新的时期,这种自我感受可能又表现为在新的意识形态和文化前提下,看似真诚、痛切却可能相对轻易的悔过、反思。这样的"真诚"不是虚假的、伪饰的,在很多时候让人尊敬,也需要勇气,包括理想主义的激情,但可能只带来一种"浅显"的认知,或用洪老师的话来讲,一种语言和精神的"简化"。更进一步说,被"简化"或许还有主体的"内面",因为自我形象的高涨与内部实际的偏枯、虚弱,往往一体两面。

在书中,洪老师不断暗示过往时代并没有真的过去,"'当代'激进政治、文艺理念的内部逻辑"依旧在延伸、变异,依旧制约了当下的思考、发言。其中一种表现即是,价值立场的翻转并没有带来"当事人"内在主体状况的改善。如果新的"先导立场"没有与"情感上和认知上的深化"相结合,没有根植于一种深厚敏锐的心智,那这样的立场也不太可能稳固,不太可能持续焕发出生机和活力。这或许就是不能将"小状况"完全化约于"大状况""大结构"的原因,不能将看似身不由己的当事人之间的恩怨"轻描淡写"、一笔带过的原因。在这个意义上,洪老师常说到的自己犹疑不定、不自信的作风,就不只与个人性格、人生的阅历和感受相关,同时也是一种思想方法,一种拒绝"浅显"反思、在龃龉和矛盾中不断调试、深化主体的方法,其中包含了某种相当积极的、富于生产性的价值。

在这次"《材料与注释》研讨会"上,一位年轻学者将洪老师的学术路径概括为不断"后退",从大的历史叙述"后退"到个人化的叙述,再"后退"到"材料与注释"这样的基础层面,"后退"到历史的复杂性与多样性之中。但他认为,中国的社会主义历史仍需要建立一种整体的叙事,自己更倾向于选择"前进"。老一代学者和80后研究者在学术取径、历史感受方面的代际差别,在这样的对话中有所显现。实际上,阅读《材料与注释》后半部分的"访谈",也能感觉到代际的对话。相对于洪老师的犹疑、审慎,年轻一代学者更多强调立场选择、决断的必要,也更擅长理论思辨,把握总体性的文化政治脉络,对于革命文化实践的正面价值、建构性价值也多有期待。洪老师在访谈中,对此也做出了回应,甚至稍有显出"硬气"

的一面，像辨析自己的"小资"意识、强调"阶级主体性"获取的艰巨等。对于年轻的学者来说，洪老师的回应或许构成了一种提醒。站在新的理论"制高点"上，今天更具主体决断和方向感的思考，同样需要警觉于自身的位置，在反思过往历史的同时，警觉于今日的反思是否也会陷入一种知识上、价值上的自我满足感，从而错过对复杂现实的耐心体知，也忽略了更为深厚的内在主体之培植。在这个意义上，所谓的"前进"与"后退"，并不必然表现为彼此相反的向度，也可能在"情感上和认识上的深化"中构成相互的支撑。或许只有带着"后退"的全部阴影，"前进"的脚步才更为坚实，我们也才有可能真的走出过往的历史，走出语言和精神中那些固化的结构。

本文发表于《汉语言文学研究》2017年第2期

现代文学研究的整体感与学科之"魂"

温儒敏老师的自编文集《为精神界之战士者安在》收录的大部分文章，以前都是读过的，但汇集成一本厚厚的大书来完整阅读，还是会有很多新的感受，其中也包括对温老师学术风格的进一步感知。温老师的学风稳健，并不像一些强力学人那样纵横开阖，使用很多高深的理论，或征引大量的文献，他的论述更多基于常识、常理和常情，贴着作家作品或文学史现象自身的脉络来展开。初读的时候，会感觉很少惊人之语，但却又能知人论世，往往抓住核心问题，通透之中也不乏绵里藏针的力道。这种切实的风格看似低调，换个角度看，在观念和方法不断狂飙突进的现代文学研究界，其实是相当独特的、相当有个性的。

去年冬天，张恩和老师的纪念文集《回响》在京出版，社科院文学研究所还为此召开了一次研讨会。温老师在撰写的纪念文章中，将张老师看作现代文学研究"第二代"的代表。对于这一代学者的特点，他有这样的概括：

> 他们那一代求学的青春时代，经历了频繁的政治运动，生活艰难而动荡，命运把他们抛到严酷的时代大潮中，他们身上的"学院气"和"贵族气"少一些，使命感却很强，是比较富于理想的一代，又是贴近现实、关注社会的一代。马克思主义的世界观与方法论从一开始就支撑着他们的治学，他们的文章一般不拘泥，较大气，善于从复杂的社会历史现象提炼问题，把握文学的精神现象和时代内涵，给予明快的论说。上世纪90年代之后，他们纷纷反思自己的理路，方法上不无变通，每个人形成不同的风格，

但过去积淀下来的那种明快、大气与贴近现实的特点,还是保留与贯通在许多人的文章中。①

相较于张恩和老师这一代,温老师及钱理群老师、赵园老师、吴福辉老师、陈平原老师等一般被称为现代文学研究的"第三代"。在20世纪80—90年代,正是"第三代"学者极具开创性、敏锐把握时代脉搏的研究,强力开启了现代文学学科的重建和专业化方向的展开。但正如温老师所言及的,"第二代"学者在这一进程中"纷纷自我反思自己的理路,方法上不无变通",实际上与"第三代"形成了呼应之势。同时,由于相似的历史经验、理想主义气质及使命感,"第二代"和"第三代"之间也有较强的精神联系,在学术性格上不乏共性,如"明快、大气与贴近现实"。在这方面,温老师可以说是一个代表。

这种学术性格的养成,离不开特定的成长背景、时代氛围的影响,像温老师提到的"频繁的政治运动""生活艰难而动荡"等,在一定程度上与学术工作最初的展开方式也不无关联。在纪念文集《回响》中,很多老师在回顾张恩和老师学术起点的时候,都会提及60年代初他参加唐弢本《中国现代文学史》集体编写的经历,张恩和老师最后的遗稿也重点梳理了这一段历史。不同于后来以专家"个人"为主体的文学史写作,50—70年代的文学史编写工作都是通过"集体协作"的方式来完成。相应,文学史写作面对的也不单纯是学科内部的问题,而是会比较多地受到外部政治环境的制约。这自然会带来相当大的限制,但从另一个角度看,也会让研究者在一开始就关注整体性的文学史框架,"不拘泥,较大气",同时政治责任感和敏感性较强,下笔也会更审慎,对于问题的考虑会比较稳妥、周全。

作为"文革"后现代文学专业的第一届研究生,温老师这一代学者自然起步于个人化也更为专业化的研究,但他们的"个人化"学术其实并不远离文学史写作的整体感。且不说"二十世纪中国文学"提出后钱、吴、

---

① 温儒敏:《作为"第二代学者"的张恩和教授》,见张洁宇、杨联芬编:《回响:张恩和纪念文集》,中国大百科全书出版社2020年版,第115页。

温等老师合作完成的《中国现代文学三十年》，温老师的第一部专著《新文学的现实主义流变》也是一部从复杂文学现象中提炼问题、把握现象背后历史规律并努力"给予明快的论说"的系统之作，保留了"马克思主义的世界观和方法论"注重发展、规律和整体性的底色。在温老师这里，还有一点可以注意，那就是他的研究和课堂教学的关系是十分紧密的。在《为精神界之战士者安在·题记》中，他特别谈到集中的不少文章，都是根据课堂讲稿整理出来的，像《中国现代文学批评史》《中国现当代文学学科概要》等代表性成果也都是先开了课，然后才有了书。温老师文风的通透与平易，对知人论世的强调，以及突破学院化壁垒对文学教育、"文学生活"的关注，与这种以教学为内在驱动的研究方式或许也有相当大的关联。在第二代、第三代学者的研究中，除了文学史意识的潜在影响，这种以"教学"为研究内在驱动的特点，应该也是普遍存在的。

在90年代之后更为规范化、专业化的学院体制之中，对于更年轻一代学者而言，博士论文往往是学术的起点。在北大现代文学博士论文的答辩现场，陈平原老师常说"一篇博士论文可以管十年"，以此来激励刚刚"入行"的博士对学术道路要有清醒的规划，充分考虑研究课题的延展性。这也恰恰能说明年轻学者一般的成长轨迹：在博士论文阶段，开始进入比较专门的、精深的研究课题，由此确立大致的学术方向、格局，后再经持续的开掘深耕，在特定的领域有所建树，成就"一家之言"。这样的自我养成方式，对于研究者学术性格的影响是多方面的，比如在自己的议题范围内会不断跨越学科边界开疆拓土，但对原有学科内部其他的脉络却可能无暇更多关注，较少考虑文学史写作的整体框架、现代文学学科社会位置之类的"大"问题。当然，这与90年代之后的学科状况和思想状况也不无关联：一方面，无论"二十世纪中国文学"还是"现代性"和"反思现代性"的文学史框架，似乎已大体稳定在学院的知识生成链条中，提供了可以充分展开学术工作的空间，不需要后来者特别去反复检讨、审视；另一方面，在"反思"和"多元"的名义下，当代的知识趣味也倾向对宏大的整体叙述保持某种距离感，在拆解过往历史叙述过程中释放更多的差异性、可能性，将新文学传统在"现代"时空中予以相对化，似乎是多年来的学术风尚所在。

当精深的专业化研究在一个学者的养成中，占据了更大的比重，教学与研究的关系也会在无形中发生偏移。这倒不是说在以学术发表为主要学术评价的不良环境中，年轻学者越来越不重视教学，将更多精力投入可以转化为学术 GDP 的项目和论文。事实上，很多有学术抱负的年轻学者仍十分重视科研与教学的紧密关联，将"教学相长"的良性互动看作一种理想的"志业"境界。问题在于，相对于以教学为研究内在驱动的方式，以研究来驱动教学成为一种普遍的趋势。比如，因为文学史基础课程的压缩，很多学院里的老师更多会依据自己研究的动态进程，来安排相应的教学计划。简单说，手头在做什么课题，就干脆开什么课。课题做完了，书出版了，课也可能随之消灭于无形。表面看，以教学来推动研究，还是以研究来推动教学，似乎并不矛盾，但其中还是有差别存在的。在"以教学为驱动"的研究中，现代文学作为一种经典资源，其意义和价值需要不断加以阐述，并有效地向学生与社会传递，这是一个大前提。因而，学术工作更为注重学术的可接收性和系统性，"研究"更多起到一种中介性的作用。相较而言，"以研究为驱动"的教学，可能并不以系统知识和文学史脉络的讲授为重心，更多倾向于学术新见的提出与理论方法的运用。由于文学史基础课时的压缩，即便是本科课程也多以研究专题的方式呈现。这样的"教学"因学术性强，能不断掀起"头脑风暴"，会一定程度上受到学生的欢迎，让学生包括低年级本科生比较快地进入"研究"状态，加速学术后备力量的养成。但类似的"早熟"对于学科后续发展的影响，可能是需要思考、反省的。比如，在对基础文献和作品缺乏完整了解、缺乏深入感知的时候，就开始以和前沿对话为目的写作论文，这样的学术"起点"或许是不稳定的。当学术工作被单向理解为阐释方法和观念的不断推陈出新，长期浸润于一种学术创新、竞技的环境中并将其作为一种常态，年轻学者也很难具有相对开阔、平稳的心态，完整领悟现代文学学科深厚的传统及活力。

《为精神界之战士者安在》的第四辑，收入温老师几篇非常重要的反思现代文学学科发展状况的文章，如《谈谈困扰现代文学研究的几个问题》《文学研究中的"汉学心态"》《现代文学研究的"边界"及"价值尺度"问题》等，分别就学科的"边缘化"、海外汉学的影响、文学研究的"思想史化"，以及价值前提的相对化等问题，进行了深入的检讨。事实上，上述问题在最近一二十年常常被提出，某种意义上也是现代文学学科空间不断扩张、价值取向不断多元化之后必然会有的一些困扰。我觉得，温老师不是简单地质疑观念、方法的"新变"，也并非要抽象地维护文学研究的自主性，接着前面的话题，他更多关注的是"新变"背后的"心态"，或者说学科边界的扩张、理论框架的不断翻转对于研究者主体状态的影响。像海外汉学带来的冲击，温老师在不同的文章中多次谈到，但他谈的不是所谓"汉学"的阐释方法和强势理论本身，而是"汉学心态"的问题：跟风模仿，简单套用，以海外研究成果为评价尺度，缺乏自主性和独创性等。其实，这种"心态"不只表现在"汉学"影响所及之处，如果脱离了内在的思想诉求和历史现实感，只是将学术工作的进展理解为专业化体制内部的攀爬，对于方法、理论、外部潮流的依附心态或许在所难免。在这样的"心态"制约下，研究者的工作热情也会不断磨损，难以脱离层层"内卷"之感，无法如温老师提到的"优游浸渍"于"治学的'过程'"，"培养起一种学术的尊严感，一种认真、求实和追求真理的心志和涵养，让生命充实，人生的境界提升"。[①] 看起来，这只是研究者个体的问题，和目前不理想的学术生态大有关系，特别是学院"青椒"们要面对来自多方面的压力，很难有出脱"俗谛之桎梏"的优游心态。然而，对于"心态"的质询还是内含了有关学科发展的总体考虑，这也就是温老师在文章中强调的要找回现代文学研究的"魂"的问题。

什么是现代文学研究的"魂"？这个问题谈起来会有些抽象，可能指现代文学学科曾有的浑厚凝重之传统，或如温老师提到的，指和现实对话、参与当代价值重建的自觉，以及对现代文学一些根本性问题的不断重新审视。从后一个角度看，所谓学科之"魂"也可以理解为现代文学研究的内在整体感。新时期以来，现代文学研究的学科框架虽几经转换，逐渐脱出以往的泛政治框架，向一种多元开放、充分释放差异的文学史观转变，但这并非意味着这门学科就一定会失去内在的迫切、紧张，正如它不可能自我缩减为一门单纯的审美性学科，它也不可能成为一门完全自我"古典化"

[①] 温儒敏：《谈谈困扰现代文学研究的几个问题》，见《为精神界之战士者安在》，人民文学出版社2021年版，第555页。

的学科。从其生成之日起,现代文学以及相关的论说就与中国社会的整体变革、思想及人的重造紧密相关,现代文学研究也是以文学为中介朝向20世纪中国整全性、结构性理解的学科。作为一种"小传统",现代文学如果还可以保持一种思想和感知的"活气",很大程度也是因为我们仍不能把"现代"作为一种已完成的、封闭的、可以充分对象化的存在,当下的思考和感受仍处在"现代"所提出的问题结构之中,也生成于它的历史后果乃至颠倒之中。保持这样的整体性追问,有了这样的"魂",现代文学研究的"从业者"似乎也能比较有工作的意义感和价值感,即便在不好的环境中也能安顿身心,有相应的自主性和工作热情,不会特别将所谓方法、理论以及材料作为评价的单一标准,在一定程度上对冲学科"内卷"的趋势。当然,在反思革命、反思现代性潮流的助推下,现实的状况是:当代文化的趋向正是在于不断质疑具有远景性、结构性的叙述,在多元共生、不断驰骛的扩展中,学科的面目也会日益模糊、分解。这或许会对研究者"心态"带来潜在的影响,如浮躁、跟风、无法专注,或因厌倦体制而自我委顿等。这都会进一步会影响到学科的品质和思想对话能力。

《现代文学研究的"边界"及"价值尺度"问题》是温老师在中国现代文学研究会第十届年会上所做的主题报告。在这份十多年前有关学科发展的总体扫描中,温老师检讨了学科平稳态势之下隐藏的"某些困扰与迷惑的湍流",同时也提到了一些新的研究向度和"突围"的努力。十多年过去了,温老师当时提出的问题依然存在,在更大的社会文化氛围和学术环境中,有的问题也难以避免,不太可能在单一学科的内部解决。然而,正如温老师文中引述的吴福辉老师的说法,即:虽然"分解"的进程还在持续,但很多"小归纳"的出现已经带来某种"山雨欲来风满楼"的感觉。① 在近十多年各种潜流的涌动之中,在诸多"小归纳"向"大归纳"的汇聚之中,某种新的学科整体感也逐渐浮现出来,比如在社会史的视野中对左

---

① 参见吴福辉:《中国现代文学研究的当今态势》,见《多棱镜下》,人民文学出版社2010年版,第300页。温老师在《现代文学研究的"边界"及"价值尺度"问题》中引用了吴福辉老师的说法,见《为精神界之战士者安在》,人民文学出版社2021年版,第584—585页。

翼革命文学脉络的重新研究，比如在传统中国与现中国的长时段关系中对现当代文学位置和意义的研究。这些不同向度的进展，看似出于不同的特定的文化政治立场，但都不只关涉对某一种文学潮流的理解或某一种研究视角的引入，都在一定程度回应了现实的紧迫问题，带动了对"一些根本性问题"的思考。在这个意义上，或许我们还可以说，现代文学的学科之"魂"虽然有可能在变动的潮流和不好的学术环境中分解、飘散，但也会因诚挚迫切的思考而时刻在重新聚敛、再充实之中。

本文发表于《文艺争鸣》2021年第9期

"文化自觉"与当代文学研究框架、方法的重构

我和(贺)桂梅是同龄人。在1970年前后出生的现当代文学研究者中,桂梅是学术格局形成最早,也最能开拓理论和学术疆域的一个,在我们这代人中一直起着"带头人"的作用。她对宏阔历史政治结构的把握、对复杂理论层次的构建能力,都让人叹服。《书写"中国气派"》这部大书,十年磨一剑,从后记中我们也能了解,问题意识的"生成史"还要更漫长,与近二十多年来思想界的热点讨论紧密相关。从"新左派"与"自由派"之争,到"中国道路""中国模式"的讨论,再到从长时段的文明论视野看待中国革命、中国经验的独特性,书中凝聚了桂梅多年来对什么是"中国",及怎么理解中国的"现代"、中国现代的"革命"的持续思考。

表面看,"民族形式"不是一个新话题,以往的研究也很充分,但大体上局限于现当代文学学科的内部,只是作为文学问题甚或次一等的"形式问题"来讨论。桂梅将这个话题提升到一个新的理论高度,从"民族形式"问题与40—70年代"人民-国家"形态的关系入手,在冷战及"第三世界"等全球体系中,考察"民族形式"书写如何参与革命中国的建构,极大突破了现当代文学学科的限制以及单一的"民族-国家"想象,某种重构当代文学史研究框架的努力也包含在其中。比如,将毛泽东《讲话》作为当代文学的历史起点,以凸显"工农兵文艺"体制的生成及其在社会主义文学中的贯通性、支配性,是当代文学史叙述的一种常见思路。在书的绪论中,桂梅却将当代文学的起源有意前推,推至抗战初期的"民族形式"论争。这样的推移显然不只是时间意义上的,也预示了另一种文

学史叙述的可能性：不再将文学"一体化"的进程当作"剧情主线"，转而将"民族形式"指向的中国气派、新的中国想象作为理解当代文学的整体框架。相应，全书的写作也蕴含了与既往及当下当代文学研究范式、方法的对话，借用李杨老师的说法，桂梅是要翻越当代文学研究的几座"大山"。这几座"大山"既包括曾起到支配性作用的"革命史"范式、"现代化"范式，也包括一度流行的"再解读"思路，对于更为晚近的洪子诚老师开创的"历史化"研究、蔡翔老师的"社会史"研究，桂梅都有所检讨，指出不同研究范式的前提、优势、特点及其限度。或许正是在这样的辨析、对话中，在学科视野的不断拓展中，新的文学史意识才得以生成、翻转，并在更大的层面打开，即在文明史与全球史视野中，勾连"现代"和"改开"之后的历史，将"民族形式"及其指向的"人民–国家"政治作为理解当代文学的贯通性视角。

当然，突破、重构并不意味推倒重来。桂梅的写作也并非脱离当代文学原有的轨辙，依然选择梁斌、赵树理、柳青、周立波这样的经典作家，花大力气重新阐释，就是一个例证。实际上，正如书中提到的，20世纪40—70年代主导性的文学实践可能恰恰不是作家文学，而是融合多种媒介形态的大众文艺，如戏曲、口头文艺、连环画、电影，这样的大众文艺更能体现当代文学对现代文学体制的扬弃。像柳青、周立波的小说创作，在一定程度上还是继承了19世纪及苏俄现实主义的传统，代表性的作品也创作于"民族形式"当代变迁的所谓"苏联化"时期，不一定完全体现"民族形式"的大众化特征。那怎么理解这种对作家文学的"偏重"？我想，桂梅的意图并不是要在文学史的层面，去分门别类处理"民族形式"具体落实的各种形态。选择经典作家的理由，一方面可以在典范性和历史性之间达成平衡；另一方面，也更为重要的是，要释放"民族形式"内在的理论能量，还是要从最有思想和形式强度、最能为历史经验赋形的个案入手。即如绪论中所写到的：赋予经典作家以核心的位置，并不是要回到过去"作家论"的模式，而是"要强调文学文本作为一个不同力量交汇的场域形成过程中，作家于其中扮演的代理人角色"，为的是"凸显文学实践的整体性过程"。在社会风俗、政治构想、文学体制、生活实践等多种力量的交汇中，经典作家所代表的革命理性主体具有强大的整合能力，同时能在磨砺中不断突破自我，甚或达到某种"无我之境"。从这样能动的理性主体入手，相信也能与研究者本人的身心开展有更内在、更强劲的呼应。

全书前五章处理的都是小说文本，桂梅强大的理论辨析和文本细读能力也展示得淋漓尽致。第六章《毛泽东诗词与当代文学的古今之辨》，讨论对象从小说转向更具民族色彩的诗词，从经典作家变为伟大领袖。对于桂梅自己的研究而言，可能这一章的突破最大，写得也最挥洒。从毛泽东打破"一国两诗"的文学体制、创造"今诗"的意义，到结合具体的国际形势，讨论革命地理观和天下的世界观，再到特殊抒情主体的人民政治意涵，最后引申至天人之际的辩证法思想，这一章上天入地，文本的分析和理论的展开本身也充溢了"可上九天揽月，可下五洋捉鳖"的历史豪情。其实，阅读这部大书，读者同样会有一种古今纵横、八方遨游的宏阔时空感。在突破了单一"民族－国家"和文学研究的框架之后，桂梅比较多引入了社会科学、文明史、全球史、人文地理学等不同学科的视野，费孝通、李零、汪晖等学人的论述也不时穿插其中。在我的理解中，这倒不是为了刻意"跨学科"，把文学分析放到社会学、历史学的认知模式中，而是为了构造一种整体视野，让不同学科的叙述之间形成相互的牵引、对照和更大范围的引燃。对于读者而言，也仿佛被引至高高的山巅，放眼望去，总体的发展趋势、历史的大河转向，以及不同区域之间的起伏连绵，都能尽收眼底，获得一种总体性、透视性的把握。当然，时时着眼大处，在一些局部、细部的地方，也难免还留有继续展开的层次。

比如，柄谷行人提出的现代文学制度、内面个人与现代民族－国家的"三位一体"结构，是书中一个重要的方法论前提，一些大的文学史判断由此生成。由五四新文化运动塑造的现代文学，就被认为具有上述"三位一体"的特征，现代文学因而一开始就处于普遍的现代历史构造中；而20世纪40—70年代的当代文学则以民族形式、人民主体、"人民－国家"的新结构，突破了普遍"现代"的局限，这也是五四时代"国民－国家"构想与当代"人民－国家"构想的区别所在。为了凸显20世纪40—70年代当代文学的独特性，采取某种"理想型"的方法是有必要的，相对于"现代"与"当代"之间的联系，更多去凸显其区别所在。特别是新时期以来中国的转型已然脱离了"第三世界的现代化建国、社会主义革命与古典文化传统紧密纠缠的历史结构", "当代文学"似乎又变成了"现代文学", 回落到文学、个人、国家的"三位一体"之中。考虑到这样一种历史的"反复", 就更能体会桂梅的用心。但与此同时, 作为一个现代文学研究的从业者, 大概是专业本位意识在作祟, 我又感觉将中国现代文学整体纳入普遍的现代构造中, 多少还是有些明快。至少, 柄谷所谓的"三位一体"结构就不能说明五四新文学的全部。从晚清到"五四", 新的文化与思想实践在包含"民族－国家"构想的同时, 也包含了对西方"民族－国家"体系的批判、质询, 乃至理想"人国"的探问。另外书中也谈到, 当代文学一定程度上并没有完全甩脱现代文学的体制, 或者说"当代文学"也内在转化了普遍的现代诉求。如赵树理、柳青的小说, 不以"内面个人"为中心人物, 而以村、镇的空间为表现对象。从某个角度看, 现代乡土小说传统中也不乏这个面向, 如沈从文、沙汀、萧红也会特别着重刻画乡村社会的内在空间。只不过在怎么理解、认知这样的乡土中国空间, 以及怎样组织叙事方面, 当代与现代的作家有很大的差异。如果只是为了立论更稳妥、更辩证, 而将历史的差异性和连续性并举, 这样的补充或许并无太大意义。关键在于, 20世纪中国是一个持续展开的历史过程, 需要回应一系列"建国"与社会重造的"关键性议程"。从"现代中国"到"当代中国"的转换, 也可理解为到底哪一种回应方式深刻把握到了中国社会的深层问题并提出了解决之道从而被历史选择的过程。耐心梳理这一过程中的承接、突破、挫折以及"历史的反复", 对于思考当下中国的文化形态和历史走向, 同样会有所助益。

上面提到, 本书的写作包含了与其他当代文学研究方式的对话, 其中包括蔡翔老师《革命/叙述: 中国社会主义文学－文化想象（1949—1966）》所采用的"社会史"研究路径。说到这一路径, 桂梅在书中并未提及, 但可能也构成潜在对话对象的, 还有社科院"北京·当代中国史读书会"朋友们的工作。近年来, 他们提出并实践的"社会史视野下中国当代文学"研究取得了很大的进展, 也引来了比较多的关注。《书写"中国气派"》侧重20世纪50年代经典作家的深入解读, "北京·当代中国史读书会"的工作也大致集中于同一个时期, 研究对象也刚好有所重叠。

针对"社会史视野"的引入, 可能会有这样的疑虑——担心文学自身的独特性会由此被淹没，文学分析被强行纳入社会科学的框架中。其实与桂梅引入的"文明史和全球史"的视野相仿，引入"社会史视野"不简单是一种跨学科的努力，而是与特定的问题意识相关，背后隐含了对中国革命及文化政治实践的一种理解：成功的革命政治实践要根植于对中国社会自身结构和问题的内在把握，并有可能在地方风俗、伦理、生活的脉络中翻转，打造出一个生机贯通的新社会。桂梅在书中也谈到，抗战时期"民族形式"问题的提出，既与当时的地缘政治相关，同时也回应了中国作为内陆国家的结构性问题，与"传统中国乡村社会的书写和改造紧密相关"，而在长时段历史中稳定形成的风俗、礼仪，作为"活的传统"也在改造中发挥着潜在的作用。可以说，在理解中国作为一个特定的文化实体方面，两种研究的问题意识是相近的，只是进入问题的路径和讨论的重点有所不同罢了。桂梅的方式，是充分调动"工具箱"中多学科的知识储备、理论武器，在"文明史和全球史"总体视野中获得一种透视感，由此强力打开作家的文本和实践。"北京·当代中国史读书会"朋友们的方式，则一定程度上会悬置理论预设，先从作品所对应的具体实践和社会史、地方史脉络入手，然后再结合文本的深入细读，在动态的进程中看文学实践触及的层次、范围。两种不同的取径，也会带来不同的解读重点。有关周立波《山乡巨变》叙事模式的讨论，就显示了这样的差异。

论及社会主义革命建立的"人民－国家"形态，桂梅提到其特性在于人民作为政治主体的作用，形成了"自上而下"的国家动员和"自下而上"的群众自觉参与的有效结合。从这样的理解出发，在讨论《山乡巨变》的叙事结构时，就会关注下派干部邓秀梅这一"外来者"形象，进而检讨周立波小说中"动员－改造"的叙事模式，这一"自外而内、自上而下"的模式，没有表现出群众的自觉性和积极性，无法回答"革命为何发生"的合法性问题，因而显示了其局限。在一种外来的"旁观"视角中，周立波为人称道的对地方生活、风俗人情的书写，似乎也只是一种景观化的表现。相比之下，赵树理的《三里湾》、柳青的《创业史》等作品叙述合作化运动的发动，"都并非始于一个外来干部或上面指令，而力图凸显乡村社会内部对革命的自发需要"。由这样的质询，后面又引出了有关"党－国"与"国－党"两种体制的讨论。同样是处理《山乡巨变》中"自上而下"

的叙事结构,从"社会史视野"出发的研究则会特别关注 1955—1956 年这个重要的时间节点,关注这个特定时期合作化运动的展开方式,包括中共高层有关合作化进度、节奏的争论:是加速全面推进,还是步子慢一点、稳一点?

如果说《三里湾》《创业史》中的互助组合作社还属于重点试办和自发社阶段,那么,《山乡巨变》中的初级社就完全是"至上而下""全面规划,加强领导"的运动式的推广了。这种由各级党政部门积极规划领导的运动式推进会产生强大的势能和社会氛围,能够快速扫清障碍,原本办社过程中一些棘手的问题和矛盾,在这种势能的推动下,往往会得到迅速解决。①

在这样的态势中再来读解《山乡巨变》,有关"动员"模式的检讨就不一定是重点,或者说一定程度上会将"全面规划,加强领导"看作合作化展开的一个必要阶段,转而注意"至上而下"的合作化运动如何"软着陆"、如何落实在具体的乡村生活世界中的问题。在强大势能的推动下,政治如何进入乡村,基层干部能发挥怎样的作用,便成为关键的问题。相应的解读也会在邓秀梅之外,重视李月辉这个形象。作为本乡本土的干部,他的作风虽如"小脚女人走路",却能接地气,有丰富的经验和群众基础,"趋缓不趋急"的性格恰恰使他能把握分寸,依循乡村自身的生活和伦理脉络,担当起细致的说服、动员工作。在这个意义上,周立波的写作不简单遵循政策文件,也并非如 20 世纪 80 年代之后某些研究所试图揭示的那样,因描写日常生活而疏离于政治,而是包含了对合作化运动特殊的理解和政治感觉。如唐弢当年所说的,对人情、伦理和乡村风俗的书写不是去政治化的,而是写出了政治深入乡村之后"暴风骤雨"之外"风和日丽"的一面。上面两种读解,构成了有意味的参照:"从上而下"的单向"动员 – 改造",不能体现"人民 – 国家"政治运作的全部意涵,其中隐含的危

---

① 萨支山:《喜看稻菽千重浪,遍地英雄下夕烟——重读〈山乡巨变〉》,《文艺争鸣》2020 年第 5 期。

机需要检讨；而当"暴风骤雨"运动式推进在所难免，又如何在调节与转化中使之不过度压抑社会的活力，则是问题的另外一面。一为对宏观进程、革命理念的深入辨析，一为具体进程中的动态权衡，上述两种不同的解读路径在有所区别的同时，无疑也撑开了一个理解合作化运动更具张力的空间。

全书以费孝通先生"文化自觉"的命题作结，特别申明了对于20世纪40—70年代当代文学"历史化"的目的，在于一种中国自身历史经验的自觉、一种文化认同的自觉。在费孝通的阐述中，"文化"并不在生活之上或生活之外，或许就是生活本身，就是一种"每天每时都在实践"的传统。所谓"文化自觉"，即对于这种"行而不知"的文化进行科学的体认、解释。确实，20世纪中国的革命文化实践包含了丰富的"行而不知"的经验，这些活生生的经验也许隐而不彰，却可能内在支撑了历史的开展。如果不能很好地整理这些经验，并将其充分理论化，过往的历史也可能就固化于成功时的单一讲述或挫败后的单一反思中，不能与当下思考形成更有实效性、挑战性的对话。在长时段的文明视野中，"行而不知"的经验依托于"民族形式"或中国作为"文明体"的连绵存在，这是桂梅在书中着重展开的一个方面。"行而不知"的还有另一方面的经验，即提出"民族形式"所要回应的问题：如何深入中国的社会结构和民众生活，发现并转化社会内部的活力。这样的"行而不知"，同样需要一种"自觉"。因而，要将"行而不知"转化成"文化自觉"，在"文明史与全球史"视野与"社会史"视野以及更多重的视野之间，思考如何形成有效的互补、共振，这或许是重构当代文学研究乃至当代中国研究一个的契机。

本文发表于《文艺争鸣》2021年第4期

"重新研究"的方法和意义
——读《革命的张力》

十多年前,我刚博士毕业不久,带着一个学院新人的兴奋和焦灼,正在摸索学术"志业"下一步展开的方向。那个时候,中国现代文学研究这门学科已"不再年轻",但经历了新思潮、新方法的多番洗礼,正一片欣欣向荣,向"多元共生"的格局大尺度敞开。无论前后左右,自由扩容,还是翻转标准,释放"被压抑"之种种,对于后来者而言,仍有很大的驰骋空间。然而,一些困惑其实也在积累,特别是"多元共生"格局的生成,有赖于原有价值系统的"解纽",伴随着这一过程,某种学科内在紧张感、针对性似乎也在悄然流失中。在师长们的教诲下,年轻人兴冲冲"重返历史的现场",但"重返"的结果,在呈现更丰富的细节和差异之外,却往往还是落入既有的认识格局。这样的氛围里,读到了程凯的博士论文《国民革命与"左翼文学运动"发生的历史考察》,当时感受到的冲击力,至今还记忆犹新。

当然,讨论国民革命时期"革命文学"论争的展开,这并不是一个新鲜的话题,前人研究已相当成熟,即便于"现场"中深度耕耘,发掘更多稀见史料,仍难免受制于80—90年代文化反思形成的若干结论。但程凯跨出了极大的一步,与其说"重返"了现场,不如说"重构"了现场,将"革命文学"的起源、兴起和国民革命的总体进程关联起来,一方面勾勒出革命形势的起伏、涨落如何深刻塑造了一个时代不同文学者的思想、心态、表述和抉择;另一方面,更是沿着文学论争的脉络,切入了现代革命政治与文化的诸多核心议题。这项研究不单在文学研究中引入了思想史、政治史的维度，更进一步在"文学与政治的交错"中构造了一种全新的内在分析视野。其隐含的方法论意义，相对于具体的结论，或许更值得认真对待。

当年的论文已具相当的开创性，没想到它后来还在一直成长，不断卷入新的话题，培植更纵深的论述骨干。2014 年春，拿到了厚厚一本的《革命的张力》，据后记交代，新增与改写的部分占到了全书的三分之二。那个长长的副标题——"'大革命'前后新文学知识分子的历史处境与思想探求（1924—1930）"，说明了论述范围的拓展：向前延伸至五四新文化运动危机的显露，向后至左翼文学稳定形态的生成；在空间上，也移步换景，分别聚焦于北京、广州、上海、武汉，一幅宏阔又错综的历史长卷由此被徐徐地展开。看得出，在不同章节的转换上，作者有意造成了一些时间、空间、人事上的衔接感，以形成叙述的连贯，但这并没有带来一种从容的"讲故事"风格（在当代读者中，这种风格总是被普遍期待的）。他的意图显然不是要将这段历史放入某种绵密又妥帖的逻辑中，以消除其内部的分歧、冲突，而恰恰是在每一个环节上都不轻松带过，做顺畅的、自洽的理解，始终保持了一种具有压迫性的思辨强度，通过不断构造问题的方式，来获取对历史脉络的洞察。即如全书导言部分，就借讨论朱自清 1928 年的著名自剖《那里走》，在"五四时代"与"革命时代"的关系这一主脉问题上，引申出一连串峻急的追问："如何理解 20 年代中期兴起的新型革命政治的内在历史源头，尤其是它与五四新文化运动的关系如何定位？"在革命政治的决定作用之外，"左翼文学"以及"革命文学"自身展开的脉络为何？"它从其他文学形态中分离、生长出来的前提是什么？它由哪些不同的文化、政治因素组合而成？它的内在结构如何把握？它的参与者的主体状态是什么，如何形成，又遭遇什么样的困惑，怎样应对？它利用何种条件、以何种方式在政治环境中创造自己相对独立的批判性文化空间？……"

这一长串密不透风的、甚至气喘吁吁的追问，并非源自有关左翼文学如此这般的后设评价，而是紧紧扣住其自身分离、生长、合成的逻辑，规划了全书整体的思考框架。有意味的是，对于这本高度思辨性的著作，程凯自己的定位却很简单，即所谓新文学史主脉论题的"重新研究"。

2014年底，以《革命的张力》出版为契机在社科院文学所召开的小型研讨会，也是以"新文学的'重新研究'"为中心议题。那么，该怎么理解"重新研究"这简单的四个字？依照后记中的描述，如果它是指"将一些从革命史中分离出来的新文学问题重新结合革命史的视域加以考察"的方法，那么这一方法是否具有普遍意义？将"分离"的部分"结合"或"放回"总体性的历史视域，步骤又有哪些？在近三十年学科范式的转移、迁变中，"重新研究"与"重写文学史""再解读""重返现场"等，又构成何种关联？读罢全书，这些问题或许都值得考虑。

  毋庸多言，无论"重写""再读"，还是"重返"，此前学科方法、视角的一系列新变都意在撬动，甚或颠覆先在的历史叙述，"重新研究"无疑也延续了这一学科创新的动能，对以往论述框架的不断清理、检讨也贯穿了全书的写作。然而，正如十年前的博士论文已隐约显露的那样，这项研究还包含了逆向反省的意图。简言之，中国现代文学作为一门曾经的"显学"，曾是革命史教育的一部分，后又因寄托了文学现代化的理念，而成为80年代新启蒙思潮的策源地。现如今，随着一系列"重写""再读""重返"，文学史写作早已从固化的革命史或现代性逻辑中游离出来，"现代"作为一种时间维度的作用愈发凸显，打通新旧，跨越文史，现代文学研究越来越向一门综合的历史文化学科、一种百科全书式的"大文学史"转换。然而，历史写作的目的，除去"了解的兴趣"与创新的冲动，在根本上仍会涉及怎样从历史中提问、获取认识性价值的问题。现代文学学科的不断扩容，在释放诸种可能性的同时，也可能带来某种"稀释"的效果，导致新文学与现代历史尤其是革命史内在紧张的消解，甚至导致提问能力的普遍弱化。如果在这一趋势中"逆向"而动，那么首先意味着要挣脱惯性，不简单用现象和差异瓦解"主流"，或依靠过去结论的"反题"来推进认识，而是恢复一种学科总体又内在的视野，重新在20世纪革命实践的内部理解新文学的历史。不能忽略的一点是，将新文学重新"结合"或"放回"，并非指跨越文学史和革命史的学科边际，将两种不同的视域拼接、互嵌，因为无论是文学史还是革命史，本身都不应是固化的板块，"结合"过程其实是板块粉碎的过程，让文学史研究和政治史研究在破除各自固化认识的前提下"相互激荡起来"。为此，"结合"或"放回"不得不采用历史与理论的"深描"方法。

所谓"深描",自然是一个借用的说法。在人类学研究的领域,由于人类行为发生在复杂的交互网络中,研究者不能外在、抽象地考察,必须深入特定群落生活世界的"稠密"之处,把握各种关系,进行有想象力的解读。事实上,文学史、革命史之间动态的、立体性的关系,同样聚合于这种"稠密"之中。对于《革命的张力》基本的论述方式,相信读者也不难体会:一方面,贴近特定的个体的言论、实践、主体状态,以沈雁冰、郭沫若、郁达夫、鲁迅等为线索,深入一组组文化实践与政治实践"动态关系"中,并在"裂缝和'症候'中体察其心态、立场和思路";另一方面,如何处理"决定"与"非决定性"因素之间的关系、结构、布局,更是"深描"成功的关键。面对"五四"落潮、五卅运动、三一八惨案、大革命失败等一系列枢纽性时刻,作者的方式似乎是尽可能占有更多材料,从政治史、思想史、文学史等多种维度,考察各方回应及革命政党的策略调整,由此把握特定时刻、事件及个体选择背后的总体的"问题结构"。

比如,论及1925—1926年北京新文化言论界的顿挫,三一八惨案被看作一个时代终结的标志,五四时代的方式难以为继,《语丝》《现代评论》《猛进》同人等知识群体希望延续"思想革命"方案的同时,也不得不面对集团化、政党化的现实,探索不同的言论可能。在这一"问题结构"中,《现代评论》与《语丝》之争的老话题,不仅可以提升至另一个层面来讨论,这一"顿挫"时刻所凝聚的历史动力也获得了纵深的理解。同样,有关"革命文学"论争的探讨,由于跳出"后设"的党派结构或鲁迅立场,着眼于大革命失败后的激进青年的处境和选择,不再纠结于革命与文学的关系,而触及论争背后的集体诉求:在革命实践受挫之际,陷入迷惘的革命青年希图以"理论斗争"的方式,重新寻找、确立方向和自身的主体。

在总体的历史或理论视域中,讨论文学的文本或现象,对于今天的研究者而言,无须更多强调。深感学科优势不再,大家早已纷纷死磕社会研究、文化理论,以求能高屋建瓴、纵横跨界。可以探讨的是,总体视域的形成可以出自宏大理论、方法的精巧叠架,但在涵盖一切、表征一切的同时,却不一定遭遇"稠密"之中的真问题,不一定带来真正有效的洞察。

这一提醒属于老生常谈，却有不断自我敲打的必要。20世纪80年代初，在现代文学学科重建过程中，王瑶先生曾多次强调研究要注意"上下左右的联系"。这所谓"上下左右"，不单指向文学主题、风格、现象背后的联系，同时也指向了学科自身固有的总体视域，即新文学的实践从来不是孤立展开的，而应作为现代中国民主革命实践的一部分去看待。或许在王瑶先生看来，现代文学学科的当代"转型"，需要纳入新角度、新方法，但这一"传统"视域仍不可或缺。换言之，注意"上下左右的联系"，也就是指一种内部思考的方式，在历史实践进程中分清主次矛盾、辨析各种"问题结构"的眼光和能力。因而，主动回到20世纪的革命史"视域"中去提问，"重新研究"暗含了对学科固有传统的重申。

借助全局与细部之间的伸缩、收放，"深描"的技术能够将特定时刻的"问题结构"呈现出来，下一步需要考虑的，则是怎样提取原理性的思考，以形成对历史纵深走向的认识。以第六章《当还是不当"留声机"与革命思想的更生》为例，程凯选取了一个特别的细部——郭沫若与李初梨之间有关"留声机器"的争论，围绕这个特殊比喻的使用，顺藤摸瓜，"不厌其烦"地钩沉出二人主张背后的理论资源、思想逻辑，使这一看似不甚紧要的"留声机器"之争，显示出重大的理论意义：在大革命挫败的现实挤压下，革命者道路选择如何从单纯的政治认同转向内在的意识斗争，李初梨等人的论述"相当程度上回应了当时中国革命理论和实践上的某种缺失"。可以想象的是，如后续讨论只满足于双方观点的概括、比较，那么这一原理性思考的契机就很容易被滑过。但原理性的讨论并不止于原理的提出，"原理"本身又必须不断在现实情境中加以检验。李初梨等后期创造社成员"不当一个留声机器"的主张，包含了无产阶级意识内在获取的自觉，这一方式的可能性却没有被高估，程凯随即指出了困境：如果失去了思想与现实之间的机能性往返，"意识斗争"仍难免落入某种"突变"模式，落入某种自以为"正确"的状态。另外，在具体实践的层面，"意识斗争"也不得不与现实的政党政治遭遇，内在的主体能动性能否保持也成为疑问。由此，革命实践与革命内在主体确立的关系，这一原理性命题的紧张性、艰巨性被凸显了出来，而对于该命题的呼应、重述，也持续回荡于后来的革命文艺或政治言论中。

总之，在延展又辩难的论述中，过去板结的历史叙述不仅被打碎，新的"硬化"仿佛也得到了自觉抵制，"重新研究"由是呈现为一个打破封闭，聚拢问题又"荡开来"的过程，原理性的命题被不断提出，又在历史的延宕中不断被扩展、深化。有的时候，"荡开来"的效果，不一定完全来自辩证的"深描"技术，依靠强大的思辨性"翻转"，也能打开豁然开朗的认识层面。第七章论及鲁迅特殊的发言位置时，下面这段话已说出了这一可能：

> 在各种"正确"立场下映照的是鲁迅的"不正确"，但他恰恰要面对各种"正确"翻转自己的"不正确"，使之成为各种"正确"理念不能容纳、不能消化但又必须面对的真实——对革命者而言是现实的落后，对普遍主义者而言是真实的不平等，对文学信仰者而言是文字与现实的不对等。他使得自己的"不正确"成为一个测量器，用来检验"正确"立场的纯度、偏差度。

如果说鲁迅将自己的"不正确"，"翻转"为具有战斗性的现实感，上述文字也试图将鲁迅的立场"翻转"为一种思想方法：在问题丛簇的地带，跳出原有的论述框架，在另一个层次上敞开新的问题空间。这样一来，那些长长的、看似缠绕的句子，也并非服务于繁复的理论风格，它们更像是一柄柄长斧，目的在于"以'硬'的方式"破除文学与革命之间种种"'顺'的关系"，劈开认识的痂壳，将完整的历史感觉和理论可能搭救出来。

概括说来，在"重新研究"的努力下，自五四新文化运动至30年代左翼文学形态的确立，一种动态的历史认知模式被提出，即"革命政治与革命文化的分离与再结合"：五四新文化运动承诺了一种以思想文化方式建立新政治的图式，其前提是文化与政治的乌托邦式有机想象。而在"五四"之后的现实语境中，这一想象不断遭遇分化、瓦解，新文化运动本身也有可能陷入自我合理化的陷阱之中。20年代中期大批文化青年变身为政治青年的现象，在某种意义上正是这种危机所致。在文化与政治分化的危机中，讨论"五四"之后新文化运动的走向，这一判断可能并不过于新异。近三十年来，有关五四新文化"危机"的检讨林林总总，早已蔚然大观。重要的是在这里,"危机"不完全是负面的,它恰恰具有了一种生产性,"五四"之后"国民革命"的兴起,除了外力的介入,新文化运动自身的危机也起到了助推作用。但"革命政治"与"新文化"之间不是简单的替代关系,因为前者同样需要从后者中汲取滋养,"在一个批判性的文化空间中再造对革命主体、革命理论的同一性想象"。与之相关,1927年大革命挫败后,革命政治与革命文化的脱节,一度造成激进青年遭遇了新的困境,而左翼文学形态的生成在一定程度上又体现了上述困境的克服,体现了对文化与政治各自限制的扬弃。

可以说,在文化与政治"互为限度,同时互为条件"的动态关联中,对于"危机"的不断回应,构成了"五四"之后革命文化实践的根本动力之一。全书结语部分甚至纳入了40年代毛泽东在《新民主主义论》中有关"革命文化"论述,20世纪上半叶新文化与新政治互激的历史,这样就有了一种贯穿性的理解,新青年的召唤与重塑、"思想革命"方案的可能性、知识分子的道路选择、小资产阶级的位置与出路等多方面议题,都可围绕这一"主脉"来把握。有意味的是,"革命政治与革命文化的分离与再结合",既是作者着力开掘的问题主脉,同时也内化"重新研究"的基本视野、方法,将"新文学问题放回革命史视域",本身意味着重建一种"文化与政治的交错"的视野,而前人丰富的革命文化实践本身就是方法论和思想活力的源泉。这种"问题"与"方法"的同构,说明"重新研究"的意义,不止于现代文学学科的重构,还连缀了对20世纪革命之历史遗产的迫切发明与回应。在这方面,以鲁迅为代表的左翼文化运动,在现实政治内部打造、争取独立的"文化斗争的空间",这一历史经验有着相当的示范价值,启发当下的研究者"从中汲取原理性的元素作为塑造我们这个时代文化政治的基础"。在全书的结尾,程凯其实已亮出了底牌。

常听到一种善意的批评:与师长辈相比,年轻一代研究者大多是典型的学院派,沿了既定轨道,从本科到博士,一路串糖葫芦地读下来;由于缺乏历史参与的经验,与研究对象之间往往只有知识性的联系,即便价值上有所伸张,也往往来自合理化的学科框架,缺乏大气淋漓的原创性。世易时移,虽说前辈经验不一定就是后辈的标杆,但如何在精耕细作、空间拓殖的基础上,更进一步培植研究的内在主体性,对于"年轻人"而言,的确意义重大,关系到以学术为进路的思想方式的可能性。事实上,有无历史参与的经验只是一方面,更内在的限制或许是,年轻一代成长于"后革命"的氛围之中,学术与政治的分化,以及各种专业、趣味分化所形成的认识装置,其实潜在影响了思考方式、感受方式的形成。如果说20年代后期激进青年在文学领域掀起的理论斗争包含了一种革命主体想象性再造的诉求,那么在"重新研究"中,我们或许能读到类似的努力——一种改造思想方法、重建研究者主体位置的努力,即破除那些看似"正确"又顺畅的认识框架,在卷入历史的过程中把握内在的问题视野,通过与对象的纠缠、苦斗,来耐心争取一种充满现实感的思考路径,从而将学院化的知识生产转化成一种有效的认识实践。用作者自己的话来说,这一系列尝试"看似抽象,实则切身切己"。

本文发表于《读书》2015年第8期

批评的现场和"纵深"

第五辑

诗歌批评浓郁紧张的氛围，
有助于激发写作和解读的新向度

——姜涛答诗人崔丽娟十问

崔丽娟： 姜涛教授您好，感谢您百忙中给我机会完成这次访谈。去年，诗人、批评家张桃洲教授《我特别希望树立起"姜涛的诗歌批评"这座标杆》一文引起关注。您从事诗歌创作、诗歌批评、诗歌研究已经三十年，硕果累累，成绩斐然。张教授说："（姜涛的诗歌批评）这个标杆在某种程度上也是一种尺度，以之去衡量当下诗歌创作和批评，厘定诗歌批评在当代社会文化中的位置。"诚如张教授所言，在文学批评领域，恐怕没有比诗歌批评更充满争议的了。您进行诗歌批评的志趣因何而来？秉持的批评标准、原则是什么？

姜涛： 丽娟老师好！桃洲的文章是一次讨论会发言的整理，感谢他的鼓励，但老朋友的表扬未免有点"耸人听闻"，千万不可当真的。我最初写一点诗歌批评，主要是为了解决自己写作中的困惑，也顺带整理一下阅读当代诗歌的感受。后来这件事做得还算顺手，就歪打正着，不断写了下去。但诗歌批评，在我这里仍然是某种"副业"，自己的主业是在学院里教书、做文学史方面的研究。可能正因为是"副业"，心态倒也放松，不必特别关注"现场"的种种，跟进什么最新的动态，更可推卸"表扬"的任务，只是在自己关心的问题脉络上，根据此时此刻的心境发言。

正像你提到的，在文学批评领域内，诗歌批评的位置有点特殊，这大概和当代诗的基本文化处境有关。怎么说呢，新诗这一文体的发生，虽然是传统士大夫文化下沉、解体的结果，一开始包含了平民化的面向，但由于先锋性、精英性的取向，也不得不一直扮演某种文化异端的角色，处在重重争议之中。这种状况在朦胧诗之后的当代诗歌中，表现得尤为鲜明，用个不一定恰当的比喻，诗歌写作和批评像一对"难兄难弟"，始终摸爬滚打，在共同的磨砺中成长，批评主要起到一种辩护、说明、保驾护航的作用。久而久之，这种"为诗一辩"的态度，也可能会导致某种内倾性、封闭性。比如，针对外界误解和非议的抗辩，对于诗人诗作的细致分析，如果缺乏内在的紧张感，难免也会陷入某种感知和观念的"舒适区"，变成对现代诗学一些基本原则的反复重申。更低级一点的表现，就是"诗歌批评"蜕变为"诗歌表扬"，无论什么诗集出版、什么样的诗人出现，出于私人情谊或诗坛关系，按需生产一些细读或评价的文字。这样的话，"诗歌批评"好像成了一种服务行业，只是寄生于看似热闹其实"内卷"的文学生意之中。

诗歌批评应该有更远大一点的抱负，在阐发诗歌形式奥义和独特文化使命的同时，也能澄清一个时期观念上的迷思，通过审慎的、有想象力的写作，来提供一种好的判断力，塑造更活跃，也更严肃的诗歌文化氛围。这种氛围也包括适度的紧张感，这就是说，能时刻对可能落入"舒适区"的感知结构、观念结构，保持一种反思的敏感。更强力的批评，是将当代诗的讨论放在更广阔的思想和文化视野中去展开，在诗歌写作、阅读与其他文学、艺术、人文知识工作之间，创造积极的内在联动，回应总体性的思想课题。正如常被人称道的海德格尔对荷尔德林的阐释、本雅明对波德莱尔的阐释那样，使诗歌仍能成为一个时代文化经验中耀眼且深邃的部分。

崔丽娟：您刚才说，诗歌写作和批评像一对"难兄难弟"，的确如此。自20世纪90年代开始，诗人兼事批评成为风尚，有一个原因似可归结于批评对解读当代诗歌的无力。批评家、诗人冷霜在《分叉的想象》一书中对"诗人批评家"现象研究颇为深入。前不久，青年诗人赵目珍也把这一现象的研究课题结集出版，即《探索未知的诗学》。诗人的批评术语与批评家的批评术语确实存在微妙不同，为理解当代诗歌提供了独特而有效的视角。作为学者、诗人、批评家，您如何看待这一现象？

姜涛：对诗人批评家的关注，确实不是一个新话题，冷霜的文章应该就是他二十多年前的硕士论文。我想造成这一现象的原因有多方面，一般批评的无效、无力是其中之一，但不一定就是主要原因。因为从历史的角度看，现代诗本身就是一种批评意识、反思意识极强的写作，诗人批评家更是不胜枚举。先不说外国的"洋大师"们，仅就20世纪的新诗而言，郭沫若、闻一多、朱自清、梁宗岱、废名、艾青、袁可嘉，哪个不是重要的批评者。

诗人的术语和批评家的术语确实会有微妙的不同，特别是诗人批评不必有论文腔、学院腔，往往更挥洒，更能凸显个人的才情。当然反过来说，这样的差异，我认为不是什么本质性的，因为诗人的批评和批评家的批评生成于共同的知识氛围和当代文艺的圈子中，引述的资源、依托的观念以及可能的毛病或许都差不多。就像学院化的批评，常被认为是概念化的、笼统和没有才情的。在追求个人风格的诗人批评那里，这样的问题可能同样存在。一些所谓的诗人批评看似洒脱，实际也不免笼统、偏执，甚至更喜欢搬弄概念。不是说有一定的写作经验，就一定会避免思维的直观和僵硬。

崔丽娟：从青年诗人、批评家王东东主编的《雅努斯的面孔》的三篇文章题目《一份提纲：诗还有未来吗？》《诗歌何用？》《现代诗教漫议：何谓正常的写作？》，可窥见现代诗学面临诸多自身难题，引人深思：当下新诗发展处于什么阶段？未来前景如何？其发展有规律可循吗？什么样的写作才是有效的？诗人何为？抱歉，每一个问题都太宏大，请择其一二回答吧。

姜涛：这些问题确实很宏大，也不太可能有明确的答案。但写诗的朋友们能不断提问，不断构想诗歌的可能性和文化位置，还是好的，说明当代诗的自我意识还是相当活跃，没有停留在前面说的"舒适区"里，只是依据一些现代诗的原则或"惯性"将当下状况看作自明、自足的。我个人感觉,近年来确实有不少诗友在思考当代诗的新前景,比如,为了突破"现代性"逻辑提出"当代性"的问题;通过借镜传统或重申浪漫主义,希望能纠正现代诗的否定性、碎片化美学,赋予诗歌写作一种浑然的整体感和超越性;或站在尼采式的"反历史主义"立场上,强调诗歌与时代的对峙,凸显"不合时宜"的精神肖像;或者,希望强化与其他的人文思想工作的内在联动,破除那种直观化的"个人"感知,为当代诗的写作和阅读注入更多的思想力和现实感。这些思考选取的路径不同,所依托的对于当下现实情境的判断也迥异,彼此之间甚至是冲突、对立的,但这样的局面要好过大家闷头自顾自写所谓"好诗"的状态。事实上,现代及当代诗歌观念和美学的活力,都是涌现于观念和价值立场激烈冲突或发生转换的时刻,一种浓郁、紧张的氛围往往有助于激发新的写作和解读向度。刚才提到的几种讨论还是发生在局部,尚不能形成什么大的潮流,但局部也是好的,至少有一点制造氛围的效果。

崔丽娟:2022 年,第八届鲁迅文学奖诗歌奖同时颁给了学院派、民间写作的两位代表性诗人,由此而联想到 20 世纪 90 年代那场影响很大的"盘峰论争"。现在回过头来看,与当下众声喧哗却语焉不详的网络批评声音(包括一些"网暴"现象)相比,这场论战在当代诗歌史上的积极意义大还是消极影响大?

姜涛:这个问题和上一个问题好像有所关联。当年造成"盘峰论争"的原因很复杂,甚至涉及诗坛话语权和出版资源的争夺,有一部分是意气之争,不完全是诗学理论方面的问题。当代先锋诗歌内部的"共同体意识"由此瓦解了,这可能是消极的影响吧。但现在回头来看,相比于后来网络上的一些喧哗,乃至"网暴","知识分子"和"民间"的论战还是很有质量的,提出了一些并非只是泡沫的重要话题,像如何理解诗人的文化位置和角色?在一个市场化、世俗化的场景中,批判性的视角如何持续有效?如何理解写作和外来影响、理论话语的关系?如何理解诗歌语言的开放性和活力,也包括如何看待当代诗歌取得进展的同时自我封闭、固化的可能？这些讨论都包含了真实的诗学意义和现实针对性。

而且，在更大一点的视野中，在90年代其他人文思想和知识领域，类似的论战或分裂也在发生，这与中国社会的整体转型和矛盾的显露有关。和80年代"改开"意识状态下，国家、社会和知识界有大致的共识不同，90年代中后期对于中国社会的走向、文化的走向，开始有了越来越多的分歧。诗歌界的争论和其他人文知识领域的争论有某种同构性，都在一定程度塑造了后来的文学场域、知识场域的分化。还有一点，和其他人文知识领域发生的争论相仿，由于论争的双方你来我往，执着于各自的立场，有比较强的阵营意识、攻防意识，一些比较重要的问题虽然被提了出来，并没有得到特别深入的展开。记得当时臧棣的一篇短文章，给周边的朋友留下深刻的印象。如果贴标签的话，臧棣应该算"知识分子写作"一方的代表，但他却认为"民间"一方对诗歌写作过度知识化的批评是有合理性的，诗歌和知识的关系并不是自明的，需要做更多的检讨，他进而提出"诗歌是一种特殊知识"的命题。这样的思考突破了论争设定的逻辑，将问题翻转到一个全新的层次，是论争中为数不多的非常有启发性的发言。实际上，这个话题还可进一步延展：在一个专业化、知识和感受不断分化的现实情境中，如果"诗歌是一种特殊知识"，那么这种特殊性怎么理解？如果仅仅将"特殊性"理解为想象力、感受力，那是否一定程度还是默认了现有的知识分化格局？其实，在中国传统诗学和西方浪漫主义的传统中，诗歌往往和人类更高级、更有整体性的认知能力相关，诗歌作为一种"知识"的"特殊性"，是否可以包含对现代知识分化格局的突破意识、不同认知领域的联动意识以及情感和认知更深层的综合意识？对于开放当代诗歌的问题视野，这样的讨论都有必要持续而且深化。

崔丽娟：从学术角度分析，诗人代际以十年来划分是否科学有效？如50后、60后、70后、80后、90后、00后，这样是否更有利于彼此在当代社会文化中的位置辨识，抑或相反？女诗人安琪倡导过"中间代"，张桃洲教授对70后学人、诗人也有过精辟论述。对此，您有什么见解？

姜涛：代际的话题，时不时会被谈起，好像每隔十年，自动会有一代人登上舞台。这样大致说说，倒也无妨，可较真一点的话，"代际"的出现，并不是简单依据自然年龄的差距。"同一代人"的感觉和意识，更多还是由特定的历史经验来塑造，在社会状况和文化潮流剧烈变动的时期，往往会将一代人推向前台。而且，即便是同代人，由于社会位置的差异和不同的价值立场，也不一定就有共同的代际感受。过去的20世纪，因为是一个革命和战争的世纪、社会持续重造的世纪，变动的节奏很快，大概每过十年就会一大变，这样也形成了一种印象，每隔十年就会冒出一代人。但这种代际节奏是不是可以持续，还有待观察。特别是在文学的意义上，能否构成一个新的世代，还要看是不是真的创造出新的文学可能，带来风气和观念的转变。

当代批评有一个可以检讨的积习，那就是喜欢频繁发明各种标签，身份的、性别的、代际的、阶层的。这些区分性、归类性的说法，不是不可成立，也会带来新的视角，但希望更耐心一些、更审慎一些，不必匆匆忙忙，只是作为一种标签随意张贴，或一个大个箩筐，将不同的人和事囫囵装入其中。这么操作会具有话题性，吸引一些眼球，实际价值却可能没有提倡者期待的那样大。

崔丽娟：以下问题同样困惑关心诗歌的人，随着社会的发展、时代的进步、文化语境的变迁，尤其是自媒体的勃兴，诗歌创作方式和传播方式发生了极大的变化。现在诗歌写作非常活跃，日产量之高可以用"盛世"来形容；与此同时，当下的诗歌写作也频遭质疑。积极看法判断标准主要是文本大量诞生，悲观看法判断标准主要是读者数量锐减。评价新诗有哪些基本标准？

姜涛：新媒介的发展极大改变了诗歌的生态，带来传播、交流便利的同时，难免也会泥沙俱下，抱平常心来看待即可。本来，文学的标准在历史中始终在变动，像朱自清当年辨析的，文学阅读的传统标准是百读不厌，但在一个民主化、平民化的时代，雅俗共赏也可以是新的标准。再比如，古典诗歌推崇温柔敦厚的美学，但在革命、战争的年代，爱憎分明也会成为新的美学、新的标准。

至于新诗的标准问题，一直以来就纷纷扰扰，好像很难取得共识。希望能确立稳定的标准、规范，好让新诗编入唐诗宋词的中国诗歌家谱的，大有人在。深谙新诗"现代性"品质的诗人和批评家，却会强调挣脱传统给定的感受方式，不断自我刷新，才是新诗最值得珍惜的活力。这样的分歧不会轻易化解，保持一定的分歧和对话，也没什么不好。形成标准的共识很难，但这不是说，在具体的个人阅读和判断中不存在标准。一些基本的文学标准，也包括传统的文学评价尺度，还是起到支撑性的作用。诗人席亚兵有一个观点，我觉得很有意思，他认为中国古人所谓"二十四诗品"可以重新引入现代诗的评价，比如，先有了"雄浑""冲淡""纤秾""沉著"等不同的风格和功能设定，再来讨论相应的标准，这样避免了判断的单一，更有助于现代诗多元美学的成熟。这是一个可以玩味的思路。再有，从批评和研究的角度看，标准不完全只是形式和美学的，也会包含一些更整体的社会和文化方面的考虑，比如，一种写作是否提供了新的文学经验，创造了一种新的文化位置和功能，或者在向更多人敞开的过程中，提供了一种新的人和人之间的"链接"。

崔丽娟：我发现您在做诗歌研究的同时，还做诗歌普及和诗歌教育工作。2010 年，您曾参与由钱理群、洪子诚主编的《诗歌读本》编辑工作，您编著的是"大学卷"。您怎样看待大学教育对诗人的意义？1994 年，您在清华大学生物医学工程专业本科毕业，弃理从文，直接考了该校中文系读研究生，1999 年考入北京大学中文系攻读博士学位，2002 年毕业后留系任教至今。您的经历是否可以佐证您的观点？

姜涛：诗歌普及的工作，我做得并不很多。钱老师、洪老师主编的那套《诗歌读本》分为"学前卷""小学卷""初中卷""高中卷""大学卷""老年儿童合卷"，贯穿的是钱老师提出的"诗歌伴随一生"的构想。这套读本面向一般的读者，目的不完全在诗歌的"普及"，更偏重于"诗教"的一面，强调诗歌对于审美感受力的开启、情感的教育以及健全人格的塑造作用。"诗教"是一个传统概念，现代诗作为一种纯粹的文学，以个体内面的自由为前提，看起来与强调社会功能的"诗教"距离较远；可事实上，现代诗的阅读和接受，也提供了一种人格养成的方式，或者说，也包含了一种"现代诗教"的可能。前面的提问中，好像也提到了与这个问题相关的文章。

我当时编选"大学卷"的时候，对于钱老师的想法领会不深，更多还是从现代诗自身的立场出发，视野虽然扩张到了诗歌阅读、诗人形象、诗歌翻译等方面，但主要还是面向现代诗的爱好者和写作者，更偏重"为现代诗一辩"的态度。如果有机会重编这个读本，我可能会多考虑一些"诗教"的因素，更多考虑诗歌和现代中国人精神形式、情感结构的联系。再补充一点，按一般理解，诗歌的"普及"和"教育"就是让更多读者接受诗歌、了解诗歌，这对于诗歌文化的培植而言自然很重要。然而，"普及"不完全是单向的，按照老套的说法，"普及"也伴随了"提高"，当你不只是在小小的诗人共同体内部思考问题，而考虑通过诗歌与更多的人建立关联，那么你的思考方向和感知方向或许会有很大的不同。从"诗教"入手的思考，也会为诗歌写作打开新的面向。

说到大学教育和诗人的关系，我想这里的"大学教育"不是指一般的学院专业教育吧？物理系、数学系、计算机系的教育，哪怕是中文系的教育，与写诗关系应该都不大。大学能提供的主要还是一种阅读、交流和感知氛围，在当代诗歌的展开中，很多高校也是重要的策源地，这个不用多说。说到我自己，最初写诗确实和八九十年代之交北京高校浓郁的文学氛围相关，如果不是参加了校内的文学社团，人生的轨迹会有很大不同。我自己"弃工从文"，最后留在学院里以文学为业，只是个人的选择，其中有一些偶然性，并没有特别值得解释、引申的东西。

崔丽娟：前面我们用了较大篇幅讨论您的诗歌批评，现在请谈谈您的诗歌创作。迄今，您先后出版过四部诗集。2020年，诗人、评论家、学者周伟驰对您的诗歌创作进行过深入批评。除了诗歌批评，您的诗艺同样为同行称道。新诗集《洞中一日》与早期诗集《鸟经》比较，感觉创作风格变化挺大的，这种变化是人生积淀还是艺术追求？

姜涛：伟驰兄的文章写得非常细致，也很有洞察力。我觉得他的意图是通过检讨某个人的写作，来回溯20世纪90年代以来一个"诗歌青年"

的蜕变史,顺便带出不同时期的文学氛围和群体心态的勾勒。这是我读的时候感觉最会心的部分。我写诗的时间应该不算短了,虽然作品数量不多,但也经历了几个不同的阶段,个人的轨迹和当代诗歌风气的转换也有一定的呼应。大学时代,最初习作的抒情意味较浓,喜欢用一些自然或宗教性的意象,还有祈祷的语气,这和当年海子的覆盖性影响,以及对里尔克的阅读有关。后来,转而追求修辞的密度和包容性,写了一批技巧繁复、过于冗赘的组诗,这与 90 年代诗歌"综合性"观念的激励大有关联。大致在 2000 年之后,才开始有了更多写作的自觉,主动降低语言密度,尽量写得更放松、更精准一些,也将题材范围缩减至个人情感和周边的社会和社区生活,试图在"微讽"距离中形成某种洞察。这其中有特殊的个人趣味,可总体上说,还是在 90 年代之后"个人化"写作的惯习之中。这些年写得少了,甚至基本停笔,除了忙于其他工作,无力分身之外,更内在的原因是,那种旁观、冷峭、有点虚无的态度已成了某种感受力的痂壳,不能激发新的写作欲望和活力。当然今后还会有写作的规划,希望那时能一定程度走出"个人化"的峡谷,在相对高一点、宽阔一点的地方,首先更新一下自我和世界、和他人的关系。

崔丽娟: 北大是新诗的母校。其实,清华大学也有非常光荣的诗歌传统。北大诗脉与清华诗脉二者似乎互为渗透又各呈异彩。您的好朋友、诗人、批评家、清华大学教授西渡曾经写过一篇文章《百年清华诗脉》。你们的经历挺有意思的,他曾求学于北大,现任职于清华;您曾求学于清华,现在任职于北大。西渡的博士生、青年诗人王家铭主编"清华学生诗选"《那无限飞奔的人》刚出版,您和西渡都写了推荐语。理科生与文科生写诗的差异性大吗?

姜涛: 北大和清华互为隔壁,常被拿出来比较。北大是新诗发生的摇篮,北大百年诗脉也没有断绝。清华的情况不太一样,因为 50 年代院系调整后变成一所工科院校,清华的文脉、诗脉即便没完全中断,还是受了不小的影响。我在清华读到大一快结束的时候,发现原来这里还有一个文学社,在比较枯燥的理工科环境中,还有一小撮终日无所事事、喜欢闲聊和写诗的人，感觉惊喜又意外。后来又进一步发现，这一小撮写诗人基本都是校园里的"异端"分子，不怎么认同当时学校里的主流价值，也不愿意参与"考托""下海"等潮流，与其说是因共同的文学旨趣，不如说出于对周围环境不满、活跃的天性以及对更生动思想交流的需求，才凑在一起抱团取暖的。这种状况和隔壁的北大诗友或许十分不同，特别是这个小团体没有太多参与当代诗坛的意识和抱负，心境更为素朴、浪漫，文学活动更多以喝酒、唱歌、"秉烛夜游"等共同生活的形式展开。简单说，大家不太把写诗当成一个专业、一个可作未来"志业"的行当，更看重的，似乎是以诗为媒介形成的兄弟情谊以及某种热烈又严正的态度。这是90年代初期到中期的状况。后来清华的文科发展很快，校园内的人文气氛更为浓郁，文学活动的展开方式应该有很大的变化，应该更丰富多样了。这是我不太了解的，家铭最新编选的清华诗集，收录的就是更为晚近的新世代校园作者的作品。记得两三年前，有一次参加西渡、格非二位老师组织的"青年作家工作坊"，在清华文创中心轻奢又古雅的小楼里，一众诗友高谈阔论，当时就颇感慨：清华园中有如此高雅的、可以谈诗的空间，在二十年前是不可想象的。那时清华写诗的朋友好像只配坐在路边、操场或草地上，各自抱一瓶啤酒，在黑暗里说话。

崔丽娟：一种观点认为，我国新诗是从外国现代诗引进和演变的，不读外国诗，写不好中国新诗。另一观点则认为，所谓的意境、意象、象征不过是中国古典诗歌的传统，"翻译腔"无助亦无益于中国新诗发展。作为学者、研究者、译者，您在中外诗歌比较研究方面有哪些具体感受和建议？

姜涛：如何看待外来影响和传统资源之间的关系，是新诗史上的一个老问题，翻来覆去，像一个解不开的连环套。这样的争议既是一种客观实存，又是一种认识的"装置"，有时需要绕开孰是孰非的判断，追问一下争议生成的特殊语境和文化逻辑。比如20世纪90年代初郑敏先生批评新诗断裂于传统，观点并不新鲜，影响为什么很大，这和90年代初反思激进主义的文化守成思潮有很大关系。追问争议的生成语境，会在一定程度将中外、古今的关系理解为动态的、诠释性的，避免抽象、孤立地看待问题。无论"化欧"还是"化古"，都是新诗十分内在的要求，如果刻意构造对立，那或许是一种认识上的"强迫症"，并无多少实际意义。

　　还有两点提醒：其一，外国诗歌的影响和传统资源的转化，对新诗的展开都起到了非常重要的推动作用，但是否构成了决定性的因素，这个问题需要考虑。从某个角度说，要把握新诗自身的主体性，还是要着眼于现代中国的社会和文化变迁。新诗人对于新的语言形式、新的想象力的构想和实验，离不开对外部和传统的参照、借鉴，但更根本的，还是基于"丰富和丰富的痛苦"（穆旦），基于对现代中国人自身历史经验的开掘和表现。其二，无论"外来影响"，还是"传统资源"，都不能作为一个笼统的整体看待，其中的差异很大，构成非常复杂，每一个具体的写作者只是在自身的脉络中转化、承袭其中的某一个部分。比如说到"传统"，一般的批评和解读的关注点总落在文学层面，如象征、意境、意象等等。事实上，对于诗歌写作发生影响的"传统"并不局限于"古典诗歌"这一个方面，还要考虑包括"经史子集"在内的整个古典传统的存在。文学和审美之外，也涉及政治理想、社会伦理和人格修养多个方面。张枣在早年的一篇短文中曾说："任何方式的进入和接近传统，都会使我们变得成熟、正派和大度。"这个说法隐含的态度，便不只是文学意义上，更指向一种文化和生活的整体，"传统"提供的是一种如何在这个世界上安顿自我、敞开自我，以及如何形成完满人格的路径。当然，这些看法都是很多朋友的共识，这里也只是大致说说。

　　崔丽娟：感谢您坦诚问答。

　　姜涛：感谢您的精彩问题。

2023 年 1 月 24 日

谈文学研究会、创造社与新诗

——《上海书评》2021年专访（访谈者：丁雄飞）

2021年是中国现代文学史上最重要的文学团体——文学研究会和创造社成立一百周年。北京大学中文系教授姜涛在他的专著《公寓里的塔：1920年代中国的文学与青年》（2015）、《"新诗集"与中国新诗的发生》（2005）中对这两个团体多有涉猎，《上海书评》特此专访了他。姜涛还著有诗集《鸟经》（2005）、《我们共同的美好生活》（2016）、《洞中一日》（2017），以及诗歌批评集《巴枯宁的手》（2010）、《从催眠的世界中不断醒来》（2020）、《历史"深描"中的观念与诗》（2020），我们也请他谈了对于新诗和新诗史的看法。

丁雄飞：文学研究会是"五四"后第一个纯文学社团，您曾说，它和创造社"为初立的文学场域提供了坐标系"。为什么"后五四"的时代氛围能孕育出有明确专业定位的文学团体？

姜涛：今年是文学研究会和创造社成立一百周年，也是中国共产党成立一百周年。这些发生在一个世纪前的事件之间有内在的相关性，因为无论是建党，还是两个文学团体的创立，都是"五四"之后青年运动的能量分化和聚集的结果：有大果子，也有小果子，文研会和创造社就是两颗小果子。

"五四"前后，新青年的团体和组织遍地开花，大一点的有少年中国学会，小一点的有人道社、曙光社、北京工读互助团、天津觉悟社等，这些团体当时普遍受社会改造思潮——或者说广义上的社会主义思潮——的影响，着力于思想启蒙和新生活的实验，希望通过"小团体的大联合"来改造社会。它们共同的前提是与民初的政党政治相疏离，不依赖军阀、士绅、官僚这些既有的社会势力，用傅斯年的说法，期许年轻人自己去造出一个新的社会。这些青年团体大多是泛政治、泛文化性质的，广涉各类议题，没有特定的专业取向，也孕育了很多新的可能性，后来无论是中共早期党员，还是文研会成员，都来自这个群体。但这个阶段持续的时间不长，大概就在1919年到1921年前后。

渐渐地，很多人开始觉得原来的路走不下去，社会改造的构想太过迂远，不可能在短时间内发生作用，现实又非常紧迫，需要寻求一种更有组织性、实践性的路径。当俄国先锋政党的理念进来后，一部分青年便选择了激进的政治路径，尝试"组织起来"。而另一部分青年则对整个"五四"前后的学生运动有所反省，认为这是一次能量发泄过快的试验，年轻人虽然干了件大事，但"运动"很快会烟消云散，没有真正改变中国社会。他们自己在这个过程中也有一种自我被掏空的感觉，对于当时泛滥流行的各种"主义"一知半解，没有真正搞懂。于是，希望通过更为专业化的学术活动来"固本培元"，做翻译，办刊物，投身于平民教育，让新文化运动有一个更坚实的知识基础。文学研究会和创造社的发起，就是在新文化运动逐渐走向专业化这个大背景下，在自觉与不自觉之间，在各种力量的推动下结出的一颗果子。郑振铎、耿济之等文研会的早期成员，他们在1919年创办过一份《新社会》旬刊，鼓吹社会改造，同时又在翻译俄罗斯文学，他们的翻译工作引起了商务印书馆的注意，双方接洽才诞生了这个团体。这里既有偶然性，也体现了"五四"后青年团体分化的大趋势。

从新文学自身的角度看，专业性的纯文学社团是在1921年以后出现的，之前的新潮社、新青年社都不是纯粹的文学团体。文学研究会和创造社的成立，为后面新文学的社团提供了范本。大致在1922年后，雨后春笋一般出现了非常多的小型文学社团、文学期刊，这些后来者纷纷以这两个大社团为榜样，发表宣言，建立联络，甚至那些宣言的措辞都很相似。文学研究会和创造社的倾向、风格颇为不同，简单说，一个为人生，一个为艺术。这种区分非常粗略,并不准确,但大致呈现了 20 世纪 20 年代初新文学展开的基本框架。在这个意义上,它们为初立的文学场域提供了坐标系。

丁雄飞:《文学研究会宣言》说,"文学是一种工作","治文学的人也当以这事为他终身的事业,正同劳农一样"。这一宣言出自周作人之手,周氏及文学研究会的部分发起者其时都参与了以新村主义为代表的社会改造运动。您认为"以文学为业"的观念与新村主义之间有什么关系?

姜涛:这份宣言由周作人执笔,其中"终身的事业"这一提法,能让人联想到马克斯·韦伯在 1917—1918 年的两次著名演讲:《以学术为志业》和《以政治为志业》。当然,二者的历史背景和脉络十分不同。"五四"后,一代青年面临路径选择的问题,少年中国学会 1920 年就发起过一次会员终身志业调查。为什么要发起这次调查?因为当时学会自身也在犹豫,到底是成为一个政治化的团体,选择一种主义来推进,还是成为一个学术文化团体,彻底走学术化的道路?以文学为业的态度,就内在于"五四"后这样的历史趋势:部分青年立志投身于一项自己擅长的事业,以利于整体的、长远的现代社会建设。如果做一点比较的话,尽管和韦伯的"beruf"(志业)一样都关乎在现代社会寻求意义,"五四"后中国青年的"志业"观念,没有新教伦理中"天职"或禁欲主义的成分,而更多勾连着人与社会的关系想象,勾连着改造社会的愿景。

对于《宣言》中的这段话,过去的讨论大多集中于前半部分——文学是"于人生很切要的一种工作",而非"高兴时的游戏或失意时的消遣",认为这体现了严肃的"为人生"的态度。我自己则更注重这段话的后半部分,"治文学的人也当以这事为他终身的事业",它传递出的感觉稍有不同,突出的是文学工作者的自我安顿感和意义感。这意味着,新文学不仅对社会有意义,在这个行当中工作的人的内心也是充实的,文学提供了一种人和社会之间利己又利他、浑然一体的关联方式。

结合以上两个方面,也能看出当时新村主义、泛劳动主义对早期新文学的影响。在"五四"社会改造的思潮中,日本的新村主义、托尔斯泰的泛劳动主义对周作人等人有很大的吸引力。一方面，新村主义是一种相对平和、人道、非暴力的社会改造方案，与同时进入他们视野的苏俄革命很不一样；另一方面，新村主义重视互助的生活，比如寻一块试验田，建构一个新社会的小单元，创造新的人际关系和劳动关系，以此作为改造社会的参照，在这个过程中，使人重新获得安顿和敞开。周作人写《文学研究会宣言》的时候，正是新村主义的最积极的倡导者。当他写到"治文学的人""正同劳农一样"的时候，新村主义关于劳动的理解自然可能渗透到他的笔端。当然这样的表述在五四时期并不鲜见。像创造社发起者之一田汉，在《少年中国》发表过一篇题为《诗人与劳动问题》的长文，把西方近代以来的文艺思潮和社会主义思潮做了同步论述，认为一个新文艺家应该在劳动的场域中构想文艺的未来；在这个意义上，劳动好像是一个感受和认知的媒介，提供了关于个人、文学和社会的联结的想象。

从历史的展开来看，这些理解依托了一个理想化的社会构造：在一个合理分工的社会中，每个人都是"劳动者"，无论"劳力"还是"劳心"，都可以沉浸在自己的工作中，将工作当成一种"志业"，不同分工领域之间又有联动，因而每个人的工作利己又利他。这样的社会构造具有乌托邦的性质，以劳动为隐喻的文学想象后面也遭遇了很多挑战，它极易蜕变为一种封闭于行业内部和自我感知内部的工作，而非它原本憧憬的生机勃勃、释放自我的状态。

丁雄飞：不同于文学研究会的郑振铎、沈雁冰在大书局有稳定职业，郭沫若等创造社成员更像流动文人。由此，您借用伊藤虎丸的区分，认为文学研究会的成员呈现出"工作型""生产型"人格，创造社诸公则代表"消费型""才子型"人格。能谈谈这种区别吗？

姜涛：伊藤虎丸在比较鲁迅和创造社两代留日作家时，把他们对应于日本明治到大正时代的政治青年和文学青年。伊藤认为，明治时代的政治青年和大正时代的文学青年有共通性，都强调自我觉醒，或者按照"五四"的说法，都强调个人的发现；但前者和国家的独立意识联系在一起，后者受到更新的都市文化、近代文艺思潮，以及整个日本社会结构变迁的影响，他们更疏远、拒斥体制，试图逃离支配性的社会系统。我觉得将这个区分简单挪用至"五四"是不合适的，无论是"五四"一代，还是"五四"后进入文坛的一代，固然都有反体制的心理和文化冲动，但他们并不完全外在于社会系统，反而都有强烈的民族主义情怀。像郭沫若，一方面非常世界主义，但同时又对中国近代以来的历史有深切感知。就其政治性而言，中国文艺青年和同时代的日本文艺青年不能完全等同。

但如果从工作方式、人格取向、作品风格来看，我们确实能在20世纪20年代的中国文艺青年里区分出两种类型。过去有研究者称，文学研究会的成员以岗位型知识分子为主：其发起者以今天的标准看，年龄不大，也都是毛头小伙，但多少都有点老成持重之感；他们基本都有职业，叶圣陶是老师，郑振铎是编辑；他们多以编辑、批评、翻译为实操，真正从事文学创作的反而不多（可见"以文学为业"的意涵是大于创作的）；另外他们中有的人成家较早，有具体的生活压力——总之，文学研究会的成员多栖身社会结构之中，在岗位上工作，比较踏实，风格更加低调。

创造社成员更接近波希米亚式的流浪型知识分子，按照瞿秋白的说法，他们是典型的都市里无定所的"薄海民"。其实，创造社这批人有比较卓越的文学能力和学术能力，他们在日本读了最好的大学，回国后，一方面瞧不起新文坛上的人物，比如郭沫若很不待见沈雁冰，觉得这么一个外表猥琐的小文人各方面都不行；但另一方面，国内又没有好的社会位置安顿他们。郭沫若就不得不和出版商周旋，过得很不安定，却又因为自信和傲慢，常与人起冲突。

我们读创造社的文学，尤其像郁达夫的小说，总能读到其中塑造的飘荡的、不幸的文人形象，这对同时代的青年特别有号召力。当时一些年轻作家，尽管借助文学研究会的网络发表，但心理上却跟创造社的人更亲近，觉得后者的文学说出了自己的心声。都市里波希米亚青年的聚集，与"五四"前后新式教育的扩张有关。虽然那个时代的青年不"丧"也不"卷"，精神普遍高昂，自我意识旺盛，却也无法被社会结构所吸纳。很多人毕业后无处可去，沦为"高等流氓"。这个群体中蕴含了很强的文学和政治能量。文学风格的分化，往往也有社会因素的作用。

丁雄飞：今年也是郭沫若的诗集、作为"创造社丛书第一种"的《女神》出版一百周年。您曾在多部著述中讨论了新诗的起源问题，主要涉及新诗的三个（竞争性）"起点"——胡适的《尝试集》、郭沫若的《女神》、周作人的《小河》。您追问起源的价值，在我看来，这是一种区别于考古学的谱系学工作。为什么在您的"后见之明"中，相较于"天狗"，您更愿意挖掘"蝴蝶"和"小河"的价值？

姜涛：起点问题是文学史上的经典话题。新文学起点在哪里，众说纷纭，我们已经从"五四"回溯到民初再回溯到晚清——比如有朋友把新诗起点追溯到晚清传教士的《雅歌》翻译等。这样的讨论无疑会扩充对历史的了解，但未必都会包含特定的问题意识，如果只是在实证的意义上不断上溯起点，意义也会相对有限。对于文学史研究而言，同样重要的是把握起点生成的问题结构，因为不同的起点判断，暗含了对于文学的前途、性质及合法性的不同构想。

我比较强调胡适和周作人在新诗史上的开端价值，首先针对的是既有的新诗史观点。在通常认识中，胡适在文学方面比较平庸，《尝试集》也写得过于直白，文学价值不高。早在20世纪20年代初，就有批评家和读者认为，新诗得以成立的真正起点是郭沫若的《女神》。郁达夫说："完全脱离旧诗的羁绊自《女神》始。"闻一多说："郭沫若君的诗才配称新诗呢……他的精神完全是时代的精神——20世纪的时代的精神。"《女神》飞腾的想象力、激昂扬厉的书写、狂乱又科学的身体意象更像是"诗"，也更多体现了文学现代性的特征；相比之下，《尝试集》只是一个时间意义上的开端，似乎只有从文言到白话的过渡价值。这个看法，当然是成立的，但如果将其视为一种固化的结论，也会引申出一种线性目的论式的新诗史观，认为新诗的展开是朝向某个确定目标不断演进的过程，无论这个目标是现代文艺观念中的"诗"，还是文化意义上的"现代性""现代感"。这样的"历史的辉格解释"会简化和限制我们对新诗历史的认识，我想做的工作则是从共时的角度，将起点相对化、差异化，呈现新诗发生时期那些不同路径之间的张力。

20世纪30年代，废名在《谈新诗》这部讲义中，着重讨论过胡适的《蝴蝶》这首诗。他想借此说明，新诗的本质不在白话，而在于是否抓住了"诗的内容"，即突破了以往的文学常规，捕捉到刹那的、完整的新鲜感受。我觉得这是废名的洞见，他把握到了新诗最初的美学追求：包括胡适在内，尝试写一种新的诗，并非只为了建设一种白话的文学，或者说，并非只为了建设一种美的、诗意的白话文学，更是为了在语言与现实之间创造新的关联；就好像第一次邂逅世界一样，情绪被触动，当下完全自足，新诗这样才能成立。扩展来看，语言问题、形式问题背后还连带了伦理的维度：粗略一点说，在晚清到"五四"的语境中，从章太炎到胡适再到废名，都在"文"与"质"的关系上强调"质"的优先性，强调"修辞"与"立诚"的统一，文学应突破文学的表象和套路，更新对于世界和自我的认识。可以说，新诗的这个起点，包含了文化批判和文化自新的意涵，它直指五四新文化运动的核心。

胡适曾评价周作人的《小河》是"新诗中的第一首杰作"，当然他主要是在"诗体的大解放"的方面来立论，《小河》写得松弛，"不拘格律"，写出了旧诗词无法写出的"曲折的理想"，胡适认为这代表了自由体新诗的成立。实际上，《小河》不太像一首标准的新诗，我们熟悉的新诗是郭沫若那样的书写抒情内面自我、书写自我与世界之间反思性紧张关系的作品。《小河》更像一则寓言或童话，解读它必须考虑"五四"的文化政治语境：它表达了周作人这样的知识分子对于河水泛滥——群众政治或社会不断循环发生的暴力动乱——的忧惧之感，它隐晦曲折地言说了某种政治性、某种幽暗的历史感性。这个写法完全不在后来新诗抒情或象征的轨道中，它是新诗的一个起点的话，也是一个没有展开的起点，在一开始就溢出了新诗的轨道，呈现了另外的可能性。当然，在后来新诗历史中的不同时刻，总有创造不同于新诗的新诗的冲动。我想，不断回到它的开端，打开其丰富性，对于理解新诗的历史、推进今天的诗歌写作都是有助益的。

丁雄飞：文学研究会的《诗》《小说月报》《文学旬刊》是20世纪20年代初重要的新诗发表刊物，延续了早期新诗的特点，呈现"质朴、稳健、自由的诗风"。而到20年代中期，后期创造社诗人则开始主张"诗与散文的纯粹分界"。从自由诗派到象征诗派，似乎就是朱自清所谓"从散文化逐渐走向纯诗化的路"。这两个社团在新诗第一个十年的历史上扮演了什么角色？您怎么看诗"钻进了它的老家"？

姜涛：1941年，朱自清在《抗战与诗》这篇文章里提出过一个非常著名的说法："抗战以前新诗的发展可以说是从散文化逐渐走向纯诗化的路……抗战以来的诗又走到散文化的路上。"这当然是一个线性的、强调不同阶段差异的论述，新诗的历史本身并不完全是这样演进的，比如在20世纪20年代初，各种不同倾向的诗——包括散文化和纯诗化的诗就同时存在。我们印象里，文学研究会汇聚了许多小说家和批评家，其实文研会中也有不少重要的新诗人，如叶圣陶、朱自清、周作人、俞平伯、郭绍虞、郑振铎、徐玉诺。特别是徐玉诺，是当时最出色的新诗人，他的诗热烈又凝重，用散文化的长句将自我置于戏剧性的绝境中审视，呈现了乡村惨烈破败的生存现实，独树一帜。后来的新诗史对于这批诗人的写作不够重视，或许是因为他们还延续了早期白话诗的风格，不怎么讲究格律，有人道主义、社会写实的倾向，这些似乎都是"非诗化"的。如今一谈"五四"后的新诗，就是创造社和新月派那些抒情性很强、专注于自我表达的作品，但上述两种趋向在20世纪20年代初是共存的，也有对话和论辩的关系。

"诗与散文的纯粹分界"，是创造社成员穆木天等人在20世纪20年代中期的说法。他们受法国象征派影响，提倡书写更纯粹的诗歌，要求"诗是要有大的暗示能"。类似说法在20年代初就有，创造社的成仿吾，在清华读书的闻一多、梁实秋，都非常激烈地批评过早期新诗的散文化倾向。在闻一多他们看来，"白话诗必须先是'诗'，至于白话不白话倒是次要的问题"，而诗要有一个本体，应以抒情为本质，过多地引入说理、写实、讽刺等因素是不妥的，应该把它们排除出去。后来穆木天等人提出的纯诗观念，其实延续了这一脉络，只不过对于诗的本质的理解，从情感的强弱进一步转化为"可感与不可感"的内在微妙感觉了。

朱自清讲"从象征诗以后，诗只是抒情，纯粹的抒情，可以说钻进了它的老家"，这里包含了一种反思意识。诗歌不断回到抒情本质的趋势，确实提升了写作水准，但也限制了其历史包容性。朱自清一直对现代的各种纯文艺观念保持警惕，这也体现在他的古典文学研究，比如他非常关注

"以文为诗"的宋诗传统。这种警惕既和他的文学史意识有关，也基于他对现代的理解。他认为"这个时代是个散文的时代"，现代社会和现代人的意识是散文化的（prosaic），广阔而复杂，需要一种相似的文学态度去因应。抗战时期，新诗走出了老家，走向更大的公共空间。朱自清特别留意新诗在这个过程中的自我重塑，他和闻一多等人特别看好朗诵诗，他说朗诵诗"看起来不是诗"，因为它"是一种听的诗，是新诗中的新诗……它活在行动里，在行动里完整，在行动里完成"，这就完全不同于"五四"后印在纸面上供读者来阅读的新诗。类似地，他对歌谣、秧歌剧也有一定的关注，甚至对标语、口号也有同情，认为在新的民主的公共的时代，这都是新诗可能的表现形态。文学研究会的新诗人们在20年代后慢慢退出了新诗写作，但是他们的理念和趣味，在朱自清这里，都有一定的延续和坚持，类似的创作取向在后面不同时期也都有展开。

丁雄飞：通观您研究20世纪20年代"文学青年"历史的专著《公寓里的塔》，一条基本线索是从"室内"到"室外"，从知识到行动。尽管青年个体有不同选择，或用革命替代文学（陈毅），或用革命改造文学（丁玲），或用文学批判文学（沈从文），但"室内硬写"本身总是岌岌可危的。不过您也没有在上述二元中偏执一端，而是期待"'街头'与'公寓'之间的往返"，扬弃"'十字街头'与'塔'的对峙"。您用体现沈从文选择的隐喻作为书的标题，是不是也暗示了您本人的偏向？

姜涛：这本书是十多年前开始动笔的，"室内硬写的作者"确实是其中比较核心的一个与文学青年相关的意象，也传达出了我自己阅读20年代小说特别是短篇小说的感受。当时很多作家都在写类似的经验：一个年轻人封闭在公寓或亭子间里，构思一篇小说，写作目的也不完全是为了内心光和热的表达，更是为了谋生或者谋求文坛上的位置。尽管新文学被寄予了很多期待，但作为都市语境中的一个专业行当、一个制度化的领域，它同其他实践性场域，不论是社会改造，还是政治运动，甚至思想革命，都是分离的。"硬写"大概就是身处文学体制中的个体的自我封闭感，有点类似今天讲的"内卷"的感受。

书里谈到的三个人大致对应了国民革命前后文学青年的三种路径。陈毅放弃文学,"走出棺来,重回到人群里",直接投身革命性的政治工作,用革命志业代替文学志业。当时做出这样决定的文学青年不在少数,以至于在后来"革命+恋爱"一类的浪漫小说中,主人公的类似转向成了常见主题。当然,后来国民革命失败时,又有很多人退回了文艺。沈从文和丁玲都没有放弃写作,而是以各自的方式在一定程度上改造了写作。丁玲通过参加革命实践,跟工农接触,重新塑造写作的功能和自我的身份。沈从文则有些微妙,他还留在室内,没有建立与社会实践的具体关联,但在自我的打拼中也慢慢觉悟到写作和都市环境、文艺体制之间的隐蔽关系,也逐渐生成了文学之外的更大关怀,把写作与对乡土世界变迁的关注、对现代中国人命运与情感的理解接续起来。这是自由知识分子的自我化解、自我超越的方式,与沈从文同时代的京派知识分子多有类似的选择。

丁玲的选择可能更代表了后来历史的大方向。革命文学、延安《讲话》给文艺家们提供了一条突破室内的具体路径:文化首先是"中国人民解放斗争"中的一条"战线",文艺首先是"革命机器的一个组成部分",文学家首先是一个"工作者",要深入生活,搞土改,干革命,在这过程中重新塑造自己的感觉和认知方式。从五四时代的"菜园",到20年代封闭的"室内",再到40年代后的"广阔天地",这是20世纪中国新文学曲折展开的一条成功路线。但在所谓"新时期"以后,我们的文学,包括整个文化生产和接受的方式,好像又回到了"五四"之后二三十年代的状态,回到了某种"常态"的现代社会分工结构中去。我用"公寓里的塔"来做标题,确实有一定偏向性,但也只是对沈从文这样的青年在公寓里苦哈哈状态的描述,倒也没有为之辩护的意思。不可否认,今天的文艺青年,包括一部分学术工作者的处境,与当年身处商业化体制中的沈从文颇为类似。当丁玲所依托的整体性社会结构发生很大变化,能将个体带入社会深处与实践内部的革命政治也逐渐式微,沈从文的难题,我们可能同样面对。

丁雄飞: 在您的治学方法中,有某种文学和社会学的张力。比如您的第一部专著《"新诗集"与中国新诗的发生》就分上下编,对应"文学社会学"和"诗学",体现"方法论上的二重性";比如您讨论新诗的历史,也有"百年"(文学史)和"世纪"(政治史)之辨。其实对于马克思主义文学阐释传统,意义总在社会之中,不过您曾对在形式细节中发现症候、读解历史压力的做法提出保留意见,是不是可以从这个角度来理解您把人类学的"深描"方法引入文学研究的初衷?

姜涛:讨论"新诗集"的那本书,是我的博士论文,分成上下编多少有点迫不得已。最初的选题只涉及新诗观念和新诗批评,因为担心过于单薄,才不得不拓展到文学社会学层面。不过,这种在社会史背景中思考文学的习惯,在后续研究里保留了下来。我觉得这与新文学的本来面貌是比较符合的,因为新文学本非一种现代的纯粹的文学,它就是在社会改造和思想革命的整体进程中产生的,寄托了对于新人、新社会、新国家的理解,新文学家也是在这个意义上不断获取写作的灵感和激情。因此社会的层面,并不是研究者从外部赋予新文学的,而是新文学的构成性成分。像王瑶先生这代新文学研究的开拓者,或许因为深受马克思主义批评传统的影响,他们非常重视文学现象上下左右的社会关联,不会孤立地就事论事。20世纪80年代后,在"纯文学""回到文学本身"等观念的支配下,我们才与这种新文学原有的研究方式渐行渐远。特别是对诗歌这样被视为文学性更强的文体,研究者往往从形式、潮流入手,也会想当然地将对于文学现代性或审美本体的追求看作新诗主要的演进动力。这样的理解有合理性,但一定程度上会把新诗从20世纪整体的社会思想语境中剥离出来。我的研究的意图很简单,就是要恢复新诗生成与展开的原本历史图景。

对于西方马克思主义文学批评强调的症候分析、形式意识形态分析——从形式细节发现意识形态的裂隙——我自己也一度迷恋。《历史"深描"中的观念与诗》这部文集收录的最早一篇文章,是我硕士期间的一篇习作,从人称的视角分析了穆旦和冯至的政治立场。此类分析确实会带来一种理论阐释的兴奋感,似乎也能显示文学专业的特长,然而就像西方马克思主义或因学院化而失掉部分马克思主义原有的视野,意识形态分析一旦被技术化,也会产生去历史的效果,以致沦为理论和文本之间封闭的符号游戏。当年《再解读:大众文艺与意识形态》一书出版后,影响巨大,效仿者众多，不少研究操演了类似的解读流程，得出的结论却往往大同小异，在多大程度上增进了对文学的理解，令人怀疑。当然，对于"再解读"的反思和纠正后来也有很多，比如认为在形式分析中应更多加入历史的维度，才能使分析更加可靠。

不过，我在书里提到的"深描"方法，并非针对形式意识形态分析，而主要是想回应最近二十年现当代文学研究比较强调的"回到历史现场"。经过不同代际研究者的提倡和践行，这一说法好像已然成了我们研究的基本前提，但何为"历史现场"，仍是需要辨析的。如果"现场"仅仅被视为静态的、平面化的存在，"回到历史现场"便容易导向一种实证主义的历史理解，仿佛长期泡在报刊史料中，就自然能充分理解一种文学现象、认识一个作家了。问题是，我们的阅读总带有"前理解"，我们很可能会过滤掉不支持"前理解"的材料，并且寻找材料来印证"前理解"。如此一来，即便博览报刊，最后收获的依然是某种规定性的历史感觉。历史并不是尘封在那里的静态存在，而是一个动态的进程，包含着具体的问题结构。

其实，这也是近年来很多研究者共同的觉悟。这些年，不少现当代文学的研究都自觉引入了社会史、思想史、政治史的维度，这样的努力并不是把文学的理解和其他学科的理解拼贴起来，而是通过跨学科的方式打开问题。20世纪中国的革命不单单体现在党派斗争、政权结构更替、暴风骤雨式的社会改造这些层面，它还致力于解决中国社会长时段存在的结构性问题，这个层面直接关系到革命成功与否。与革命实践相伴随的20世纪中国文学并不外在于这个过程，它是进入社会内部的更复杂、更活跃、更细腻的实践方式，它会触及政治结构背后的人情和伦理。就此而言，文学的意义既不止于文学本身，也不是为社会史、政治史的结论提供例证或注脚，文学是一条进入中国社会的独特路径。因此，好的文学研究可以带来好的社会理解，它与其他领域的研究能够相互激荡、共同促进。

丁雄飞：您的当代诗歌批评与现代诗歌研究之间有一脉相承的思路和关怀，20世纪20年代的困境、20世纪的能量在今天并没有消散。您忧惧"元诗"泛滥，成为新的"笼子"，把"新诗"之"更新"解释为"更成熟",以期盼"诗歌的成年"。您所谓"成熟",包括您对"中国式""汉语性"的追问,和朱湘以来所谓新诗乃"旧诗与西诗里面也向来没有见过"的东西之间是什么关系?

姜涛:某种"去历史化"的倾向,不仅体现在新诗研究中,在当代诗歌写作和批评中也有显现。从某个角度看,当代先锋诗歌的内在动能之一,便是对"大历史"的拒绝:拒斥革命年代大写的历史,拒斥那个历史产生的文学体制,以及在文学与政治之间建立的强关联,继而强调历史结构之外的个人感受和语言自身的优先性。这一姿态在八九十年代有其革命性,但后来日渐固化,甚至成了当代诗歌的某种美学意识形态,制约了诗歌感受力和表现力的发展。不少当代诗的作者和批评者也意识到这个问题,但这个状况一时很难改变。确实,改变是困难的,关乎整体社会结构以及当代诗在其中的位置。但首先,对固化观念的清理和检讨还是必要的。

张枣二十年前发表了一篇著名的文章《朝向语言风景的危险旅行——中国当代诗歌的元诗结构和写者姿态》。在他的理解中,"元诗歌"或"诗歌的形而上学"是一种以语言本体为先的文学观念,来自西方的普遍的文学现代性,更具体来讲,"元诗"就是一种现代主义的写作观念。他认为这样的观念在中国当代诗歌中已经弥漫开来,成为当代诗写作的前提,但它缺乏中国古典诗学所蕴含的"丰盈的汉语性"。张枣对"汉语性"的理解也涉及中西之间的文化政治,涉及汉语诗歌的文化主体性问题,更重要的是,他认为,与"现代性"依靠"词就是物"这一"将语言当作终极现实"的逻辑不同,"汉语性"体现的是一种"词不是物""诗歌必须改变自己和生活"的立场,它坚持的是"诗的能指回到一个公约的系统"的假定。诚然,在(后)现代资本主义的处境中,词与物、能指与所指的断裂势所难免,但不该对此心安理得,放弃通过词触摸物的努力,否则词也注定会乏味。张枣担心,当代先锋诗歌过度执着于元诗结构,可能失去源头活水,陷入"艺术与生活脱节的危机",而唯有在词与物的相互引燃、现代性与汉语性的张力中,中国诗歌才有未来。事实上,这个新世纪初的反思背后,隐约可见的是当时张枣自己的写作困境。

当代诗歌走出封闭的感觉和观念结构,重建与生活世界、时代精神的联系,显然有助于其成长,这便是"成年"的问题。"成年"的说法多少和艾略特有关,艾略特认为一个成熟的诗人是活的传统的中介,他应该具有历史意识,这个历史意识在他那里,指的是回到欧洲文化的伟大心灵中。艾略特的论述带有精英主义和文化保守主义的色彩,借用他的说法,是盼望后新诗也可以在更广阔的维度中审视自己,少年的敏感、好奇心、怀疑世界的态度固然可贵,不该舍弃,但少年终将成长,早晚要像成人一样,和重要的事物打交道,获得对生活世界完整的理解。林庚先生在20世纪30年代曾说,新诗(自由诗)紧张惊警,像年轻人、战士,总在冲锋陷阵,格律诗(自然诗)则因有一个普遍的公共形式,所以从容自然。新诗不断指向新的、有强度的感受和经验,但缺乏成年人的从容通脱。林先生认为,理想的新诗应该是"文质彬彬"的,既要有作为"刹那的新得"的"质",也要有经过刹那之后而变成"一点蕴藏"的"文",融紧张于从容、自由于自然之中。

我们其实也可以有这样的期待,期待当代诗歌还可以成为某种文化建设的力量,而非仅仅徘徊于异端的位置,扮演叛逆者、异乡人的角色,期待诗人自我打开,而不自我设限。我想,现代诗之所以曾经有这么大的号召力,绝不仅仅因为它是异端,更是因为它能够整合人心、激动人心,能够带来新的对于社会和自我理解。在这个意义上,成年的期待本就包含在新诗最初的抱负当中。

丁雄飞: 对于让新诗变成熟,目前批评界可以做什么?

姜涛: 这个很难说,文学的发展不是一个可以由批评规划的事情。仅从我个人的角度看,有两个方面的工作倒是可以做起来。一是重新整理新诗的历史,包括80年代以来先锋诗歌的历史,二是重视今天更具可能性的写作。比如,我们对80年代诗歌的理解可能还很不全面,像对于北岛、顾城、舒婷等人的早期写作,即还没完全脱离政治抒情诗传统时期的写作不够重视。他们当时对自我和社会的理解、与革命中国的关系都是错综复杂的,同我们今天熟悉的那个经典化的"我不相信"的姿态并不完全一致。用现代主义的眼光、趣味,来理解当年的朦胧诗,这未必不是对它的简化,它能够提供更多的意义,甚至会比当事人回顾往事时赋予它的意义更丰富。再比如,在80年代的诗人中,骆一禾的视野尤为开阔,思想能力不凡,他对新诗中的现代主义脉络有检讨,也像"五四"的前辈一样,考虑中国文化的自新问题,倡导有文化整合力的"大诗"的方向。对于这些历史变动时期的诗歌经验,我们还缺乏很好的整理。

当下诗歌的写作,在很大程度上还延续了20世纪90年代以来形成的若干轨辙,包括一些诗歌评奖,评出来的作品很少能有让人耳目一新的,这是一些关心当代诗的朋友共有的感受,但其实并非不存在一些新的可能性。像一些更年轻的90后作者,已不太在乎当代诗歌八九十年代形成的套路,他们大可找到一个新的出发点,哪怕是回到相对朴素的抒情立场,直面自己的情感问题、生存问题,直抒不满、愤怒和焦虑,这样的写作反而比有些成熟之作更有时代感。书写日常生活,是当代诗的一个主流方式。在有些年轻诗人的笔下,日常生活没有被奇观化或琐碎化,而是包含了多种伦理层次,包含了对生活内在活力的发现;还有一些诗人主动去写乡村或底层生活的经验,也不尽是套路化的诉苦或自怜,也会一定程度挣脱流行的左翼理论提供的感知模式,让我们读到特别真切或特别强劲的身心经验。对于这些新的可能性,当代批评不能一贴标签了事,而是应耐心进行辨析、鼓励,让不同的努力联动起来,甚至使它们和其他相关领域中的思考形成对话。

丁雄飞:您的研究中总有一种开放与封闭的辩证法。您曾说,相比当代诗歌写作伴随的幽闭之感,学院化知识生产的幽闭感更甚。您既写作,也研究,您怎么看二者的关系?您认为如何能在"围栏"中伸出"巴枯宁的手","从催眠的世界中不断醒来"?挣扎着醒来之后呢?

姜涛:我的两本批评文集的名字确实有些接近,都有自我挣扎、想突破而不能的感觉。写作《巴枯宁的手》时,我还是一个学院"青椒",在学院体制中难免有困于笼中之感,接下来写《公寓里的塔》也有自况的因素。诗人钟鸣在评论张枣时,提到过一种在"系统中的警觉"状态,这个状态可能是我当年有意无意追求的,但当"警觉"的状态被不断重申,也会变成一个相对安全、保守的舒适区。《从催眠的世界中不断醒来》一书出版后，就有年轻的朋友追问，接下来怎么办？总不能一会儿醒来一会儿睡去吧？他们甚至认为，不必考虑这样的问题了，他们更关心的是怎么走出去，在行动中开放想象。我期待在具体的行动中会有新的文学和思想的可能性诞生，也期待行动中的感受不会被过去的认知套路收编。

  随着年纪增长，我自己的心态也发生了些变化。即便身在体制中，也会觉得不应仅仅止于不断"警觉"，还是可以通过一些有效的工作，推进对于自我、学术和社会的理解。这包括和身边有共同关切的朋友取得联系，在交流、对话中带动知识工作的延展，也就是说，从切身的小结构、小氛围出发，一波波荡漾开来，在可触及的范围内构造一个更好的思考和工作环境。换言之，"醒"来之后，尽管不能走出去，也可以把思考与联动的空间撑得大一些，即便未必能带来整体性的改变，至少会在潜移默化中利己又利他，产生一些积极的影响。我想自己目前能做的就是这一步了。这也是谈及"五四"之后文学研究会同人"以文学为志业"的态度时，明知其时代的局限，不免还会再三致意的原因。

2021 年 8 月

批评的现场和"纵深"
后 记

  在一篇访谈中，我曾说自己的主业是在学院里教书、做文学史方面的研究，"批评"只能算副业，或者说，只是一片自留的园地。而且，这片园地不是很大，产出的果蔬数量有限，大多集中于当代诗歌方面。但可能正因如此，批评的心态倒也放松，一方面不会特别着意跟进最新的动态和热点，另一方面又可推卸"表扬"的责任，只是沿着自己关切的问题脉络，根据特定时刻的心境，围绕周边诗友的写作做一些讨论。

  为了编这本小集，翻看近几年的批评文字，惭愧地发现，那种长篇的、方方正正的诗人评论相比以往写得少了，对于当代诗的一些感知和思考，更多散落在不甚规则的短评、随笔、讲稿、访谈，乃至会议发言中。因而，这本"自选集"在选文方面，可能有点随兴，依据文章类型和话题取向，大致分成了五辑。

  第一辑，为当代诗的现象观察、回应，写法介乎评论和随笔、综论与专论之间，且不完全采用内部视角，往往会从诗歌本身说开去，涉及变动起伏的社会状况和精神结构。如《"今夜，我们又该如何关心人类"》这篇，从海子的名作《日记》谈起，看似是一篇诗歌细读，其实检讨了现代诗歌在"大"与"小"、"远"与"近"之间不断内在翻转的精神形式；另一篇《理想主义"重造"的精神土壤》本是某次讨论的发言，回应的是理想主义在当代的重建是否必要、如何可能的问题。这样的议题表面与诗、与文学无关，可由诗联动的情感、勾连的人事，又是讨论的一条暗线。在文学、思想和社会的多重视野中，关注新诗对于现当代中国人精神形式、情感结构的影响，估计会成为今后自己感兴趣的写作方向。

第二辑收入了几篇长一些的文章，有两篇论文，另外三篇是以讲稿为基础整理而成。"新时代文学批评丛书"要求以"新时代文学"为主要关注对象，抱歉的是，这一辑有点溢出了"当代"，似乎更偏重现代时期的诗歌经验，甚至有一篇直接从五四新诗的起点讲起。好在，无论聚焦哪个时段，总有一个当下的问题意识为发端，最终落脚点往往也在当代诗的前景构想。特别是三篇讲稿，均采用"从……到……"讲法，都在有意打通"现代"和"当代"的隔断，将百年新诗看作一个整体，在历史的纵深之中考察当代诗歌的过往路径和现场新变，这或许是某一种批评的特色和努力所在。

第三辑为具体诗人、诗作或诗论的评析，写到的都是周边友人。除了近距离的品读、表彰，因对当代诗的内在限度有些敏感，还是努力有所检视，并在检视中寄托一些期待。其中，有两篇是纪念诗人、译者、随笔作家胡续冬的：2021年夏天，他的猝然离世，让朋友们震惊又悲恸。我也应约写了一些文字，谈他的诗、他的人以及与他交往的点滴，借纪念这位英年早逝的好友，也回溯了 20 世纪 90 年代以来一起走过的诗歌道路。

第四辑收入了几篇"书评"，好像回归了自己的"主业"，或者说写在了"主业"的边缘。在学术史的视野中，讨论前辈师长和同代学人的最新著作，既是谈精神的传承、方法的转换，更是想要探询文学研究如何突破自身的体制痂壳，跃然而出，成为一份可以在"新时代"不断被激活的资源。当然，在"空前专业化"的"内卷"时代，研究者如何稳定并壮大身心的思考，未尝没有包含其中。

最后一辑是两篇访谈文字，从不同的角度，大致展开了一些有关当代批评位置、功能和可能抱负的理解，或许作为附录来看更合适一些。

最后，要感谢吴义勤书记、崔庆蕾老师的邀约，能加入"新时代文学批评"的行列，对我来说，是一个很大的激励。同时，也希望自己的批评"小园地"不致过早荒芜，能持续耕耘下去，不断有一些微薄但有质量的产出，能有益于当代诗乃至当代人文思想氛围的建设。

2023 年 4 月 6 日